闘争のインターセクショナリティ

森崎和江と戦後思想史

大畑 凜

青土社

闘争のインターセクショナリティ　目次

凡例

一、森崎和江執筆の文章・書籍については著者名を省略する（共著の場合はこれに該当しない）。

二、引用文中の傍点については、断りのない限りは原文による。

三、引用にかんしては原則初出に依るが、それ以外の場合はその旨を記す。

四、本文中、他のテクストからの引用や一般的な意味合いを強調する場合には「　」を、筆者が特定の語を強調する場合については〈　〉をそれぞれ使用する。

闘争のインターセクショナリティ

森崎和江と戦後思想史

はしがき

近年、森崎和江の著作の復刊が立てつづけにおこなわれている。この一〇年ほどだけでも、『からゆきさん』(朝日文庫、二〇一六年)、『第三の性』(河出書房新社、二〇一七年)、『まっくら』(岩波文庫、二〇二一年)、『非所有の所有』、『闘いとエロス』(ともに月曜社、二〇二二年)、『慶州は母の呼び声』(ちくま文庫、二〇二三年)、『買春王国の女たち』(論創社、二〇二四年) といった著作が復刊されているが、その多くが森崎のキャリアのなかでは初期にあたる筑豊時代の著作であることに、ひとつの傾向が認められるだろう。

そして、本書は、一般的には詩人や作家として知られてきたこの森崎和江の、筑豊時代における思想の展開に注目し、テクストを読み解いていくものである。同時に、本書はこの〈現在〉という地点から森崎の思想をどのように読みえるのか、またいかにしてその思想をいまに継承しえるのかという問題を考えていこうとする著作でもある。

いまこの時代に森崎を読むひとは、なにを求めてかの女の本を手にとるのだろう。森崎が扱った多種多様なテーマを踏まえれば、まとまった答えは必ずしもないはずだ。さしあたり、〈女性／女／おんな〉とはなにかを考えたいというところにいくらかの一致点があるだろうか。

それでは、本書の筆者であるわたしの場合はなんであるのか――なんであったのか。とはいえ、こうした問いには唯一絶対の答え、すなわち起源となるようなものがあるとも思えない。もちろん、きっかけとなった理由や出来事はあっても、それらは大小を問わない複数のものが束となって存在することでひとつの塊のようにみえているに過ぎず、ただ唯一の理由や出来事というものは存在しないだろう（過去遡及的に見出されるかもしれない本書の〈はじまり〉については、「あとがき」でふれている）。

そうしたことを踏まえたうえで、複数存在するであろう理由や出来事のうちのひとつを仮にここであげてみるとすれば、それは森崎が〈わからなさ〉に向きあった書き手であったからのように思える。

たとえば、アイデンティティという点でみたとき、森崎のそれと、森崎のテクストの読み手であり本書の書き手であるわたしのそれでは、必ずしも共通点は多くない。まったく同じアイデンティティの経験をもった人がいないのは当然だとしても、わたしと森崎の距離はあまり近いものではなく、わたし自身がいつも〈わからなさ〉を抱えながら森崎のテクストに接してきたともいえる。

他方で、森崎という書き手はみずからの〈わからなさ〉を決して誤魔化そうとはしなかったひとでもある。仮に、同じ社会的なアイデンティティをもっていても、その経験を完全に同一視することができないという事実に森崎はいつも自覚的であった。森崎は他者を自己に同一化することも、またその逆に、良心ゆえに完全に切り離してしまうことにも否定的であり批判的でありつづけた。森崎にとって〈わからなさ〉とはゴールではなく問いのはじまりとなるものであり、なおかつそのことをみずからのテクストに書きとめてきた点は、森崎の言葉と思想の魅力でありその重要性につながってもいるだろう。わかるとも、わからないとも言い切ることなく、わかろうとするその過程でしかわからないことがあるとすれば、わたしもまたそのような過程に身を置きながら本書を書いていくといえる。ところで、森崎の文章はなんとも読みづらいものがある。これは、森崎の文章に親しんできた人びとにとっても共通理解なのではないだろうか。

さしあたり、ふたつの理由が頭に浮かぶ。ひとつには、特に初期の文章がそうであるように、書かれていることがあまりに難解だという点があげられる。わたし自身も、いつ何時読んでも意味がよくわからないという文章が数多くある。もうひとつには、これもよく指摘されることだが、たとえ字面としては意味を理解できるような文章でさえも、実のところそこにどのような意味を含みもたせているのかがうまく掴めず、わかったようでわからないという点がある。

わかるようでわからず、結局よくわからないもの。ただそれでも、愚直に、繰り返しありとあらゆる文章を読みつづけていくと、ひとつひとつの言葉の意味や輪郭が次第に掴めるようにもなっていく。同時に、書かれた言葉をどのような場に置きなおせば、それをよく読み解くことができるのかもおぼろげにだがわかっていく。これは、単に言葉をそれが書かれた当時の文脈に差し戻せばいいというものではない。その言葉がもっともよく響いていく、それにふさわしい場とはなにかを考えていく作業のことだ。

森崎の筑豊時代のテクストにとってのそれは、〈集団〉と〈闘争〉という場であるとわたしには思えた。その理由は、筑豊時代の森崎が〈闘士〉のような存在であったからではなく、むしろ運動や闘争といったものに全面的には馴染みえないながらも、そこに身を投じることなしにはみずからが生きていけないという切実な思いを抱えていたことが、次第にみえてくるようになったからである。

そのうえで、あらかじめ断っておけば本書は、現在の社会や世界が抱えている困難や課題にたいする、ストレートな答えを森崎その人に見出そうとするものではない。その答えは結局のところわたしたちが自分たち自身で探っていくほかないものであり、むしろある思想家にわかりやすい解や答えを求めるような態度には基本的に批判的でありたいとわたし自身は願っている。そして、森崎が提示してくれるものがあるとすれば、それはわたしたちに求められる問いの構えや方法であるといえるのではないだろうか。みずからの〈わからなさ〉に向きあうことには正解もゴールもないのであり、だがその手がかりとしての方法を、森崎の言葉と思想は指し示している。

わたしたちは、当然だが誰しもみな「森崎和江」になることはできない。だが、森崎のように考えること、森崎とともに考えることはできるかもしれないのであり、本書がそのひとつの手がかりとなることを願ってやまない。

序章　交差する集団

一　集団を書く

詩人の森崎和江は、二〇二二年六月、九五歳でその生涯を閉じた。

一九二七年、日本の植民地支配下にあった朝鮮半島は南部の都市・大邱で、森崎は福岡出身の日本人の両親のもとに長女としてうまれた。以後、大邱をはじめ慶州、金泉などで過ごしたのち、四四年に福岡女子専門学校保健科（現・福岡女子大学）へと進学するために海を渡り日本の土地に移ったが、翌年の日本の敗戦によって二重の意味で帰るべき〈故郷〉の喪失を経験する——敗戦による帰還の不可能性と、植民地であった朝鮮の解放。これ以降、森崎はみずからにとって親しみのない異郷の土地である日本でその生を送っていくことになる。幼少期から短歌や詩に親しんでいた森崎は、福岡女子専門学校を卒業したのちに結核治療のための療養所生活を経て、四〇年代末より短歌や詩の実作を本格的に発表することで、その作家としてのキャリアをスタートさせていく。終生みずからを詩人として自己規定しながら、評論家や（ラジオドラマ）脚本家としての顔も併せもち、単著だけでも実に五〇冊以上の著作を発表する。詩人はおよそ七〇年近くにわたって書きつづけ、しかしなお尽きぬままにこの世を去ったように思われる。書くことこそがその生の根幹にありつづけた生涯であった。

いま、わたしたちに残されているのは、この森崎が記してきた膨大なテクストの山である。単著だけではない、雑誌やミニコミなどでのみ発表された文章をも数多く含むそれらは、森崎のなかでの一貫した関心とともに、時代ごとに変化していったかの女の思想の変遷をも指し示してくれるものだ。

どの時期の、いかなる側面に焦点を当てるかによって森崎は異なった複数の貌をみせる書き手であり、読者ひとりひとりのなかの〈わたしにとっての森崎〉の像《イメージ》は重なりつつズレ、ズレながらもつながり、そして時にうまくつながり切らないものでもある。

本書は、こうした森崎のテクストの全過程を追いかけるものではなく、一九五八年よりおよそ二〇年間にわたった筑豊時代のテクストにその分析の対象を絞っている。七〇年近いテクストのすべてを一冊にまとめることがもとより困難な作業であるとして、筑豊時代に焦点を当てるのは、この時代が森崎のその他のいかなる時期にもない特徴を刻み込んでいるからであり、またそれゆえに、森崎の思想におけるひとつの到達点が示されていると考えられるからでもある。この筑豊時代の森崎に一貫するものこそが〈集団《コレクティブ》〉という問いであった。

森崎に帯びるいくつもの像《イメージ》のうちのひとつは、かの女をいかなる集団原理にも安易には従属することのない、自立（自律）的な〈個〉の人として映し出すことだろう。日本の農村共同体における閉鎖的な同質性を看破しながら、〈個〉が同質的な〈集団〉のなかへと融解していくことで担保されてしまうような集団性や共同性を批判する存在としての森崎。そこには男たちのホモソーシャルな共同体においてつねに周縁化され排除される女（たち）としての森崎の位置《ポジション》がかかわってもいる。そのうえで、この〈集団〉という問いは戦後を生きる森崎にとってはどうしても向きあわなければならないものであり、否定してしまえばそれで済むというものでもなかった。敗戦によって逆説的な故郷喪失者となり、また同じく「植民二世」であった弟を自死によって失うことで精神的な彷徨いを経験することになった森崎は、福岡県北部の炭鉱地帯である筑豊の土地と出会うことで、〈個〉としての自己に拠って立つだけでは生きていけない世界をはじめて身をもって知ることになる。

森崎が炭鉱に接することで知りえたのは、死と隣りあわせの過酷な地底の労働を通じて坑夫とその家族たちが会得していった独自の紐帯や倫理、信仰、あるいはあけすけなその性愛《エロス》のあり方であって、そこには地上とはまったく異なる別の世界と精神の煌めきがあった。しかし、このとき時代は、一九五〇年代後半を迎えるなかですでに石炭産業の合理化と再編成を国策として推し進めはじめており、すべては地底の奥深くに押しとどめられたまま葬り去られようとしていた。森崎はこのような時代のなかで九州・山口地域のサークル運動交流誌として創刊された『サークル村』へと参与し、〈集団〉のなかへと身を投じていった。

とはいえ、本書はこの時代の社会運動や政治的な闘争を（全編にわたって）直接に論じる性格のものではない。しばしば誤解されて語られがちだが、森崎その人が実際の運動や闘争の場で指導的な立場や〈闘士〉のような存在としてあったことは基本的にはない。もちろん無関係だったということもなく、同時代の筑豊でたたかわれたさまざまな運動や闘争の誠実な伴走者ではあったことはたしかだが、その中心からはいつもいくらか外れたところにいる人であり、文章を生業とする者としてのそのかかわり方はどちらかといえば周縁的なものだった。

この際、森崎にとって〈集団〉を〈書く〉とは、目の前にある現実の運動や闘争の実体を克明に描き出すというだけにはとどまらない行為としてあった。森崎は〈書く〉ことを通じて、既存の〈集団〉を複雑に取り巻いているさまざまな陥穽や限界、矛盾から目を逸らすことなく向きあいながら、そのなかでつねに〈いまここ〉からの新しい〈集団〉への変革と生成を呼びかけつづけていた。当然ながらそれは運動や闘争の渦中にある人びとの反発や反感を招くものでもあったが、そうした瞬間こそが、逆説的にもまったく新しい〈集団〉を可能にする契機ともなりえる。それゆえというべきか、森崎の筑豊時代のテクストには極度ともいえる緊張関係がいつも張りつめていた。この時代の言葉からは、森崎自身が感じとっていた切迫感や危機感がありありと伝えられる。一方でそれは必ずしも書き言葉にたいする〈生な言葉〉というわけでもなく、詩人である森崎の文学的な感性を通して届けられるものであり、時に極めて難解な内容でもあった。

もとより、筑豊という場所の特性を鑑みてみれば、そこはなによりもまず過酷な肉体労働の現場であり、坑夫たちの識字率も高くはなく、文章を生業として生きる森崎の立場はそれだけで厳しい批判や懐疑の対象だったことは想像に難くない。それでもなお、森崎は〈書く〉ことによってみずからへの批判や懐疑に応答していった。

本書では、こうした森崎の筑豊時代のテクストを思想的に読み解いていくにあたり、森崎の文体や言語表現、鍵語などに細心の注意を払っていきたいのだが、これは言葉のひとつひとつの選択のなかに、森崎の筑豊に向きあう姿勢が現れているからであり、またそこにかの女の思想の端緒や断片が垣間見られるからでもある。こうした点には、なにより森崎自身が自覚的であった。次の文章は、「言葉・その欠落」と題された一九七〇年のテクストからの一節である。

私はいまなお労働者地帯で日々彼らと交流している。ここでなければならぬというようなものではない。が言葉に関していうならば、彼らは私の話言葉や文章からいつでも容易に、それら言葉の裏づけとなる行為を見ることができる。そして言葉に、存在と無縁な軽さをみつけるなら、たちどころに言葉の嘘のありかをつまみ出すことができる。私は彼らのその力との関連によって、私の言葉が支えられているのを知っている。そしてそのことが私に文筆の生を許している。*1

「ここでなければならぬというようなものではない」とは半分は本音であり、しかし半分は嘘であるだろう。言葉は、それを書く者の内側から単独で自在に溢れ出るようなものではなく、「彼らのその力との関連」を抜きには語れない。「そのことが私に文筆の生を許している」と語るとき、森崎はみずからの言葉にいつも〈集団〉の痕跡が消しがたくこびりついていること、そしてそれこそがかの女にとって〈書く〉の根底にあることを告白している。それだけが、「言葉」の「欠落」に対峙する唯一の方法であるかのように。同時に、「植民二世」であった森崎にとっては、そもそもみずからの日本語表現そのものが朝鮮の地でうまれ育ったという事実に決定的な影響を受けたものだった。そうである以上、その日本語はつねに複数的なものであり、個人の所有物のように語られるものではない。筑豊とはこの〈故郷〉としての朝鮮の〈喪失〉に向きあい、別の道を模索していくための場所でもあった。

この地で、森崎は『サークル村』を皮切りとして文化運動や女性運動、労働運動、沖縄闘争といったさまざまな運動や闘争にかかわるようになっていく。筑豊をめぐる状況が次第に危機の色合いを強めていくこの時代、森崎は人びとがその内側に葛藤を抱えながらも〈集団〉として抵抗しようとする姿をテクストに書きとめながら、〈集団〉を取り巻いている階級・性・民族の輻輳性に焦点を当てることで、水平的な〈集団〉とその原理を打ち立てようともがいていくことになる。この格闘は、先に記したように森崎個人の自己変革の道のりでもあり、一九七〇年代初頭に運動や闘争が退潮していったあとも、七〇年代後半まで形を変えて継続されていくものだが、七九年に筑豊から隣接する宗像市へと移住することでひとつの終止符が打たれることとなった。

本書は、このような森崎による〈集団〉を〈書く〉に焦点を当てながら、森崎の筑豊時代の思想を読み解いていくものであるが、この時代の森崎に帯びた重要な特徴のひとつに、異なった運動や闘争のあいだにつながりを見出し、また複数の諸課題が交錯し交差する地点から新たな運動や闘争をうみだしていこうとするその姿勢があげられる。本書ではさしあたりこのことを、ブラック・フェミニストの活動家で研究者であるアンジェラ・デイヴィスが用いる表現に倣って「闘争の交差性」intersectionality of struggles と理解したうえで、これを分析の視座に据えていきたい（その概念の含意については次節で詳しくふれることとする）。

ところで、現在の地点からみれば、森崎が日本の戦後思想における傑出した思想家のひとりであることは間違いないのだが、その思索のスタイルが決してアカデミズムや論壇などにおいて想定されてきた思想家のそれではなかったことにも注意を払いたい。アカデミズムはもとより中央的な論壇とも無縁で、むしろそこから意識的に距離をとりつづけた森崎は、戦後思想史の正史には登録されてこなかった存在である。これは女性思想（家）としての森崎の位置《ポジション》にかかわる問題であると同時に、みずからの議論をなんらかの一貫性をもって精緻に練り上げていくというような体系化の作業に森崎がまったく関心をもたなかったためでもある。とりわけ、筑豊という場所に根差しながら、運動や闘争の渦中で綴られていった初期のテクストは断片的で書き散らされたといってよい性格を帯びている。本書では、こうした森崎のテクストから、時に本人も十分に自覚的でなかったかもしれないような思

＊1 「言葉・その欠落」『犯罪』一号、一九七〇年九月、二一頁。なお、原文には句読点がないため、ここでは『異族の原基』所収時を参考に補っている。

索の傾向を紐解き、そこに思想としてのひとつの線《ライン》を見出すことを目指していく。

二　視座としての「闘争の交差性」

森崎の筑豊時代の思想は、当然ながら一九五〇年代から七〇年代の筑豊という特定の日付と場所が刻印されたものである。同時にそれは、わたしたちが生きる磁場としてのこの〈現在〉を批判的に理解するうえでも不可欠なものだ。

二〇一〇年代という時代におけるアラブの春やオキュパイ運動、ブラック・ライブズ・マター、ウィメンズ・ストライキ、香港蜂起などに象徴される惑星的ともいえる革命と蜂起の到来は、その後各地でなされていくことになる激しい弾圧や反動の動きを前にしても、むしろそうだからこそ、〈集団〉がもつその力能なしにはこの世界の根源的な変革が成しえないこと、そしてその限りない可能性をわたしたちに改めて深く理解させた。また、二〇二〇年代のはじまりとともに猛威を振るい、少なくとも日本列島においてはいまだに収束していないコロナ禍は、人と人とが対面で出会うことを困難にすることで生の孤立化を推し進めていったが、それは逆説的な形で、人と人が集い合うことによってもたらされる相互的な癒し《ヒーリング》の力を認識させるキッカケともなった。この際、運動や闘争を構成していたデモやコミューン、集会、学習会、会議などによって担保されていた集合的な空間それ自体が、わたしたちの生には決定的な意味をもっていたことがわかる。〈集団〉とはすべてのはじまりの基礎にあるものであり、同時にただそれだけですべてでもあるようなつながりと顕れでもある。

一方、三・一一（三・一二）を基点とした二〇一〇年代前半から中盤にかけての日本の社会運動では、人びとが街頭に繰り出し集い合う〈デモの時代〉が復活したとして語られてきた。その反面、反原発運動や安保法制反対運動に代表されるように、この時期には特定のひとつの課題のもとに参加者間の差異や政治的立場を棚上げにした、シングル・イシュー的な運動方針が肯定的に強調される場面もまた多かった。〈集団〉はひとつの塊となる過程でときに異議申し立ての声を封殺していきもする。翻って、二〇二〇年代の現在では、一〇年代後半からなされていった #MeToo やフラワーデモといった性暴力告発のムーブメントが広まり社会運動の内部でも改めてこうした課題が厳しく問われるようになってきたことや、資本主義やセクシズム、警察・監獄体制とも深く結びついた人種主義に抗するブラック・ライブズ・マターの運動や闘争の世界的な拡がりに影響されるなかで、複数の交錯し交差する課題を認識し問うことの重要性が次第に広まりつつあるといえる。この過程では、日本軍「慰安婦」問題解決運動や沖縄の「基地・軍隊を許さない行動する女たちの会」などが、植民地主義と家父長制、軍事主義などの絡みあいを告発し解体する実践として改めて評価されるだろう。それは、つねにすでにたたかわれてきたものとしてある。

この際、一九六〇年前後の時点から社会運動内部の性差別や性暴力の問題に向きあい、また帝国日本による植民地支配の歴史と戦後におけるその忘却ないしは植民地主義の継続といった事態を、ほとんど独力で批判してきた森崎の思想的営為は、わたしたちがいまこそ参照すべき〈歴史〉としてあるといえる。

それゆえ、近年ではこうした森崎の思想をブラック・フェミニズムに由来する概念である交差性 intersectionality によって再評価しようとする傾向もみられる。[*2] アメリカの法学者であるキンバリー・

クレーンショーが一九八九年に発表した論文ではじめて提起されたこの概念は、「黒人」や「女性」、「労働者」といった個別の有徴性では捉えることのできない、労働者階級の黒人女性における被抑圧経験の交差を捉えようとするものだった。[*3] 交差性のアプローチは、とりわけブラック・ライブズ・マターにおいて重視されてきたことで知られるが、ここ数年で急速に日本語圏のアカデミズムにも普及しつつある。

一方で、近年の日本語圏におけるほとんど氾濫的といってこの概念の流行を前にすると、本来は労働者階級の黒人女性たちが抱える切迫した構造的困難に向きあい、より根源的な社会の変革を求めるために編まれたこの言葉が、どこか使い勝手のいいアカデミックな道具となっているのではないかという疑問も否めない。[*4] そうしたなかで、森崎が日本（語圏）での交差性の議論における先駆的な存在として再評価されることにも疑問が生じる。

森崎の先駆性を言祝ぐことは、結果として、その思想がなぜこの社会において〈早すぎたもの〉に押しとどめられてきたのかというあるべき問いを、またこの社会を支えているわたしたち自身へのあるべき批判を、ともに骨抜きにしてしまうだろう。先駆性において森崎を評価するとき、わたしたちは結局のところ森崎のテクストを外部の安全な位置からまなざし評価しているのではないか。

この際に重要なのは、筑豊時代の森崎が〈時間〉の支配に抗する思想家であったという点であるだろう。たとえば、一九五〇年代後半から強力に推し進められていった炭鉱の合理化政策は、国内炭の高価格問題を強調することで石炭から石油へのエネルギー移行の必然性を説き、それが資本と国家にとっての揺るがしがたい時代の流れであることを人びとに説き伏せようとするものだった。こうした時流に逆らおうとするのは端的に〈時代遅れ〉なのであり、このような認識や思考のあり方はいまなおこの社会に根強く蔓延っている。[*5] 森崎自身も、七〇年前後の文章のなかで、なぜあなたはまだ筑豊にとどまっているのか、と身近に問われた経験を綴っていた。またなにより、戦後の日本が植民地支配を集合的に忘却していくなかで、森崎は〈朝鮮〉を忘れることもその記憶を粉飾することもでき

---

*2 代表的なものに、松井理恵「植民地朝鮮とは何か——森崎和江『慶州は母の呼び声』をテキストとして」(『理論と動態』一一号、二〇一九年一月)、同「方法としての「朝鮮」——森崎和江におけるインターセクショナリティ」(『部落解放研究』二一七号、二〇二〇年一二月)、佐藤泉「森崎和江『からゆきさん』——傷跡のインターセクショナリティ」(坪井秀人編『戦後日本の傷跡』臨川書店、二〇二二年)。

*3 Kimberlé Williams Crenshaw, "Demarginalizing the Intersection of Race and Sex: A Black Feminist Critique of Antidiscrimination Doctrine, Feminist Theory and Antiracist Politics", *The University of Chicago Legal Forum*, 140, 1989.

*4 たとえば、交差性の入門書として日本(語圏)で肯定的に紹介されることの多いパトリシア・ヒル・コリンズ+スルマ・ビルゲ『インターセクショナリティ』(小原理乃訳、下地ローレンス吉孝監訳、人文書院、二〇二一年(原著二〇一六年))は、類書がまだ十分に存在しないという点は差し引いたとしても、あくまでアカデミックな方法論として交差性を位置づけることを目的とした著作である点は象徴的であるだろう。なお、同書は、マイクロファイナンスを交差的な実践として無批判にとりあげ、また交差性とアイデンティティ・ポリティクスとを同一的なものとして評価する点でも、批判的な検討が求められる著作でもある。

*5 政治学者の山口二郎は二〇一九年の新聞紙上のコラムで、原発再稼働に奔走する日本政府を批判する文脈で、かつての三池闘争のたたかいを「時代の流れに逆らう無謀な戦いで、敗北を運命づけられていた」とした。山口は原発産業に群がる官僚や政治家、資本家が「時代の流れを無視して、高コストの原発にしがみついている」ことを、石炭から石油へのエネルギー移行という「時代の流れ」に逆らおうとしたかつての「階級闘争のイデオロギー」に重ねあわせている。愕然とするほかない、転倒した議論である。山口二郎「あれから8年」『東京新聞』二〇一九年三月一〇日。

なかった数少ない旧植民者側の人物のひとりだったことを想起しよう。

このように資本や国家に資するような〈時間〉の位相があったとして、その規定性は資本や国家の時流に抵抗しようとする運動や闘争をも縛りつけていくものとしてある。運動や闘争の内部で起こる性差別や性暴力といった問題は長い歴史をもつが、〈男たち〉はいつもこの課題を後回しにし、目の前の運動や闘争をたたかうこととセクシズムにたたかうことのつながりをみようとしてこなかった。いまはその時ではない、というフレーズは時代や環境を問わず、抵抗の声をあげようとする人びとの口を塞ぐものであった。それこそが、本書の第二章で詳しく述べるように、筑豊における炭鉱の反合理化・閉山闘争の象徴であった大正行動隊内部での性暴力事件に接して森崎が直面することになった酷薄な現実であった。

そうして時代の潮流や趨勢なるものを絶えず突きつけられる場所と位置に立ちながらも、森崎はそれらの流れに抗うことによってみずからの思想をより一層鍛えていったといえる。森崎とは、つまりは反時代的な人だった。ここでの反時代的とは、時流に流されることなく、しかし進行中の危機を鋭く読みとりながら、なにが真に根源的《ラディカル》な問題であるかを突きとめようとするその妥協のない姿勢においてである。

そのうえで、交差性という概念を手にしている現代のわたしたちは、これをひとつの補助線として用いることで、森崎の思想がいかに根源的なものであるかをよく理解できる立場にはあるのかもしれない。この概念を用いることに、まったく意味がないわけではない。同時に忘れてはならないのは、森崎の反時代的な思考が、つねに闘争という具体的な場と関係性をめぐって展開されてきたという事実である。闘争による根源的な変革へと賭けられた人びとの衝動と希求、行動こそが、時間的な序列化や段階論を拒んでいく。いまはタイミングではない、時流ではない、といった先送りや迂遠を拒み、いまこの時においてすべてを変革しようと呼びかけそのことを宣言する時、おそらくわたしたちは望もうと望むまいと反時代的にならざるをえない。

　性と人種、階級などの絡み合う過剰な決定の峡間にその身をおいてきたおんなたちのアクティヴィズムはいつも「なぜ待てないのか?」と、「いまでなければいつ?」を繰り返してきた。*6

このとき、交差性もまた、単なるアカデミックな概念や理論としてだけ存在するわけにはいかない。こうした理由から、本書では、交差性の概念が編まれる必要のあった地点へと立ち戻り、闘争という具体的な場と関係性からこの概念を捉えなおすという点で、アンジェラ・デイヴィスによる「闘争の交差性」という視座に倣おうとするものである。以下では、この点についてやや詳しく述べておこう。

　一九六〇年代後半から黒人解放運動の若き活動家として活躍し、FBIをはじめアメリカ政府からテロリストの汚名を着せられ逃亡と監獄での日々を経験したアクティヴィストでもあるデイヴィスは、研究者としても七〇年代~八〇年代から交差性の議論の原型を提示してきたことで知られるが、しかし必ずしもみずからの分析枠組みとして交差性を重用しているわけではない。そのうえで、二〇一五年に刊行された *Freedom Is a Constant Struggle*(邦訳『アンジェラ・デイヴィスの教え——自由とはたゆみなき闘い』浅沼優子訳、二〇二一年)では、アイデンティティの交差性(intersectionality of identities)ではない

*6　阿部小涼「すべての境界線が私のホームなのです」『女たちの21世紀』八二号、二〇一五年六月、三九頁。

闘争の交差性（intersectionality of struggles）の重要性が強調されている。このなかでデイヴィスは交差性がアカデミズムにおける分析枠組みへと矮小化される傾向を危惧しながら、交差性が黒人女性たちの「身体と経験」に基づいたものであり、また女性たちによってたたかわれてきたさまざまな闘争と不可分なものであるとする。そのうえでデイヴィスは、かの女が若き日の一九六〇年代から絶えず実践してきたインターナショナリズムを現在でも継続するなかで、アメリカにおける黒人への警察暴力をイスラエル軍によって行使されるパレスチナ占領での暴力と結びつけて理解する必要性を説く。デイヴィスはアメリカ政府によるイスラエルへの多額の経済的・軍事的援助や、イスラエル軍の支援を受ける形でアメリカの警察の軍事化が進められている事実を指摘しながら、こうした抑圧の交差を問題化することを通じて、アメリカにおけるブラック・ライブズ・マターの運動と占領下のパレスチナ人の闘争との交差点《インターセクション》を可視化させていく。

　ここでデイヴィスは、アイデンティティではなくあくまでも闘争に交差性の基盤を据えることで、グローバルなネットワークとして展開される警察暴力や軍事暴力、これらを商品化した資本と企業の動向を問題化するとともに、その境界や立場を越えて世界各地の闘争を接続し結びつけることを呼びかけている。もちろん、デイヴィスがアイデンティティの交差性を否定するというわけではない。黒人女性が経験してきた複数の交差する困難と課題を捉える重要性を強調しながらも、同時にデイヴィスは交差性がアイデンティティという属性の問題へと矮小化されることを拒みながら、あるひとつの闘争が属性と境界を超えて別の闘争へと波及し共鳴していく可能性を追求しようとしている。*Freedom Is a Constant Struggle* という本自体が、世界各地でデイヴィスがおこなった講演やインタビューの内容をまとめたものであり、それはかの女にとってひとつの重要な実践である。*7 そして、現実のブラック・ライブズ・マターにおいても、フェミニズムやクィアの立場に立つ運動体こそが積極的にパレスチナ連帯の実践をおこなってきた。[*8]

もとより、植民地朝鮮に日本人教育者の子どもとしてうまれた森崎は、民族的な立場だけでなく、階級的にも優遇された立場にあったのであり、アイデンティティの次元では一般的な意味での交差性を生きていたわけではない。また厳密にいえば、森崎が階級・性・民族の交差を方法論的に問題化したことは筑豊時代も含めてない。[*9] ただ、森崎はみずからのそうした構造的な優位性を自覚すること で、そのすべてではないにせよ階級・性・民族それぞれの交差性を問うたことはたしかだ。同時に、森崎の思想において階級・性・民族が交差するとすれば、それはなによりも複数の闘争のあいだをつなぐものとしてなのであり、森崎に固有の特徴があるとすれば、そうした交差的なつながりを分析的に見出すというよりも、具体的な闘争のその場その場でつくりだされるものとして指し示した点にあるといえる。これこそが、森崎の方法論を――まったく同一ではないにせよ――デイヴィスのそれへ

＊7　*Freedom Is a Constant Struggle* の副題は *Ferguson, Palestine, and the Foundations of a Movement* であり、二〇一四年に一八歳のマイケル・ブラウンが警官によって射殺され、やがて激しい闘争の舞台となるファーガソンの名と、パレスチナの名とが隣りあって刻まれていることの意味を取り逃してはならない。

＊8　デイヴィス自身もかかわる、ブラック・ライブズ・マターにおけるパレスチナ連帯の試みについては、さしあたり以下のデイヴィスのインタビューを参照。アンジェラ・デイヴィス「ブラック・ラディカリズムのいくつもの未来」（大畑凜訳、河出書房新社編集部編『BLACK LIVES MATTER――黒人たちの叛乱は何を問うのか』二〇二〇年）。

＊9　この点は、森崎が階級・性・民族の問題を扱った『からゆきさん』を分析する本書第五章にて詳述する。

と近づけている。

したがって、本書において「闘争の交差性」を視座として用いるにあたっては、強調点はあくまでも闘争の側におきたい。森崎のテクストがわたしたちの現在において読み返されるべきなのは、それが根源的であるという点においてであり、この点において交差性という概念も意味をもつだろう。わたしたちは、わたしたちが住まうこの世界の根源的な変革という点を抜きにして森崎の、その筑豊時代のテクストを読むことはできない。これは森崎のテクストが呼びかける政治的かつ倫理的な要請なのである。

ところで、デイヴィスの「闘争の交差性」は、あきらかに空間的な位相にかかわったものでもある。それがデイヴィスにとってのインターナショナリズムの実践であったように、そこでは隔たれた土地や場所に住まう人びとの不可視化された（被抑圧の）つながりが取り戻され、新しい共闘や連帯の可能性がうみだされようとするものだった。

この際、森崎における空間的かつ地理的な志向性もまた注目される必要がある。先に述べてきたように、森崎が〈集団〉という問いに向きあうにあたり決定的な意味をもっていたのは筑豊という土地の存在であった。だが一方で森崎は一九七〇年のある文章のなかで、筑豊や北九州の運動やその人脈の紹介を安易にみずからへと頼みにやってくる当時の若い活動家たちの傾向を指摘しながら、次のようにもいっている。


労働者の実態は日本ぢゅう変らないのだから、近くの工場に入って共闘してください。私たちもそうやって、かすかに知ってきたのですから。近くで始めてほしい。[*10]

これはなにも一国的な労働市場における均質性を想定した言葉ではないだろう。問題とされているのは、ある特定の地域を特権的な対象として措定し、その現場を訪れることでしか社会問題に接しえないかのような認識のあり方である。森崎にとって重要だったのは、誰もが「近く」からはじめられるという事実だった。

森崎は筑豊という場所にこだわりながら、同時にこの土地を特権化するわけでもなかった。この同じ時期に森崎がかかわっていた運動が、一見地理的にはなんらつながりのない筑豊—北九州での労働運動と沖縄闘争との架橋を目指すものであったことは、示唆的な意味をもつだろう。森崎にとってはひとつの土地――筑豊――を深く掘り起こすことが、異なる土地へつながる回路を導き出す方法なのであり、そこには自ずと別《オルタナティブ》の地図が浮かび上がりもする。そのうえで、この地図をはじめ、森崎における「闘争の交差性」の空間的・地理的含意を考えるにあたっては、一九六〇年代後半以降の森崎の鍵語として浮上する「流民」の存在が深くかかわっている。故郷をなんらかの形で離れて各地を転々とする人びとの多様な群れとしての「流民」の存在を捉えることで、隔たった土地や地理には新たな結びつきが見出される。

そのうえで、大別するならば本書は、一九五八年から六〇年代前半の森崎による女性運動論を扱う第一章から第二章が性と階級の交差を問うものであり、また六〇年代後半以降の流民論を軸にその思想の展開と広がりをみていく第三章から第五章が、隔たった土地や地理における闘争の交差性を考え

＊10 「貧労階層の敵とは何か」『週刊読書人』八五二号、一九七〇年一一月二三日、二頁。

るものである（なお、第六章については、それ以外の章とは議論の性質が異なる）。

三　先行研究と本研究の位置づけ

ここまでは、本書の目的とその視座を述べてきた。本節では、やや専門的な文脈となるが、森崎にかかわる研究史を概観しながら本書の位置づけをおこなっていきたい。およそ七〇年という長きにわたり作家として活動した森崎は、つねに多くの読者を抱える書き手であったが、そうした同時代的な評価とともに、筑豊時代を中心に初期のテクストへの再評価が進み、アカデミズムなどからも関心が寄せられるようになるのは、主には二〇〇〇年代以降のことである。

ただ、現在から振り返ったとき、そうした森崎への再評価の先鞭をつけたといえるのは、ブレット・ド・バリーが一九九六年に発表した、森崎の六八年の同名評論をそのままタイトルとした「二つのことば・二つのこころ」であるだろう。[*11] バリーはここでさまざまな理論家を参照しながら、当時の思想的な潮流であったナショナリズム／国民国家（批判）論の先駆的な書き手として森崎を位置づけていた。

とはいえ、北米圏の日本研究という文脈を強く意識し、理論的にもやや高踏な議論を展開するバリーのこの論文以降すぐに森崎研究が活発になっていったわけではない。こうした点では、単行本だけではない雑誌などでのみ発表された文章群を丹念に発掘し、森崎がかかわった同時代の運動・闘争にまつわる広範な資料収集も含め、研究上の基盤を整えてきたといえる九州の戦後文化運動研究者であり編集者でもある坂口博と、森崎とも親交のあった文学研究者の井上洋子による功績は大きいといえる。

そのうえで、二〇〇〇年代に入ってからの『サークル村』再評価の機運の高まりは、森崎研究にも大きな影響を与えてきた。坂口が編集者としてもかかわった松原新一『幻影のコンミューン——「サークル村」を検証する』(二〇〇一年)の刊行や、当時の関係者を中心に取り組まれた『第Ⅲ期サークル村』(二〇〇三—二〇〇七年)の活動、そして〇六年には『サークル村』の復刊がなされることでそれまで〈伝説の雑誌〉の域を出なかった『サークル村』の再評価が急速に進んでいくのだが、同時期には各地の戦後文化運動研究が協同して戦後史における一九五〇年代の読み替えを進めていった。こうして森崎の思想の周辺文脈が次第に整理されるなかで森崎研究自体も徐々に活発化していくことになるが、これまでの森崎研究においてとりわけ重要な研究成果をあげてきた水溜真由美や佐藤泉、茶園梨加などの研究も、基本的にはこの系譜に位置づけられる。そのうえで、〇八年から〇九年にかけては全五巻からなる『森崎和江コレクション——精神史の旅』(藤原書店)が刊行され、新たな読者層を獲得する大きな契機となった。

二〇一〇年代以降の特筆すべき出来事は、水溜真由美『『サークル村』と森崎和江——交流と連帯

＊11　ブレット・ド・バリー「二つのことば、二つのこころ——森崎和江と言語行為の政治」(長原豊訳、『思想』八六六号、一九九六年八月)。なお、上野千鶴子は一九九一年に森崎と雑誌上で対談をおこなうなど、ウーマン・リブやフェミニズムの先駆的前史として森崎の存在に早くから言及はしていたものの、これを自身の森崎論としてまとめるのは後年のことである。

のヴィジョン』（二〇一三年）の刊行である。これは純粋なモノグラフではないものの、森崎を主題に据えた学術書としてははじめてのものであり、戦後のサークル運動史のなかに『サークル村』と森崎を位置づけつつ、筑豊時代の森崎の全体像をはじめて描き出した著作である。そして、同書を研究上の基礎に据えることで、以降森崎研究は飛躍的に増加しており、近年はモノグラフだけでなく印象的な形で森崎を引用・言及する研究も数多い。また、直近では佐藤泉『死政治の精神史――「聞き書き」と抵抗の文学』（二〇二三年）が、論文集のなかの一部という形ではあるものの、これまでの佐藤の森崎研究（の一部）を聞き書きを軸にまとめている（「第Ⅱ部「聞き書き」と文学史への抵抗」）。

一方で、森崎研究の全体像を描こうとするのは困難な作業でもある。そもそも森崎自身が多様な対象やモチーフを扱う拡散的な作家であった以上、それを扱う研究もまたさまざまな論点を取り扱っており、現状ではまとまった傾向を見出すことは難しい。二〇二二年の森崎の逝去後、雑誌『現代思想』では追悼特集が組まれ総勢三〇名以上の寄稿者が集うことで、現在的な森崎にたいする関心の水準を幅広く見渡すことができたが、各々の切り口はもとよりそれぞれの論点も基本的には独自のものであったといえる。

羅列的になるのを承知で近年の研究における主要な論点をあげてみるとすれば、朝鮮、植民地主義、沖縄、ポストコロニアリズム、アジア主義、交差性、フェミニズム、からゆきさん、エロス、産、いのち、エコロジー／エコクリティシズム、炭鉱、サークル運動、『無名通信』、聞き書き、詩、言語論などがあり、それぞれの論点は当然ながら重なりあいつながってもいる。なお、前節でもふれたが、ここでの主要な論点の一部が示すように、既存の森崎研究では現代的な理論や概念を用いて森崎のテクストを読み解いていくものも多い。これは森崎の思想に多様な可能性が潜在することを物語る一方で、そうした研究は理論や概念の枠組みに合致するものとして森崎の思想をとりあげることで、その思想のオリジナリティを曖昧なものにする危うさを抱えてもいる。

そのうえで、以下ではあくまで本書の問題設定にかかわる重要な先行研究に絞って検討を進めていきたい。

先にもふれた水溜『『サークル村』と森崎和江』は、三部構成をとった大著であるが、森崎についてはその第Ⅲ部「森崎和江における「交流」の思想」で詳しくまとめられている。同書は、筑豊時代の森崎にその関心を絞りながら、多岐にわたる森崎の思索に一貫する主題として「同化型共同性」への批判を抽出している。森崎が筑豊時代にかかわった運動や闘争の資料調査や関係者への聞き取りなども広範におこなった水溜は、ナショナリズムや農村共同体だけではなく、抵抗運動の側にさえも付きまとってしまう、本来であれば多様な属性や志向をもつはずの参加者たちを運動の中心的な論理へと従属させていく「同化」的な力学を森崎が一貫して問題化していったと指摘する。そして、この「同化型共同性」の乗り越えを試みていった森崎は、『サークル村』が本来追求しようとしていた労働者や底辺民衆のあいだでの「横断的連帯」の原理を、批判的に継承していった存在として位置づけられるという。

こうした水溜の見解には、筆者も概ね同意するところである。そのうえで、水溜の著作と本書は、対象とする時期や主題に一定の重なりがあることも事実であり、いまだまとまった森崎研究がそう多くはない現在において、本書が筑豊時代の森崎における〈集団〉を主題とすることには疑問に思う向きもあるかもしれない。だが、いくつかの点で本書は水溜の著作に批判的なものでもある。

一点目には、水溜があくまで森崎の〈批判〉の次元に焦点を当てている点があげられる。この方法では、「同化型共同性」とは異なる別の集団や共同性のあり方を森崎が積極的に構想・提起し、またこれを方法的に思想化しようとしていた事実が取り逃がされてしまう。もちろん、水溜も、権力関係上優位にある集団の原理に従属しきることのない個人の自立性と、民族・階級・ジェンダーそれぞれの視点から民衆の多元性を指し示すことで、「同化型共同性」とは異なる開かれた共同性を森崎が思想と実践を通じて切り拓いていったとした。とはいえ、「個と多元性」[*12]とひとまずは集約できるこうした見解は、あくまで「同化型共同性」への批判に重きを置くことで導かれるものであり、森崎が独自の形で展開していった集団や共同性にたいする提起は十分に読み解かれているとはいえない。

上記の点ともかかわる二点目は、水溜の著作が一九五〇年代後半から六〇年代前半の時期の森崎の思索を十分に位置づけられていない点があげられる。水溜の著作は基本的に『サークル村』や大正行動隊の運動が終焉を迎えていったあと、六〇年代半ばからの森崎の思想の展開を追いかけることを重要視している。そのため、筑豊時代の初期はあくまで森崎がみずからの活動や表現を模索していった時期として理解されている。だが、この時期になされていった森崎の聞き書きや女性運動論は、男たちの運動体を批判しながら、差異を抱えた女たちによる共闘の可能性を追求していく重要な実践として捉えることが可能だ。本書では、第一章ならびに第二章がこの時期を扱っている。

三点目には、言語の問題がある。水溜の研究をはじめこれまでの森崎研究は、その多くが文学研究と思想研究が交差するところでなされてきたものである。それにもかかわらず、森崎の言語表現とその特異性に着目するという視座を方法論として明確にもちあわせた研究はそう多くはない。実際、水溜の著作は、同書への書評においても「本書は基本的に「文学的」な記述に傾くことを抑制している」と指摘されている。[*13]これは当然に戦略的な側面があると考えられるのだが、それでも不満が残るとするならば、言語の問題は森崎において単なる方法論的な問題に収まり切らないからでもある。森崎の言語表現に帯びるある種の過剰性や特異性は、それ自体が森崎の思想的特徴のひとつであり、森崎においては思想の中身（内容）とその形式（言語）は不可分なものとしてあるといえる。なにより、筑豊時代の森崎はみずからの肩書きを評論家や作家ではなくほぼ一貫して詩人としていた。表現形式が主としては評論やエッセイ、創作の形をとっていたとしても、それらは森崎の詩的感性のもとに綴られたものとして理解する必要があり、本書は必ずしも森崎の詩作に焦点を当てるものではないが、森崎の用いる言葉がつねにそうした詩語でありえた文脈を重視したい。[*14]

こうした点で、本書は佐藤泉による一連の研究の方法論を継承し体系化することを目指すものとして位置づけられる。佐藤はすでに数多くの森崎論を発表しており、それぞれの論文に個別の論点が存在するが、森崎の言語論や言語表現に着目しつつ思想と言語の連関を捉えながら、聞き書きや朝鮮、植民地主義、アジア主義といった論点を読み解いていくという方法論はつねに一貫している。そうす

＊12　前掲水溜『『サークル村』と森崎和江』二二九頁。
＊13　佐藤泉「水溜真由美著『『サークル村』と森崎和江』」『日本文学』六二巻一二号、二〇一三年一二月。
＊14　なお、晩年に至るまで森崎は自身を詩人として定義する場合が多かった一方で、肩書き自体は作家などと表記される場合も増えた。森崎の詩作については、さしあたり、井上洋子「森崎さんの短歌と詩心」『森崎和江詩集』（思潮社、二〇一五年）、および西亮太「『さわやかな欠如』を読む——森崎和江の〈詩〉を考えるための試論」（『現代思想』五〇巻一三号、二〇二二年一一月）が重要である。また近年では、反町真寿美の一連の研究がある。ただ、初期と晩年では、評論のそれ以上に詩のスタイルの変化は大きく、ひとりの詩人としての像を結ぶことには困難もつきまとう。

ることで佐藤は、森崎のテクストに書き込まれた危うさや不穏さの次元を注視しながら、この点にあえてわけいっていくことで、森崎の思想の根源を抽出することに成功してきた。

本書はこうした佐藤の方法論にならいながらも、思想研究と文学研究の両軸を意識しつつ、筑豊時代のテクストから「同化型共同性」とは異なる別の集団と共同性へ向けて森崎がおこなっていった思想的な提起を読み解いていくものとして位置づけられる。

四　資料と対象時期について

本書では、先にもふれたように主要な分析の対象を筑豊時代の一九五八年から七八年までのテクストとしており、七九年の宗像移住以降のテクストについてはあくまで補足的な形で参照することにしている。八〇年代以降の森崎のテクストは、筑豊時代のテクストにたいする自注的な文章として先行研究などでは参照されてきた側面がある。とはいえ、後年の自注が、森崎のかつてのテクストの真意を正確に説明してくれるとみるのはあまりに素朴な捉え方だろう。現在からなされる過去への回顧には、著者自身が抱える過去にたいする願望や記憶のズレによる補正を免れえないものがある。過去を肯定的に振り返るにしろ批判的に振り返るにしろ、そこでかつてのみずからが正確に代弁されるということは基本的にはない[*15]。当時の事実関係や著者の置かれた状況、心情などは、テクストを読み解き解釈するうえでたしかに不可欠なものであるが、同時に自注的語りによって読みや解釈のすべてが規定されるわけではないことも抑えておきたい。

そのうえで、ここでは、森崎の思想変遷の時期区分についてもまとめておきたい。以下の時期区分は本論でも度々参照するものだが、およそ七〇年にわたる森崎の長期の作家としてキャリアのなかで筑豊時代がどのように位置づけられるのかを明確にしながら、筑豊時代をより精緻に読み解くための前提ともしたい。

女性史家の加納実紀代は二〇〇三年の論文で、筑豊時代から一九九〇年代以降の「いのち」の議論へと至る森崎の思想変遷を丹念に追いかけ整理している。このなかで加納が、六五年の『第三の性』刊行後に沈黙期があることと、七六年の『からゆきさん』を筑豊時代の集大成としつつその後の八〇年代以降に森崎の思想に大きな変化をみてとっている点は重要だ。[*16] この加納の指摘を参照しつつ、一旦筑豊時代を一括りにしてみると、森崎の思想変遷は概ね、(一) 詩作に打ち込んだ一九四〇年代後半から五〇年代半ばの時期、(二)〈集団〉という問いのもと階級、性、民族の交差性に取りくんだ筑豊時代の五八年から七八年の時期、(三) 民俗史への関心とともに取材地域を北上させていった八〇年代、(四) エコロジーや「いのち」への思索に取り組んだ九〇年代から晩年、という形で整理が

*15 ここでは、ドミニク・ラカプラによる次の指摘を念頭に置いている。「回顧的に定式化された意図がひとつの読みあるいは解釈であることはなおのこと明らかである。というのもそうした意図なるものは、著者が執筆にとりかかった「そもそもの《オリジナル》」時点で言おうと思っていたことをそのまま引き写したものであるばあいは稀だからである」(ドミニク・ラカプラ『思想史再考——テクスト、コンテクスト、言語』山本和平＋内田正子＋金井嘉彦訳、平凡社、一九九三年、三五頁)。

*16 加納実紀代「交錯する性・階級・民族——森崎和江の〈私〉さがし」同編『文学史を読みかえる7 リブという革命——近代の闇をひらく』インパクト出版会、二〇〇三年。

できる。

そのうえで、筑豊時代についてはさらに詳細な時期区分が必要である。森崎の筑豊時代は概ね三つ（ないしは四つ）の時期に区分が可能であるが、これらはどれもが同時代の運動や闘争との関係に規定されている点にその大きな特徴がある。（一）一九五八年の移住から六五年の谷川雁との決別まで、女性運動論を中心として性と階級の交差を捉えた時期、（二）六五年の『第三の性』刊行以後の二年余りの沈黙期を経て――この沈黙期をひとつの時期区分とみなすことも可能である――「おきなわを考える会」の活動などに参加しながら筑豊の同時代的状況にかんするテキストを多数執筆したおよそ七一年頃までの時期、（三）「おきなわを考える会」の活動の終わりを経たうえで、民衆の精神史ともいうべき領域へと移行していった七二年以降の時期、である。

こうした筑豊時代の変遷は、その時々の文体の特徴とも重ねあわせられる。第一の時期には、マルクス主義用語を援用しつつ難解な詩語を伴った独自の文体が用いられているが、第二の時期にはマルクス主義用語はほとんど姿を消す一方、硬質な左翼用語を多用する点で文体の硬さは維持されている。そして、第三の時期になるとこれまでの硬質な文体からの移行が次第に模索されるようになり、筑豊時代の集大成でもある『からゆきさん』によって平仮名表記を多用する柔和な新しい文体へと到達する。

そのうえで、一九八〇年代以降、森崎の思想には〈転回〉ともいえる大きな変化がみてとれるようになるのだが、この点については改めて終章でふれることになる。

五　本書の構成

以下、本書の構成を述べていこう。

第一章「翻訳としての聞き書き――『まっくら』というはじまりについて」では、筑豊時代の森崎が最初に取りくんだ独自の試みとして、筑豊の（元）女坑夫たちにたいしておこなった聞き書きの実践に注目する。ここでは、森崎の聞き書きにおける〈書く〉次元に焦点を当てながら、まずはこれが同時代のサークル運動や女性運動とどのようなかかわりのもとになされた試みであったかを確認したうえで、森崎と同世代の周囲の女性たちが母世代にあたる（元）女坑夫たちの語りからどのようなメッセージを受けとっていたのかをみていく。最終的には、森崎の聞き書きに帯びていた翻訳性こそが、森崎や周囲の女性たちと（元）女坑夫とのあいだでの新しい集団性をうみだしえるものであったことを論じる。

第二章「非所有を所有する、あるいは女たちの新しい家」では、あまりに難解な内容と文体ゆえにこれまで先行研究ではまとまった分析がなされてこなかった、一九五八年から六〇年代前半にかけての森崎による未完の女性運動論の可能性に着目する。マルクス（主義）と谷川雁との影響をうけながら独自に練りあげられたその所有論に込められた組織論としての含意を読み解くとともに、森崎が女性たちによる日常からの変革可能性をどのように見出していったのかを、森崎の〈家〉にまつわる議論と実践から分析していく。

第三章「流民を書く、土地とともに書く――労働力流動化と〈運動以後〉の時代に」からは、筑豊時代の第二の時期に入るが、この章では第二の時期と第三の時期をあえて跨ぐ形で、石炭産業の合理化・閉山が厳しさを増していく筑豊にあって、森崎が反時代的にもこの地に留まりながら、どのように同時代の状況と向きあい、かつ状況への抵抗を模索していったかをみていく。その際には、「流民型労働者」という存在と同時代の運動・闘争の動向が重要になっていく。

第四章「抵抗の地図——沖縄闘争と筑豊」では、一九七〇年前後の施政権返還を目前とした沖縄でたたかわれていた沖縄闘争にたいして、森崎が周囲の労働者や若者らとともに結成した「おきなわを考える会」の活動を確認しつつ、森崎らが筑豊—北九州の下請け・孫請けの労働問題と沖縄闘争とをどのように接続・架橋しようとしていたのか、そのロジックをまず探っていく。そのうえで「会」での活動に触発されながら森崎が独自に展開していった沖縄論のもつ可能性と同時代的な言説としての限界をともにみながら、最終的には当時の森崎だからこそ描くことのできた沖縄をめぐる別《オルタナティブ》の〈地図〉の姿を浮かび上がらせていく。

第五章「「ふるさと」の「幻想」——流民としての「からゆきさん」をめぐって」では、第三章や第四章の問いを引き継ぎつつ、森崎が近代以降に島原・天草地方などから海を渡ってアジアの各地で娼婦として生きていった〈からゆきさん〉の歴史を、どのように流民の物語として描いていったかをみていく。森崎は自身が追いかけた流民たちのひとつの結節点として〈からゆきさん〉の存在を捉えながら、階級と性、民族が複雑に絡みあったかの女たちの輻輳性やそこからうまれてくる矛盾や両義性と向きあった。そして、かの女たちにとっての実在の「故郷」と幻想の「ふるさと」とが引き裂かれていくその過程にかの女たちの生きた思想を抽出しようとした点に着目していく。

本論の最後となる第六章「方法としての人質——あるいは「自由」をめぐって」では、概ね時系列順に沿って記述してきた第一章から第五章までとは違い、あえて時期区分を跨いで筑豊時代総体を扱う。ここでは、一九六八年に起きた在日朝鮮人の金嬉老による人質事件の衝撃をもとに記された森崎の「二つのことば・二つのこころ」をメインテクストに据えながら、そこでの「人質」という語の用いられ方に注目することで、筑豊時代の森崎が他者との共闘を試みるにあたって提起した方法的な思想をあきらかにする。また同時に、筑豊時代とは森崎がみずからの「近代的自我」の限界を乗り越えるための挑戦であったことも併せて論証する。

終章では、一九八〇年代以降の森崎の〈転回〉を素描しながら、筑豊時代の思想の特徴とその意義をまとめたうえで、これを現代において継承する方途を、八〇年代にそれぞれ独自に森崎の思想を継承させていった書き手たち——藤本和子・山岡強一・近田洋一——の実践から探っていく。

第一章　翻訳としての聞き書き——『まっくら』というはじまりについて

はじめに

森崎和江は一九五八年、谷川雁とともに筑豊は中間市に移り住み、九州・山口地方のサークル運動交流誌『サークル村』の創刊に参加する。以後『サークル村』の第一期終了時（一九五八年九月〜一九六〇年五月）まで編集委員としてその活動にかかわっていく。刊行当初は森崎・谷川と上野英信・晴子夫妻が軒続きに住む長屋に事務局が置かれた『サークル村』には、結成にあたって各地の地域サークルや職業サークルのネットワークが用いられたが、その中心のひとつが炭鉱のサークル運動にあった。

この時期のサークル運動ならびに戦後文化運動とは、うたごえや文学、版画、演劇、美術、映画など各種のジャンルと、地域や職場などの単位とが掛けあわされて構成された広範な民衆・労働者による〈下から〉の文化活動であり、同時に共産党の戦後の文化運動路線とも密接に関連し、労働運動とのつながりも有するといった点では政治的な活動でもあった。[*1] 戦後の過程で急速に盛りあがりをみせ、一九五〇年代前半の朝鮮戦争期には反戦運動の側面を色濃くもったサークル運動だが、五五年に開かれた六全協（日本共産党第六回全国協議会）における共産党の文化運動路線の方針転換によって大きな打撃を受けると、五〇年代後半以降は次第にその勢いが衰えていった。それでも、六〇年前後まではなおもその命脈を保っており、とりわけ炭鉱のサークル運動は職場サークルのなかでも重要な位置を占めていて、六全協以降の全体的な退潮のなかでも依然として活発な活動をつづけていた。[*2]

一方で、序章にてふれたように、森崎自身は一九五〇年代の文化運動にコミットしていたわけではなく、『サークル村』唯一の女性編集委員として名を連ねはしたが、筑豊自体はいまだ見慣れぬ土地であって、確固たる活動基盤といえるようなものはなく、すべては手探りのもとにはじめられなければいけなかった。その模索のなかで森崎がみずからの筑豊とのかかわりとして開始したのが、『サークル村』一九五九年七月号からの連載「スラをひく女たち」（全六回）であった。森崎は同連載にてかつて炭鉱で働いた経験をもつ（元）女坑夫たちを対象に〈聞き書き〉という独自の試みに着手していく。これは女性たちの語りを口語体のままに文章として書きとめ、彼女たちがあたかも読者へと直接語りかけているかのような印象をもたらす文体である。この連載に新たな聞き書きを追加するなどして大幅に加筆修正し六一年六月に上梓されたのが、森崎の最初の単著『まっくら――女坑夫からの聞き書き』（理論社）となる。以後現在に至るまで三度の再刊（一九七〇年現代思潮社版、一九七七年三一書房版、二〇二一年岩波文庫版）がなされてきたこの著作で森崎は、かつての女坑夫たちを前にして、地上とは隔絶された地下労働の過酷さや困難さとともに、そこで培われていったかの女たちに独自の精神性や「愛と労働」が不可分に一致するとされた男女のあいだでのエロス的関係、またそうした労

＊1　炭鉱のサークル運動については、水溜真由美『『サークル村』と森崎和江――交流と連帯のヴィジョン』（ナカニシヤ出版、二〇一三年）の「第I部　炭鉱労働者のサークル運動」を、またサークル運動全体については、『現代思想』「総特集＝戦後民衆精神史」（三五巻一七号、二〇〇七年一二月）、宇野田尚哉ほか編『「サークルの時代」を読む――戦後文化運動研究への招待』（影書房、二〇一六年）などを参照。
＊2　前掲水溜『『サークル村』と森崎和江』の第I部第一章「炭鉱のサークルと労働組合」を参照。

働の経験や記憶が女性の入坑禁止によって失われてしまい、地上の人間にはもはや伝えきれないという現実などを聞き取っていく。連載版でも『まっくら』においても、ひとつの回／章ごとにひとりの女性が自身の経験を語っていく構成がとられ、語りのなかからは聞き手である森崎による発言や合いの手などは省かれており、炭鉱関連の用語にたいする注釈や説明もとくにはないが、『まっくら』からは各章の末尾で森崎自身が語りを聞きとるなかで感じとった女たちへの印象や感想などが独白調で綴られている。そのなかでは、夫や男性たちが聞き書きの場に同席すると、かれらによって女性たちの語りが邪魔されてしまうという経験を幾度もするようになったため、聞き取りはその場に当人のみがいる状況でおこなうことにしたという、森崎の聞き書きにおける方法論が成立する経緯が語られてもいる。

ところで、近年の傾向に顕著であるが、『まっくら』という作品は森崎が（元）女坑夫たちの語りをいかに聞き届けることができたのかという〈聞く〉水準において評価されることが多い。具体的な例をひとつ参照しよう。歴史家の大門正克は日本におけるオーラル・ヒストリーの史学史をまとめた『語る歴史、聞く歴史』のなかで、みずからが定式化した「ask から listen へ」という現代的なオーラル・ヒストリーの方法論的転回を先取る先駆的存在として森崎の聞き書きを位置づけている。大門は、一九六〇年代から七〇年代における女性史の開拓において、史資料に残されていることの少ない女性たちの歴史を掘り起こす重要な方法として聞き書き／聞き取りの試みがあったことを指摘しながら、森崎が『まっくら』などの聞き書きの際にとった聞き手としての姿勢を次のように評価する。

歩き続けて女たちから話を聞き、女たちの素材化を越えるために森崎が心がけたことは何だったのか。それは、『まっくら』にかかわって先に述べたように、「心を無にして、相手の思いの核心に耳をすます」、「相手の語りたく伝えたく思っておられることとの、その肌ざわりを感じとること。けっして、こちらの予定テーマを待たぬこと」だった。相手の話のなかに聞きたいことを求めた森崎に対して、山﨑〔朋子――引用者注〕は、聞きたいことが自分のなかに強くあったのであり、ここには、「語る歴史、聞く歴史」の二つの大きな方法の相違が横たわっていた。[*3]

この文中で括弧内に引用されているのは、森崎自身がみずからの聞き書きについて回顧的に語った一九九二年の文章である。[*4] 大門は、〈からゆきさん〉を取材した山崎朋子『サンダカン八番娼館』（一九七二年）を森崎と同様に女性史における聞き書き／聞き取りの実践の先駆のひとつとしつつ、取材方法に倫理的な問題を抱え、なによりもまず「聞きたいことが自分のなかに強くあった」山崎のそれと、あくまでも「相手の話のなかに聞きたいことを求め」ようとした森崎のそれとを対比的に位置づける。そのうえで大門は、このように聞き手が語り手に聞きたい事柄を尋ねていく山崎的な「ask」式から、聞き手が語り手に語りの主導権を委ねて傾聴していく森崎的な「listen」式へと、歴史学におけるオーラル・ヒストリーの方法論も変遷していったとする。そこには、調査者たる聞き手の側に聞き取りの主導権が設定されることで、本来語るべきことを豊富にもつはずの語り手が単なるインフォーマントとして聞き手が求めることのみを語る存在へと切り縮められてしまうという、従来の聞

＊3　大門正克『語る歴史、聞く歴史――オーラル・ヒストリーの現場から』岩波書店、二〇一七年、一一四頁。
＊4　「聞き書きの記憶の中を流れるもの」『思想の科学』第七次一五九号、一九九二年一二月。この文章は、『まっくら』岩波文庫版（二〇二一年）では付録として収録されている。

き取りやオーラル・ヒストリーに潜んできた知をめぐる逆説的な権力関係への反省がある。

森崎自身の解説を引用し、語りを聞くその姿勢に森崎の聞き書きの特徴をみる大門のこうした見解は一見して妥当なもののようにもみえ、森崎研究にも一定の影響を与えている。[*5] だが、大門がこの著作のタイトルを『語る歴史、聞く歴史』としていることに象徴的なように、大門のオーラル・ヒストリー論から決定的に抜け落ちているのは、みずからが聞き取った語り手の語りを聞き手＝書き手がいかに〈書く〉のかという次元にたいする考察である。そして、森崎に固有の実践としての〈聞き書き〉が、一般的な歴史学や社会学における聞き取り作業やオーラル・ヒストリー、生活史といったものと区別されるのもまた、この〈書く〉次元においてなのである。

すでに『まっくら』にかんする先行研究が論証してきたように、少なくとも森崎にとっての聞き書きとは、テープレコーダーの音声を一言一句正しく文字起こしするようなものではなく、聞き手＝書き手である森崎による語りの再構成を伴うものであった。[*6] このことは、「スラをひく女たち」から『まっくら』に至る過程で、また『まっくら』の再刊時に、森崎がみずからの独白部分のみならず（元）女坑夫たちの語りそのものまでをも改稿の対象にしている点であきらかだ。森崎の聞き書きを考察するうえでは、森崎がどのようにして語り手の語りを聞き届けたのかだけではなく、他者の語りをいかにしてみずからの手＝言葉によって再構成しながら書き記したのかを踏まえることが不可欠である。聞き書きの実践は聞き取りやオーラル・ヒストリーに連なるものではあっても、安易に同一視して語れるわけではないことにも注意を払う必要がある。[*7]

そして、森崎の聞き書きにおけるこの〈書く〉ことへの注視こそが、森崎と筑豊に生きた人びととのあいだでの〈集団〉の形成、またその〈はじまり〉の瞬間をわたしたちに指し示してくれるだろう。

＊5　たとえば、水溜真由美「『まっくら』再考」（『現代詩手帖』六一巻九号、二〇一八年九月）、および、同「解説」森崎和江『まっくら――女坑夫からの聞き書き』（岩波文庫、二〇二一年）では、大門の議論が肯定的に参照されている。

＊6　『まっくら』の先行研究としては、佐藤泉「集団創造の詩学――森崎和江『まっくら――女坑夫からの聞き書き』」（『社会文学』三〇号、二〇〇九年六月）、茶園梨加「森崎和江作品にみる聞き書きと詩――「まっくら」と「狐」の関連から」（『社会文学』三七号、二〇一三年二月）、奥村華子「傷を重ねる――森崎和江の聞き書きにみる語り／沈黙／無言」（坪井秀人編『戦後日本の傷跡』臨川書店、二〇二二年）、冨山一郎「記憶が現れる――森崎和江の聞き書きから」（『人文學報』一一九号、二〇二二年六月）などを参照。

＊7　ところで、『語る歴史、聞く歴史』では森崎の聞き書きが繰り返し参照されるのに比して、同じく聞き書きの代表的著作であるはずの石牟礼道子『苦海浄土』の名は本文どころか同書の年表中にすら登場しない。『苦海浄土』の執筆において石牟礼は『サークル村』～『無名通信』時代からの友人である森崎の聞き書きに大きな影響を受けたことを公言しているが、同書における聞き書きは、水俣病患者である語り手が実際に語った以上のことを聞き手＝書き手である石牟礼が聞き書きの体で叙述していることで知られる。だがそれゆえ、石牟礼の長年の同伴者であった渡辺京二は『苦海浄土』講談社文庫版（一九七二年）の解説において、同書を聞き書きの書と見做す見方を退けながら、あくまでもそれを石牟礼流の私小説として位置づける。ここで渡辺は、石牟礼の聞き書きのフィクション性を強調することによって、本来の聞き書きを文学（小説）とは区別されるものに位置づけている。そのうえで、大門の著作は結果としてこのような渡辺による文学と歴史への区分を歴史学の立場から追認・補強していることになる。聞き書き＝歴史としての森崎と、文学としての石牟礼。だが本論で詳述するように、森崎の聞き書きも石牟礼の聞き書きとは異なる形ではあるが〈聞いたままに書く〉ものではなく、森崎や石牟礼の聞き書きを前にすれば歴史（学）／文学という区分こそが問いに付されるべきだろう。これらの点にかんしては、佐藤泉「記録・フィクション・文学性――「聞き書き」の言葉について」『死政治の精神史――「聞き書き」と抵抗の文学』（青土社、二〇二三年）も参照。

これからみていくように、森崎の聞き書きとは、それ自体が森崎と（元）女坑夫たちとのあいだでの共闘の模索にほかならないのだが、そこには〈女〉という同一性に依拠した共感だけがあるのではない。むしろ、両者のあいだには絶えず経験の断層が引かれており、森崎は聞き書きの過程でつねにある種の〈わからなさ〉を抱え込んでいく。この〈わからなさ〉とはまた、炭鉱の母たちと娘たちのあいだでの世代間の断層であり、また女たちと男たちとのあいだでのジェンダー間の断層でもあったという事実は、森崎の聞き書きの同時代的文脈を探索することによってみえてくる。そして、この〈わからなさ〉が書き込まれることによってこそ『まっくら』は異なる立場と経験に置かれた者たちの共闘を呼びかける書物として存在しえたのであり、これはなによりもまず運動の書として書かれたのである。

以下、本章では、第一節で森崎和江と『サークル村』のかかわりを確認しながら、森崎が（元）女坑夫たちの聞き書きへと至る経緯をみていく。第二節では、『まっくら』の内容を具体的に参照しつつ、森崎や周囲の女性たちが母世代にあたる（元）女坑夫たちの聞き書きをどのように受けとめていたのかをみていく。第三節では翻訳をひとつのキーワードとして、森崎の聞き書きに備わった翻訳性を解き明かすことを通じて、〈書く〉ことによって新たな〈集団〉がうまれていくその可能性をあきらかにしよう。

一　『サークル村』と女たち

本節ではまず、森崎和江と『サークル村』のかかわりを確認するところからはじめていこう。

一九四五年の敗戦を福岡の地で迎えた森崎は、戦後は〈引揚者〉となった父親と妹弟とともに暮らしながら、四七年には福岡女子専門学校を卒業する。その後の数年は結核の治療のため国立佐賀療養所へ入所するが、戦後当初は主に短歌の実作をおこなっていたという森崎が本格的に詩作を開始するのは、この入所期間中に同所内で発刊されていた同人誌『白道』に参加してのことである。その後、一時外出の際に街灯の電柱に貼られた、詩人の丸山豊が主宰する詩誌『母音』のチラシをみかけ、四九年から同誌に参加することで徐々にその名が知られるようになる。活動の傍ら、五二年には松石始と結婚し、ふたりの子どもをもうけたが、やがて『母音』に同じく参加していた熊本・水俣出身の詩人で共産党員であった谷川雁と出会うことになる。森崎の詩作に惹かれた谷川から度重なるアプローチを受けるが、森崎自身は必ずしも谷川の詩作を評価していたわけではない。だが、「弟の仇を討とう」と語りかけ、運動の世界にエロスをもちこむ夢をともに共有しようとする谷川との関係に次第に揺れていった森崎は夫・松石と別れ、ふたりの子どもを連れて谷川とともに炭鉱地帯・筑豊へと移り住む。

『サークル村』は一九五八年九月、創刊号を刊行しその船出を切った。森崎は九人いた編集委員のなかで唯一の女性であり、また唯一の非共産党員でもあった。九州・山口地方のサークル運動の交流とネットワーク化を試みるにあたり、『サークル村』の基盤となったのは上野英信が筑豊を中心として北部九州に築いてきた炭鉱のサークルネットワークと、谷川雁による南部九州を中心とした地域サークルネットワークであったが、結成当初からソリが合わなかったことで知られる両者をひとつの運動へと結びつけたのは、共産党員という共通の立場であったともされる[*8]。同時に、『サークル村』

は党の組織的方針に従属することのない独自の運動体として歩むことにもなる。

この時期、全国的にみればサークル運動そのものは一九五五年の六全協を経て、共産党の文化運動政策の転換とともに緩やかな衰退期へと差し掛かっていた。谷川雁が『サークル村』で華々しく提唱していく、知識人と大衆のあいだに挟まれた存在としての「工作者」という役割もまた、五〇年代前半の東京は下丸子文化集団などによってサークル運動のなかで一度は提起されたものであって、それ自体は新奇なものというよりむしろ忘れ去られつつあるものであった。谷川はアナクロニズムであることを承知でこの概念を呼び起こしたのだが[*9]、その創刊宣言「さらに深く集団の意味を」で谷川は、この雑誌の目的を次のように宣言してみせた。

いまや日本の文化創造運動はするどい転機を味っている。この二三年のうち続いた精算と解体への方向を転回させるには、究極的には文化を個人の創造物とみなす観点をうちやぶり、新しい集団的な荷い手を登場させるほかないことを示した。労働者と農民の、知識人と民衆の、古い世代と新しい世代の、男と女の、一つの分野と他の分野に横たわるはげしい断層、亀裂は波瀾と飛躍を含む衝突、対立による統一、そのための大規模な交流によってのみ越えられるのであろう。共通の場を堅く保ちながら、矛盾を恐れげもなく深めること、それ以外の道はありえない。／新しい創造単位とは何か。それは創造の基軸に集団の刻印をつけたサークルである。[*10]

ここで「一つの分野と他の分野に横たわるはげしい断層、亀裂は波瀾と飛躍を含む衝突、対立による統一、そのための大規模な交流によってのみ越えられる」と劇的な形で表現されるように、九州・

山口地域のサークル運動のハブとして活動を開始した『サークル村』の交流方針の基礎とは弛まない相互批判に基づく「集団創造」の原理にあった。この方針を貫徹するために谷川を中心とした編集部はあえて会員間の対立を煽り立て《アジテート》、雑誌のなかに「相互干渉」や「毒舌」といった欄を設けては、ほかのサークルへの批判的介入を促した。それぞれのサークルが個別の活動原理に閉塞化していく傾向にあることを指摘しながら、会員間の絶え間ない対話＝対立に基づく新たな交流の理論がつくりだされようとした。ここで想定されていた対話＝対立の代表的なものには、都市的な北九州と土着的な南九州、地下の労働を基盤とする炭鉱サークルとその他の職場サークルのそれなどがあり、紙面上では激しい舌戦が展開されていった。

この『サークル村』の特徴のひとつに、森崎をはじめ、作家の石牟礼道子や中村きい子、女性史家の河野信子など女性の書き手たちの活躍があげられ、かの女たち以外にも多くの女性が会員となって紙面に参加していた。だが、のちに著名な書き手となっていくこうした女性たちを複数輩出したことで事後的に覆い被せられていく〈豪華さ〉のヴェールを剥がしてみるならば、『サークル村』もまた厳然たる男性中心主義・家父長制に貫かれた組織として存在していたことがわかる。相互批判を流儀

＊8　坂口博「「サークル村」」福岡市文学館編『サークル誌の時代――労働者の文学運動 1950-60 年代福岡』福岡市文学館、二〇一一年、六七頁。
＊9　道場親信『下丸子文化集団とその時代――一九五〇年代サークル文化運動の光芒』みすず書房、二〇一六年、一六二―一六三頁。
＊10　無記名「さらに深く集団の意味」『サークル村』創刊号、一九五八年九月、三頁。その後、谷川雁の単著『原点が存在する』（一九五八年）に収録されており、執筆は基本的に谷川単独による。

とし、創刊宣言で「男と女」の対話＝対立が謳われてはいても、ジェンダーをめぐる対立軸は雑誌のなかでは明確に主題化されることがなかった。また、中村きい子がみずからの生まれ故郷である鹿児島の封建的な家父長制への批判を創作の一貫した主題としていたように、雑誌の舞台となっていた九州が男尊女卑の根深い家父長的風土の土地であったことも忘れてはならないだろう。

こうした傾向は、後年に伝えられることになる谷川雁や上野英信の家庭内での尊大な家父長的な振る舞いのみならず、[*11] かれらの同時代のテクストからもあきらかだ。たとえば谷川は『サークル村』の初期に「女たちの新らしい夜」（一九五八年一一月）や「女のわかりよさ——山代巴への手紙」（一九五九年二月）、また「母親運動への直言」（『婦人公論』一九五九年一〇月）といった女性論を立てつづけに発表しているが、そうした議論のなかには谷川自身のミソジニーや女性不信が色濃く滲み出ていた。[*12] また、上野には「上野英之進」という名義で『サークル村』初期に執筆した創作群があるが、暗くもユーモラスな性的寓話である「ぼた山と陥落と雷魚と」（一九五九年三月）などは炭鉱社会に特有の性的開放感を踏まえたとしても、上野自身のミソジニーと男根崇拝を露呈させている点ではやはり評価しがたい作品である。

こうした内部の傾向を裏付けるものに、一九五九年ごろに発表されたと推察される森崎の文章がある。そこでは南九州で開かれた『サークル村』の初期の交流集会の模様が、次のように書きとめられている。

これらの婦人が中心となって九十人の食事をととのえました。きりりと動く素足と磯くさい対話に、男性諸君はさすがおらが九州の女はあたたかい、生産的だと感動しました。炊事場にはやわらかなエロスがただよっていました。彼女らは、最も身近で、具体的で、根源的だとおもわれるところから交流を欲したのです。とすれば、「感嘆」とは無責任以外ではありません。*13

ここでは、性別分業のもとになされた女たちの家事労働へ男たちが向ける一方的なまなざしが退けられながら、女たちが「炊事場」で交わしていく「最も身近で、具体的で、根源的だとおもわれるところから」の交歓のなかにこそ、異性愛主義に囲われた「エロス」とは異なる女たち同士の「エロス」の萌芽が見出されている。みずからもその「炊事場」のなかにいたであろう森崎のこうした筆致は、左翼の「男性諸君」のジェンダー／セクシュアリティにたいする鈍感さや陳腐さとは比べようのない次元にすでにある。

しかし、森崎と谷川はそもそも、こうした男性中心的な運動の世界にエロスをもちこむことを共通

*11 谷川雁については森崎による『闘いとエロス』（三一書房、一九七〇年）を、上野英信については妻・上野晴子による『キジバトの記』（裏山書房、一九九八年）をそれぞれ参照。なお、英信と晴子の関係もまた単なる抑圧―被抑圧の図式だけで理解されるようなものではないが、この点については息子である上野朱の『蕨の家――上野英信と晴子』（海鳥社、二〇〇〇年）、同『父を焼く――上野英信と筑豊』（岩波書店、二〇一〇年）もあわせて参照。

*12 一方で、この時期の谷川の女性論がもつ、安易な正否をくだすことのできない複雑な特徴については、松本麻里「工作しきれないものとしての「女」」（『KAWADE 道の手帖 谷川雁――詩人思想家、復活』河出書房新社、二〇〇九年）を参照。

*13 「現代を織る女たち」『非所有の所有』現代思潮社、一九六三年、二二頁（初出不明）。

の使命として結ばれた〈同志〉のはずであった。その点で、『サークル村』初期に集中する谷川の一連の女性論は森崎への谷川なりの応答ではあり、たとえば前記した「女たちの新らしい夜」などは炭鉱の女性たちの変化を極めて肯定的に掴み出したもので、たとえ不十分ではあったとしてもこうした試みが繰り返されつづけたならば、それを谷川なりの変化の模索と捉えることも可能ではある。こうした両者の関係性については次章でもみていくが、のちの森崎『闘いとエロス』（一九七〇年）では、両者の存在が投影された契子（森崎）と室井（谷川）が『サークル村』結成準備に向けて炭鉱地帯をオルグに訪れた際、契子が女性用の便所を探す場面での会話が次のように書き込まれている。この場面は創作という設定であるとしても、両者の性をめぐる感性に当初からどうしようもないズレが抱え込まれていたことを示唆している。[*14]

　「君はね、あれができんとだめだと。にほんの女は立小便が本筋なんだから」

　といった。

　「立小便ができなきゃ、女の仲間にはいれてくれんよ。君は女を組織するならあれがやれなきゃ」

　ふいにわたしの笑いがこわばった。くらい海面がひろがり、体が浮いた。頭のなかがいそがしくまわり、どこかで、知ってるわよ、と答えようとしていた。たしかに何か知ってるにちがいない、たとえわたしとわたしの母とが立っておしっこができなくたって……《〔ママ〕》何かの感覚が残っているにちがいない……《〔ママ〕》わたしのなかで朝鮮が低い静かな音を揺すっている。[*15]

『闘いとエロス』では、この契子と室井の会話につづいて、契子が泊まることになった炭住街の長屋での女性たちの会話へと場面が移行していくが、そこで語られるのは契子＝森崎と同世代の炭鉱の女性たちが、サークル運動や炭鉱の反合理化・閉山闘争にかかわりみずからが政治化することで生じる周囲の夫や男性たちとの葛藤である。付け加えると、女性たちが契子の泊まっている長屋に集まっているところに、女性たちの夫のうちのひとりが酔っ払いながらやってきては玄関の窓を破壊して暴れ回る場面と同様のシーンが、一九六二年八月〜九月初出の森崎の創作「とびおくれた虫」（『白夜評論』）でも書きとめられている。森崎が抱えていた男性中心の運動・闘争への不和は、森崎個人のものではなく、同時代の筑豊や『サークル村』の女性たちにも共有されたものであり、森崎と周囲の女性たちは男性たちのそれとは異なる集団と共同性のあり方を求めながら、同時にかれらとの対話＝対立をなんとか形にしようと模索していた。

そうしたなかで、森崎は一九五九年七月から八月にかけて、三つの試みをほぼ同時に開始していく。まず七月には、先述のように『サークル村』で聞き書きの連載「スラをひく女たち」を、また炭労（日本炭鉱労働組合）の機関紙である『月刊炭労』ではこちらも連載「炭鉱の女」をはじめる。全五回

＊14　ただし、これが設定上はフィクショナルな場面として、またあくまで事後的な総括として書き込まれている点は注意を要する。両者の決別を当初から決定づけられていた予定調和的なものとして受けとるならば、森崎と谷川のあいだで交わされた対話と葛藤、その弁証法的契機を見逃すことになり、また大正行動隊内での性暴力事件から受けた森崎の衝撃の重さをも見誤りかねない。

＊15　『闘いとエロス』三一書房、一九七〇年、一四頁。ここでは、両者の後々の決別に至るもうひとつの要因ともなった朝鮮問題の存在が断片的にも書き込まれており、この点でも示唆的ではある。

が掲載されたこの「炭鉱の女」で森崎は、当時の炭鉱の女性たちによる主流の運動にたいして批判的介入を試みており、炭労の婦人組織である炭婦協（日本炭鉱主婦協議会）の運動方針や組織性について痛烈な批判を展開している。そして、翌八月には、女たちの交流誌として位置づけられたミニコミ誌『無名通信』が創刊される。『無名通信』の創刊宣言たる「道徳のオバケを退治しよう」は、その冒頭での「わたしたちは女にかぶせられている呼び名を返上します。無名にかえりたいのです」という件が殊更に有名であるが、こちらでも主な批判対象として措定されているのは男性たちとともに炭婦協の女性たちであり、炭労に紐付けされたかの女たちの組織主義・官僚主義的な行動原理は家父長制の再生産であるとして真っ向から否定されている。

炭労の機関紙で炭労の事実上の下部組織たる炭婦協批判を繰り出していく「炭鉱の女」や、『サークル村』に集っていた女性たちを中心として結成された『無名通信』の試みは、既成の男性中心主義に支配された運動や闘争のそれとは異なる新しい女たちの集団や組織化を模索する点で、その政治性はあきらかだろう。一方、「スラをひく女たち」によってはじめられた聞き書きは、それが『サークル村』に連載されていたとはいえ、一見して明確な政治性を伴っているようにはみえにくい。とりわけ、これが『まっくら』として単行本化されると、その背景はさらに掴みにくくなる。

かつての女坑夫たちの語りを聞き書きすることが、女たちの新たな集団や組織化とどのようにかかわるのか。この問いを考察するうえでは、まずは『まっくら』に語られ書き込まれた母世代の（元）女坑夫たちとその娘世代とのあいだでの断層が、森崎や周囲の女性たちにとってもった意味とはなにかをみていく必要がある。

二　母たち、娘たち

森崎が聞き書きの実践に取り掛かるのは、一九五〇年代も間もなく終わりを迎えようとしているときのことであった。だが、すでに五〇年代には「母の歴史」を〈書く〉実践が女性たちによって積み重ねられてもいた。五〇年代前半に広く展開された国民的歴史学運動においては、古代・中世史家の石母田正によって「母の歴史」を書くことが提唱され、これらの動きに触発される形ではじめられていった生活記録運動での「母の歴史」にかんする記録実践などは[*16]、森崎の聞き書きに先行する重要な実践して捉えられるだろう[*17]。しかしながら、森崎による（元）女坑夫たちの聞き書きが目指したのは、単に女性たちの不可視化された炭鉱での労働の歴史を掘り起こすことでもなければ、母たちの歴史を乗り越えないしは共感の対象とすることでもなかった。そこで追及されたのはむしろ、戦後の炭鉱の女性たちの専業主婦化に連なるみずからや周囲の女性たちが抱える、労働や性愛への固定観念

＊16　生活記録運動については、辻智子『繊維女性労働者の生活記録運動――一九五〇年代サークル運動と若者たちの自己形成』（北海道大学出版会、二〇一五年）を参照。

＊17　この時期、生活記録運動に知識人の立場からかかわり、各地の実践のハブ的な役割を担っていた鶴見和子は森崎『まっくら』について、「そこには、自己の体験と他人の経験とのぶっつけあいと、対象の運命への参加の姿勢がある」と評価していた（鶴見和子「ワクをやぶろう」『生活記録運動のなかで』未来社、一九六三年、一九六頁（初出は『国民文化』二三号、一九六一年）、および、前掲冨山「記憶が現れる」六二一―六二三頁）。

を揺り動かすような女性像をその語りから導き出すことにあった。以下、この点を『まっくら』の内容とともに確認していこう。

森崎は『まっくら』の冒頭の「はじめに」を、詩的散文ともいえる独特の文体で記述している。「スラをひく女たち」の連載時点では（元）女坑夫の聞き書きのみが掲載されており、連載の趣旨や森崎が聞き書きを試みる意図などは『サークル村』誌上では明瞭には語られていなかった。佐藤泉は森崎が「自分を語る場合、いつでも正確に語ろうとし、そのために言葉が詩語にならざるをえない」としたが、[*18] この「はじめに」もまたそのような詩語を用いて綴られているといえる。

> 女たちの内発性とまっこうから拮抗しないニッポン！武士道！もののあわれ！近代！そこに内在するもろもろの価値に血が噴くような憎しみをむけ、あかんべえと舌をだして成長しました。心の底から日本という質をさげすんでいる自分の火を守りました。それはまるで民族的な訣別へ私を追うような強さで押しました。（傍線部、引用者。理論社版二―三頁、以下本章での引用時の括弧内の頁数は断りがない限り理論社版による）

傍線部の部分は、一九七七年の三一書房版では「そこにあるもろもろの価値に血が噴くような憎しみを感じた敗戦前後」と改稿されており、したがって「心の底から日本という質をさげすんでいる自分」とは敗戦の前後から感受していた「ニッポン」という国にたいする森崎の違和感や反発を表しているだろう。「はじめに」では、森崎がふたりの子どもを連れて筑豊を歩きながら交わした長女との会話が挟まれており、そこでは筑豊は文字通り森崎が彷徨いながらたどり着いた場所として表象されている。植民二世の〈女〉としての自己に迫るものを、日本という「くに」のなかで必死に探りあてようとしていた当時の森崎の心情が窺えるが、「はじめに」の末尾は次のような印象的な一節で締め括られている。

私が坑内労働を経験した老女を探しあるきましたのは、日本の土のうえで奇型な虫のように生きている自分を、最終的に焼くものがほしかったためでした。が老女たちは唾といっしょに薄羽かげろうをはじきとばして、ずしりと坐りました。そこには階級と民族と女とが、はじめて虹のようにひらいていると私には思えました。いびつなその裂け目へ、私は入っていきました。(四)

「日本の土のうえで奇型な虫のように生きている自分を、最終的に焼くものがほしかった」とする森崎の聞き書きの基点は、まずどこまでも己自身に置かれていることに注意したい。女性たちは地底でどのように生きてきたのかという問いは、森崎が同じ女性だから問われているのではない。それは、同じ性《ジェンダー》を生きながらもみずからとは異なる性のあり方をかの女たちが生きてきたからこそ問われるものだ。そこには、植民二世の〈女〉である自己と炭鉱に生きた〈女〉であるかの女たちの差異とともに、地底での労働を経験しえない自己とそれを経験してきたかの女たちとの差異が刻まれてもいる。そして、後者の点は、森崎だけでなく、森崎と同世代の炭鉱の女性たちが共有していた葛藤でも

＊18　佐藤泉「いかんともしがたい植民地の経験——森崎和江の日本語」青山学院大学日本文学科編『異郷の日本語』社会評論社、二〇〇九年、六九頁。

あった。「スラをひく女たち」連載中の一九五九年一二月に雑誌『民話』誌上で発表された「坑夫の妻たち」のなかで森崎は、主として家事労働に従事している周囲の専業主婦の女性たちが、サークル運動や労働運動に参加していく過程で夫や男性たちとの意識の断絶を味わっていること、また地底での労働を直接に経験した母親世代がもつ独自の開放感にも羨望や引け目を感じている事実を指摘している。

「亭主がぐずぐずいえば、さっさと捨てよったね。子供はおいて出よったよ。男もおなごも同じ仕事じゃ。命がけの仕事じゃから、気が合うとらんと思うようにできんし。恋愛は多かったのう。嫁と飯場の若者と逃げるものも多かった。坑内はよか話が多かったよ」／多少の差はあるとしても、「動く母」を女の原型として感じている。母とは、なわを投げる者。捕らえた男、引きよせた労働を担って転々としていくもの。そして、その中心には労働の腕の冴えといったものがある。「取ったもんが勝じゃ」という。「けつの穴はひとつしかない、男でもおなごでも理屈は同じ」という。こういう意識は「動く母」に共通している。[*19]

母や祖母の世代が労働を集団的に行っていたのに対して、二代目三代目はひとりぼっちだ。物質との接触も狭くなった。男と通いあう感覚もしかとしない。水辺に貝のように沈むには母の映像は濃ゆすぎる。貧弱な学習サークル用語に組み替えて思考するには、血が食べ散らした無声領域が深すぎる。[*20]

ひとつ目の引用における括弧内の語りは、「スラをひく女たち」〜『まっくら』に所収された「セナの神さま」の章の語り手が語る内容と概ね一致している。ここで語られる「動く母」とは、夫や男性たちを「さっさと捨て」て炭鉱も移り変わっていくその移動性とともに、坑内の肉体労働によってみずからの主体性を培い、自己主張を恐れないかの女たちの能動性を表現しているといえる。そして、この「母」たちの移動性と能動性は、「坑内はよか話が多かったよ」という語りに象徴的なように、なによりもまず炭鉱での恋愛や性愛《エロス》にたいするものであり、この点は振幅を伴う（元）女坑夫たちの語りのなかでも共通して強調される点であった。

そもそも一口に炭鉱労働といっても、それぞれの炭鉱によって規模や男女の賃金形態、労務管理の厳しさなどは異なり、女性たちの労働経験も一様ではなかった。必然的にその経験の受けとめ方にも女性たちのあいだでは違いがうまれ、かの女たちの語りは単一の理解に収斂されるようなものではない。[*21] 炭鉱での労働とそこでの共同性が肯定的に――ともすればやや楽観的に――語られる章もあれば（「棄郷」・「共有」）、死と隣りあわせであった地底での経験が当時の恐怖とともに語られる章もある

＊19　「坑夫の妻たち」『民話』一四号、一九五九年一二月、三五―三六頁。
＊20　同上、三七頁。
＊21　筑豊における女性の坑内労働については、野依智子『近代筑豊炭鉱における女性労働と家族――「家族賃金」観念と「家庭イデオロギー」の形成過程』（明石書店、二〇一〇年）や井手川泰子『火を産んだ母たち――女坑夫からの聞き書』（葦書房、一九八四年）なども参照。なお、野依『近代筑豊炭鉱における女性労働と家族』によると、そもそも筑豊は北海道の炭鉱などと比べると著しく女性の坑内夫が多く、最盛期には全坑夫の約三割を女坑夫が占めていたとされる。

（「地表へ追われる」）。そして、当然ながらひとりの語り手のなかでさえ語りは一方向に向かうことはなく、女性たちの経験はつねに多義的で両義性を帯びたものだった。

そのなかで、多くの語りにおいて共通する方向性をもった話題としてあったのが、炭鉱での「愛と労働」の共有の経験であり、またそうした経験ゆえに生じていく自分たち母世代と娘世代とのあいだにある断絶感であった。坑内労働、なかでも採炭は、石炭を掘り出す役割の先山と掘り起こされた石炭を掻き集めて運び出す後山とが一対となっておこなわれ、先山は男性、後山は女性が主に担っていた。先山／後山は家族や夫婦のあいだで役割分担がおこなわれる場合が多かったが、これは地底での労働がつねに命懸けのものであり、労働の場をともにすることが単なる仕事仲間以上の関係を必要としたからだろう。それゆえ、家族や夫婦でない者と先山／後山のペアを組むのであれば、そこには仕事仲間であること以上の紐帯や関係性が自ずとうまれてしまう。一夫一婦的価値観に基づく地上の狭隘な恋愛や性愛の規範が入りこむ余地はそこにはもはやなかった。

> 切羽はめおとで入るばかりじゃなか。他人の後山になることが多かけん。亭主がぐずぐずいや、男とつんのうて（連れだって）逃げるの。こまか払い（切羽）はたった二人じゃけ、大納屋の若かもんとよそのかあちゃんと逃げるとたい。わからんごとしめし合うとっての。（…）本気になっとるもんはふつうわからんごと気をつけとるけんの。坑内でおなごが男のいうなりにならにゃんちこつ《（ならねばいかんということ）》はなかの。（一二七、「セナの神さま」）。括弧内はルビを含めすべて原文ママ）

また、「共有」の章でも、仕操りという坑内での坑道を維持・補修する作業について、「坑内仕操りは他人の婿さんと行くことが多いたい。相手が一人者のこともある。そうすると月日がたつうちに愛情がうつる。移るのがほんとたい。協力して仕事をせな命にかかわるとじゃから。十人に一人は好きな人と逃げますたい」(一五五)と語られる。こうした炭鉱に固有の恋愛・性愛の関係性は、過酷な肉体労働を通じた男女の対等性を抜きには語れない。[*22] 利益を最優先し保安管理を疎かにするのが常な資本・会社の意向ゆえ、ひとつ間違えれば命取りとなるような過酷な労働の現場で、後山は己の「労働の腕の冴え」だけを信じながら先山と互いの生命を託しあい、そうすることで人びとは絶対的な個であることと共同(協働)であることを同時的に会得していった。そこで培われていった炭鉱の女性たちに特有の感性を、「坑夫の妻たち」のなかで森崎は次のように読み解いている。

彼女らは男を捨てる。子供を捨てる。男に負けるということはない、という。が、これは近代・前近代のモノサシで計るわけにはいかない質を含む。彼女らは分離して得られる元素を語ってはいない。(…)労働それ自身を最後のばねにして、その場でかえり咲こうとする。他者と溶けあうことでしかそのものとの主体的関係は掴めないことを主張する。共有することで完結する自我。

＊22　とはいえ、こうした炭鉱での性愛は肯定的に語られるばかりのものではない。たとえば、記録作家の林えいだいは、「夫が病気や怪我をして、女房を他人あとむきに頼むことがよくあった。三日以上頼めば女房の操を提供しても構わないという、暗黙の了解があったとも聞く。そうした坑内妻がいたことはあとむきの女坑夫は触れたがらなかったが、多くの先山たちが私に話してくれた」としている(林えいだい『闇を掘る女たち』明石書店、一九九〇年、一七一頁)。

分離・対立、個我へむこうことで結晶している文明の限界を、自分の肉体のうえに知ったのだ。彼女らはじりじりと共通項の濃度をはかりはじめる。濃くなれ。それだけがわたしのオリジナリティを伝播する。そしてまた、おまえたちの限界を開くのだ、と。*23

「共有することで完結する自我」とは、女坑夫たちの強靭な自律性と、労働を中心にして形成された共同性とを見事に表した卓抜な表現であるだろう。しかし、女性の坑内労働は一九二八年の鉱夫労役扶助規則の改定によって三三年から禁止にされると、以後は規則の緩い中小炭鉱などで黙認されていたことを除けば、戦時下の労働力不足による一時的な復活を経て、戦後の四七年に再び女性保護政策の一環として禁止されるようになる。かつての女坑夫たちはこうして地底での女性の労働が禁じられたことを一様に嘆くのであり、地下世界を肯定的には語ることのない「地表へ追われる」の章の語り手ですら、語りの最後では「四十年坑内におったとですの。まあだ、働きたいですのう」(一八二)と呟かずにはおれない。他方、それと対比的に語られるのが、坑内労働を知らないままに〈現在〉を過ごす、(元)女坑夫たちからすれば娘世代にあたる女性たちの生き方であり、母たちの娘たちへの評価は一様に厳しいものだった。

人間は働かな嘘ですばい。わたしは若いもんにいつでもそういうのですがね、若いもんは笑うとですばい。「おかあさんな古いよ」いうて。私はそうは思いませんばい。(八二、「棄郷」)

〔当時は――引用者〕娘といってもみんな一人前にセナ担って仕事ができる者たちですから、力でも強いですよ。坑内の仕事は男と女の区別がないように何でもしますから。それに娘たちはみんなしゃんとした気分でした。どんなことにでも堂々とむかってやる、こい、という気風でしたね。今ごろあんな娘たちいませんねえ。思いっ切りやりました、何でも。悪さしましたが、「負けられるか！」という気持でしたよ。このごろの娘はふうせんのようで頼りないですね。あのころのわたしたちの気分をさがそうとしてもありませんね。せいぜい土方ですよ。それも大層ちがいますけどね。ニコヨンの女たちのなかには少しあの気分はあります。さみしいもんですね。戦争のあとよけい女はつまらんようになりましたよ。かざりたてることしかしらんようになってね。
（二〇九―二一〇、「のしかかる娘たち」）

炭鉱で生きてきたかの女たちにとって働くとはまずもって地底での肉体労働を指すのであり、「土方」や「ニコヨン」のような地上の肉体労働であればかろうじてかの女たちの眼鏡にかなうが、家事労働はこの労働のうちに認められない。女性の坑内労働の禁止があくまで国の政策によるものであったことはかの女たちも当然承知しているが、娘世代にはこうした経験や感性は受け継がれないまま、炭鉱そのものの時代が次第に終わりを迎えようとしていた。森崎は「おわりに」のなかでも、「後山たちは家族という単位のなかで消えていく労働を、「働く」という概念にふくませておりませんとしながら、「愛と労働を同時に生きようとし」たかの女たちの「共感と抵抗が後山たちを一様に朗々とした女にさせてい」たのだとしつつも、「いまおばあさんたちはそれらすべてがどういう意味を

＊23　前掲「坑夫の妻たち」三六頁。

もっていたのかを、もどかしげにたぐりよせようとします」と伝えている（一九七）。
もちろん、炭鉱がジェンダーにおいて理想的な場所であったわけではなく、家父長制や性暴力とも無縁でなかったことはとりわけ「赤不浄」の章などで語られている。だが、「愛と労働」の一致点を見つけ出そうとしていったかの女たちの生き様は、夫や男性たちとの断絶を日々感じるほかない娘世代の女性たちにとって、厳しい問いかけであると同時に呼びかけとしても受けとめられていた。母たちの言葉は、聞き手である森崎を突き刺し、その背後にいる娘たちをも貫いていく刃であった。

彼女たちは、いま私に何を語りかけているのでしょう。もう雑炊にもならぬほど存在はくずれていますのに、会えば白熱する光ばかりがおそってきました。一人会えばそれだけ加算され、迫ってくる執念から私はのがれがたくなりました。それは話しあっていますと、模糊とした被いのなかから切迫する単眼のように走りでるのです。（一九六、「おわりに」）

三　翻訳と呼びかけ

前節では、森崎や周囲の女性たちが、母世代にあたる（元）女坑夫たちの語りを戦後世代で専業主婦化された自分たち娘世代への批判として受けとめていたことをみてきた。だが、『まっくら』に書き込まれたのはこうした女坑夫たちの語りへの同意や共感だけでなく、かの女たちにたいする森崎の〈わからなさ〉でもあり、この点こそが「スラをひく女たち」から『まっくら』に至る改稿の最大の特徴でもあった。ここでは、『まっくら』のテクストに立ち戻りながら、森崎が聞き書きを通じてつくりあげようとした女たちの〈集団〉がいかなるものであったかを、〈翻訳〉をひとつのキーワードとして分析していきたい。

改めて聞き書きという実践が抱える最大の困難とはなにかを考えてみると、それは本来固有なものとしてある他者の語りを、聞き手＝書き手がみずからの手＝言葉によって書き直さなければいけないという矛盾のうちにあるといえる。語られたことをそのままに文字起こしだけしても、それが対話のうちになされたものである以上、即座に読み物として成立するかどうかは確かではない。必然的に聞き書きはオリジナルな声の再現というよりも語りの再構成を必要とするものであり、この再構成の過程を経ない聞き書きは本来存在しない。『まっくら』の語りも、かの女たちの語れなさや言い淀みを含めて書きとめられつつ、全体としては朗々として滑らかな語りになっており、読む者を飽きさせない反面、字面の通りに女性たちが一回きりで語ったとは到底想定しがたい。事実、「無音の洞」や「赤不浄」の章の独白部分で森崎は、ひとりの（元）女坑夫の語りを複数回にわたって聞き取っていたことをあかしている。仮に、こうした再構成の過程を単なるテープレコーダーの文字起こしに省略＝矮小化してしまうなら、聞き書きはアカデミックな聞き取り作業やオーラル・ヒストリーのそれとほとんど同義のものとなるだろう。だが、再構成の過程において書き手はテープレコーダーの停止と再生、巻き戻しを繰り返すだけでなく、取材ノートを幾度もめくり返しながら、その場で語られたことだけではない、沈黙として残されたものをも聞き届けることを要請されるのであり、聞き書きの言葉は記憶のなかで語りとの対話を反芻しつづける過程を通じてのみうまれていく。[*24] そして、本章の論旨とは逸れてしまうためこれ以上の議論は展開できないが、聞き書きがもつラディカル性のひとつとは、アカデミックな聞き取りやオーラル・ヒストリーの作業にすらこうした語りの再構成という側面が否応なく介在してしまうという〈書く〉次元の存在を暴露する点にある。

そもそも、ひとりの語りでひとつの章という「スラをひく女たち」〜『まっくら』の構成自体が事実なのかどうかも実のところ不確定であることは、あまり知られていない。七七年三一書房版から新たに加えられた「赤不浄」の章で語られる死んだ元夫の特徴が、別の章「のしかかる女たち」に登場する女性の元夫の特徴と酷似するという不可解な事実は、しかし先行研究でもなぜか見過ごされてきた。

その男は三味線、二丁太鼓、ハモニカ、大正琴、尺八、バイオリン、なんか弾くんですよ。なんでも弾きこなしよりましたよ。（一二六、三一書房版「のしかかる娘たち」）

碁は一級で炭坑の青年に教えよったし、野球は選手でキャッチャーしよりました。若死ですたい。（一二七、三一書房版「のしかかる娘たち」）

主人はなんでも器用にできる男で炭坑にゃ珍らしい男だった。音楽きちがい。鳴りもんはなんでも上手。三味線からバイオリンまでひきよった。キャッチボールの選手。唄は天才じゃったね。（一七九、三一書房版「赤不浄」）

あれから水非常〔炭鉱での水没事故を指す——引用者注〕で、主人は死んだばい。思えば、よか男だった。(一七九、三一書房版「赤不浄」)

「のしかかる女たち」と「赤不浄」は、語り手の経験自体にはあきらかにズレがあるため同一人物の語りとは考えられないにもかかわらず、元夫にかんする記述だけは酷似しているという奇妙な事例だ。そのうえで、仮にすべての章ではないにしても、複数の女性の経験がひとつの章のなかに組みあわせられているとすれば、もはや森崎の聞き書きを〈聞いたままに書く〉ようなものとして捉えることは不可能になる。

他方で、『まっくら』においての語り手たちの語りはほとんどが方言で話されており、これは植民地朝鮮で生まれ育ったがために地域的な土着性が脱色されたある意味で人工的ともいえる「標準語」しか知らなかった森崎にとって、みずからの言語体系には属することのない異質な言語のはずであった。実際、『サークル村』の一九六〇年九月号では、「スラをひく女たち」から単行本への加筆修正中の森崎について編集部が「あの奇妙な方言はもう少し分りやすくせねばなるまいとあって、目下改稿に大わらわである」とふれており[*25]、方言の記述に森崎が苦心しながら改稿に取り組んでいたことが窺える。

＊24 奥村華子はこの点を女坑夫たちの側から次のように述べている。「語らないことを先験的に選択しているのではなく、言葉にすることから、言葉にできないことに気づく。だから、女性たちは幾度となく森崎を相手に語ることを試みた。このような意味で本書は、「語られたこと」によって、同時に陰画のように存在する「語られない出来事」をも浮上させているといえる」(前掲奥村「傷を重ねる」二六八頁)。

こうした点で、森崎の聞き書きは二重の翻訳性を負っているといえる。一つ目は他者の語りをみずからの書き言葉によって語り直す／書き直すという点で、二つ目は炭鉱の言葉を人工的な標準語しか知らない者が語り直す／書き直すという点で。

そのうえで、森崎の聞き書きにおける翻訳性は、『まっくら』から追加された森崎の独白によってさらに別の様相を呈していく。森崎は、語りのなかに自身の独白を織り交ぜた文体を選択することなく、語りの最後に自身の独白を書き添えることで両者を峻別させて表記しているが、佐藤泉が指摘するように語りのパートと独白のパートは文字のポイントを変えることで視覚上も差異化される工夫が施されている。[*26] そして、森崎の独白は単に（元）女坑夫たちの語りへの共感や情報的な補足を書きとめるためにあるのではなく、聞き手であるみずからと語り手との距離をあえてそこに書き込み、両者のあいだに緊張関係を創出させているという点で異例のものだ。たとえば、坑内で男たちと張りあった日々を一見開放的かつ誇らしげに語る「セナの神さま」の章での森崎の独白は、この語り手にたいして極めて批判的だ。

話のはしばしにもみられますが、このおばあさんには家父長権の再生産による自由さがあります。（…）ふつうに後山たちの持っている攻撃的な明るさは、家父長的な圧力もふくめて、一切の権力への反撥からうまれでてくるのです。このおばあさんにも性的疎外に対する敏感な対抗意識はあります。けれどもそれが権力のすりかえへむけられているところに、このおばあさんの閉鎖性があるようです。（…）／ぜひ夕食を食べて行くようにと幾度もすすめられた厚意を私は受けられずに坂をかけくだりました。（一二三四）

「セナの神さま」の語りそのものは生き生きとした方言によって語られ／綴られており、その語りに共感をもって読み進めていた読者ほど、独白部分での森崎の厳しい認識には面食らってしまうだろう。三好炭鉱という筑豊のなかでも圧制炭鉱として知られた炭鉱の大棟梁の娘であったというこの女性の階級的な位置《ポジション》の問題がかの女の語りに限界をもたらしていることを森崎の独白は示唆しているが、具体的にどのような面で限界がみてとれるのかは一読するだけでは判然としない。また、「共有」の章での、炭鉱の共同性への肯定的な（元）女坑夫の語りにも、森崎は「このおばさんは納屋制度下の坑夫たちの連帯感を強調しましたが、それは世上のヒューマニズムと通じあうような形になってしまいました」（一六五）と書き添える。

これらの部分は倫理的に考えればあきらかに問題含みの記述であるが、ここで目を向けるべきは、こうした森崎の評価の是非ではなく、その記述がもつ効果の方にある。森崎の批判的な独白は語りのあとに配置されることで、女性たちの語りを共感や同意のもとに読み込んでいたであろう読者の困惑を呼び起こすものである。この独白までをも含めて森崎の聞き書きが存在するとすれば、ここでおこなわれているのは、語り手の経験をみずからの手＝言葉で書き継ぐという代理《リプリゼンテーション》＝表象であると同時に、

＊25　無記名「すいしゃ・かじや」『サークル村』三巻六号、一九六〇年九月、二五頁。とはいえ、本州にとどまらない各地から人びとが寄り集まり、また各地の炭鉱を移動しつづけてきた坑夫たちの言葉は仮に「筑豊弁」と便宜的に形容することはできても、それ自体が唯一のオリジナルな起源をもつわけではない。

＊26　前掲佐藤「集団創造の詩学」六三頁。なお七七年版からは、文字のポイントはすべて同一なものとなった。

語り手と聞き手＝書き手のあいだにある距離と厳しい緊張関係とを発生させる差異化の作業でもある。それはこの聞き書きにおいて聞き手＝語り手とともに読者もまた、〈わかろうとする〉ことと〈わからない〉ことの狭間の位置に置かれるという事実を示すだろう。そのうえで、ここで想定される読者＝宛先とは、まずなによりも森崎の周囲にいるあの「坑夫の妻たち」たる炭鉱の娘世代の女性たちであった。

　では、〈わかろうとする〉と〈わからない〉とのあいだで揺れ動きながら、森崎は聞き書きを通じて（元）女坑夫たちとのあいだになにをうみだそうとしているのか。ここでは、フランスの哲学者ジャック・ランシエールの教育論『無知な教師』で展開される、知性の平等＝翻訳の議論をひとつの補助線としてみていきたい。

> それどころか、神から与えられた掟《コード》などなく、言語についての言語などないからこそ、人間の知性はあらゆる術《アート》を用いて自らを理解してもらおうと務め、そしてまた隣人の知性が彼に意味していることを理解しようと努めるのだ。思考は真理として語られるのではなく、真摯さとして表現されるのである。思考は他者のために分割され、語られ、翻訳され、他者はそこから別の物語、別の翻訳を作る。その際のただ一つの条件は、意志の疎通を図ろうとする意志、相手が考えたこと、相手の語り以外に何も保証するものはないその考え――どんな百科事典もそこに理解すべきことを教えてくれはしない――を推し量ろうとする意志である。[*27]

ランシエールはその著書『無知な教師』において、一九世紀前半にオランダ・ルーヴェン大学で教鞭をとることになったフランス人教師のジョゼフ・ジャコトが提唱した特異な教育論を全編にわたり仔細に論じている。ランシエールは、教師と学生のあいだに設けられたヒエラルキーをもとに、学生たちに固有の知性の形式を認めず教師がみずからの知性の形式へと服従させる教育のあり方を、その内容の如何にかかわらず「愚鈍化」として批判する。そのうえでランシエールは、知を司る教師が無知な学生に知を授けようとするのではなく、無知であることを教師の側が担い受け、学生たちにみずから学ぶことを促しさえすれば知は自ずと学びえられるとした。

教育論である同書は、『無知な教師』という挑発的なタイトルや、教師と学生のあいだでの「知性の平等・解放」といったテーゼが先行して語られがちだが、同時に実はひとつの翻訳論としても存在している。そもそも、ジャコトが「無知な教師」による「知性の平等・解放」というテーゼへと辿り着いたのは、当時フランス議会で代議員を務めていたジャコトがブルボン家の王政復古によって一八一五年にオランダへの亡命を余儀なくされ、亡命先でオランダ語を解さないフランス語教員として教えることになったためであった。仕方なしにジャコトはフランスの作家フェヌロンの小説『テレマックの冒険』の原文対訳版（仏語―蘭語）を教材とし、これをひたすら暗記・復唱するようオランダ人学生たちに伝えた。しかし、その場凌ぎに過ぎなかったジャコトの教育法によって、学生たちはフランス語の文法や綴りを瞬く間に理解していったのであり、この経験をもとにジャコトは「無知な教師」による教育という従来の発想を完全に飛び越えた革命的な教育法を提唱することになった。このように「知性の平等」が可能であることをジャコト－ランシエールに教えたのは、まずもって翻訳と

＊27　ジャック・ランシエール『無知な教師』梶田裕＋堀容子訳、法政大学出版局、二〇一一年、九三頁。

いう契機にほかならなかった。

同時に、ジャコトがこの方法論を芸術教育など語学教育以外にも採用しようとしていったように、ランシエールもまた翻訳の意味を狭義の異言語間でのそれよりも広くとっている。ランシエールは別の著書のなかで「翻訳というこの詩的な作業が、すべての習得の核心にある」とする。

このように記号をたどたどしく読んでいく無知な者と、様々な仮説を組みあげる学者の間には、常に同じ知性が働いている。自らの知的冒険を伝達するために、そしてもうひとりの知性が自分に伝達しようとしていることを理解するために、記号を他の記号に翻訳し、比喩や比喩継承を用いる知性である。／翻訳というこの詩的な作業が、すべての習得の核心にある。そしてまた無知な教師による解放の実践の核心にある。無知な教師が知らないでいるのは、愚鈍化する距離である。つまり、エキスパートだけが「埋める」ことのできる根源的な溝に成り変わった距離である。距離は撤廃すべき悪なのではなく、あらゆる伝達の正常な条件なのだ。人間という動物は、記号の森を通じて伝達を行う隔たり合う動物である。[*28]

ランシエールはここであらゆる学習行為を「記号をたどたどしく読んでいく無知な者と、さまざまな仮説を組みあげる学者」のあいだでの翻訳行為として捉えている。その際、両者の知性を隔てる「距離」は、埋められることによって解消されるものではなく、知性の平等・解放の条件になるという。

こうしたランシエールによる知性の平等＝翻訳論を下敷きとすると、すでに幾重もの点で翻訳性を帯びていることを確認した森崎の聞き書きは、改めてどのように敷衍できるのだろうか。もちろん、聞き書きはなんらかの学習行為ではない。また、通常の聞き取りやオーラル・ヒストリーの調査において、知を司り優位にあるとされるのは、インフォーマントとしての語り手ではなく調査者としての聞き手の側である。しかし、大門が森崎の聞き書きにおける聞く姿勢を「listen」式として評価したように、森崎の聞き書きはあくまで相手の語りに身を委ねるものであった。同時に、聞き手にたいして知の源泉となるものをその語りによって与えていく語り手は、予めなにかの答えをもって語るわけではなく、みずからの語りを完全に統御できるような位置にはない。この点で語り手たる（元）女坑夫たちは、聞き手＝書き手である森崎にたいして語の正確な意味で「無知な教師」となるだろう。かの女たちの語りなしには想像することすら不可能な世界があり、しかしかの女たちもみずからがなにを語っているのかを十全に知っているわけではない。森崎と（元）女坑夫たちの聞き書きにおいて、語る者と聞く者の権力関係は宙吊りにされる。

一方で、先にみたように、森崎が独白部分で疑義を投げつけるのは、どちらもが炭鉱の共同性を好意的、肯定的に述べようとする語り手にたいしてであった。それが「世上のヒューマニズムと通じあうような」、つまり坑内労働を知らない読者にとっても理解可能なものとして語られてしまうことへ森崎は反発を示しているのであり、この点で森崎は地底の声が地上の言語に翻訳不可能であることをあえて聞き手＝書き手の側から突きつけているといえる。

したがって、森崎の聞き書きにおいては、語り手と聞き手＝書き手とのあいだの距離は解消される

＊28　ジャック・ランシエール『解放された観客』梶田裕訳、法政大学出版局、二〇一三年、一五頁。

ものでもなければ、埋められるものでもない。両者は絶えず向かいあっており、手をとりあうこともなければ、相手の肩越しに回って同じ方向を向くこともない。そこにあるのはランシエールがいうところの「距離」そのものであるのだが、他者とのこの「距離」が翻訳という作業をうみだすとして、ランシエールは「理解」という行為の本質をもこの点に結びつけている。

「理解する」という言葉を本当の意味で解さなければならない。それは物事を覆うヴェールを取るなどということしようもない能力なのではなく、ある話者を他の話者に面と向かわせる、翻訳する力なのである。*029

これを森崎の聞き書きに置き換えるなら、「理解」とは語り手の動機や感情、行動原理を聞き手が十全に把握していくことを意味するのではなく、両者のあいだで〈わからなさ〉を抱え込みながらもなされていく対話＝翻訳という半永続的な関係＝過程《プロセス》のなかに立ち現れるものとしてのみ存在する。当然、『無知な教師』におけるランシエールの翻訳論が全面的に森崎の聞き書きへとあてはめられるわけではない。経験の共有不可能性や語り手の沈黙にも迫っていく森崎の聞き書きは、あくまで教育論として書かれたランシエールの議論の想定を超えるものではあるだろう。だが、『無知な教師』もまた単なる教育論として書かれたわけではない。これはあきらかに、割り当てられた地位や立場に人びとを留め置きそこからの離脱を許さないポリス的秩序に抗して、分割《パルタージュ》＝共有の刷新による政治的平等と解放を目指していくランシエールの〈政治〉の原理を敷衍したものであり、本章の議論においてはこの翻訳論がもつ政治的含意が決定的な意味をもつ。

すべての距離は事実上の距離である。そして、知的行為のそれぞれは、ひとつの無知とひとつの知の間に引かれた道のりであり、位置〔地位〕のあらゆる固定的性格と階層を、その境界もろとも撤廃し続けていく道のりなのである。[*30]

そのうえで、ランシエールは『無知な教師』のなかで〈集団〉にかかわって次のようにも語っている。

> 真理は結集すると言いたければ言うがよい。だが人間を結集し、結びつけるのは、集団化の不在なのである。ポスト革命期の指導者たちの思考を石のように硬直させてしまっている、社会における接合剤《セメント》という考えを追い払おう。人間が結びついているのは人間だから、つまり隔たりあう存在だからである。言語は人間を一つにまとめはしない。それどころか、言語の恣意性こそが、人間に翻訳することを強い、互いの努力を伝え合うようにさせる――そしてまた共通の知性を行使させる――のだ。人間というものは、話をしている者が自分で何を言っているのか分かっていない時には、とてもよく分かる存在なのだ。[*31]

＊29　前掲ランシエール『無知な教師』九五頁。
＊30　前掲ランシエール『解放された観客』一六頁。括弧内は訳者による。
＊31　前掲ランシエール『無知な教師』八七頁。

ここでのランシエールの議論は、一見して「集団化」を否定的に捉える点では、ある種の個人主義的側面を抱え込んでいるようにもみえる。しかし上記の引用部分の前後を含めて慎重に読めば、そこで否定されているのはあくまでも同質的な「集団化」であり、「結びつける」ことそのものではない。否定されているのは〈集団〉をひとまとまりの存在として捉えようとする発想であり、肯定されているのは、隔たりを保ったままに人びとが結びつけられるその可能性である。

翻って、森崎の聞き書きに帯びる翻訳性とは、わかりえないものを抱えこみながら、なおそれでもわかろうとする希求に満ちた点で、森崎と(元)女坑夫たちとのあいだでの共闘や連帯の可能性へとつながっている。それは両者のあいだの「その境界もろとも撤廃し続けていく道のりなのである」。このとき、(元)女坑夫たちがそうであったように、〈個〉であることと〈集団〉であることは矛盾することなく聞き手=書き手である森崎にも会得されていくだろう。同時にそれはランシエールによる〈集団〉の定義とも共鳴している。

こうした点で、『まっくら』の聞き書きはどこまでも〈運動〉の言語として理解されるべきものだが、ここではサークル運動や文化運動のそれとしてよりも、女性運動のそれであることを強調しておきたい。同じ〈女〉という性を生きる者同士が、しかし異質な者として対話=対立を繰り広げるなかで、〈女たち〉という集団と共同性が立ち現れていく可能性と呼びかけこそが『まっくら』には刻み込まれている。そのうえで、森崎の聞き書き=翻訳は、森崎と(元)女坑夫のあいだでの実践でありながら、同時に炭鉱における母たちと娘たちとのあいだでの、また女たちと男たちのあいだでの新たな関係の模索が投影されていたことにも改めて目を向けよう。そこには幾重もの関係性に翻訳という名の共闘が連鎖していく可能性が帯びているのであって、森崎の筑豊時代がこの『まっくら』によって切り拓かれていったことを踏まえれば、森崎の思想の特質とはそこにある〈呼びかけ〉の力なのではないか。この地点から、森崎にとっての〈集団〉がはじまり、また性と階級の「闘争の交差性」が立ち現れていきもする。

『まっくら』の「おわりに」において、森崎は「組織化されなかった無産階級婦人の抵抗は、個々のおばあさんの内部では消えておりません。が抵抗集団そのものは挫折しました」としながら、その最後を「一度の挫折も経験したことのない日本的母性は、いまもなお女坑夫の意識を奇形としてまるでかえりみることもしないのです」と結んでいる（一九八）。「奇形」としての「女坑夫」とは、先にも引用した『まっくら』の「はじめに」での一節、「日本の土のうえで奇型な虫のように生きている自分」を呼び起こすものであり、女坑夫たちの姿は森崎自身に結びつけられているといってよい。無論、それが安易な同一化ではないことは、単なる誤字なのかどうか曖昧ではあるものの、奇形／奇型という漢字表記のズレによっても示されているだろう（この表記は再刊時の改稿に際しても維持されている）。奇形／奇型として「日本」から弾き出される者としてのつながりが森崎とかの女たちを結びつけるとして、その存在はやはり〈現代〉の女性たちへのアンチテーゼとして書きとめられたのである。

そのうえで、森崎や周囲の女性たちはこうしたかつての女坑夫たちの「挫折」した「抵抗」を自分たちなりのやり方で継承することを目指そうとしていた。このことを伝えるのは、当時森崎が雑誌『現代詩』で連載していた一二〇〇から一三〇〇字ほどの短いコラム欄に掲載された「九州の母たち」（一九六〇年五月）という文章である。ここでは何人かの（元）女坑夫たちの語りを「北の女」「南の女」という（出身）地域別にまとめたと思わしき、あわせて約一〇〇〇字ほどの短い聞き書き調の文章が記されたあと、残された少ない枠が次のような一節によって締め括られている。やや謎めいてもいるこの言葉の羅列が具体的になにを意味するのかは次章の議論であきらかになるとして、ここではただ、この世界の変革を願う森崎と娘世代の女性たちとが、母たちの経験と記憶を（批判的に）継承しようとしていたという事実を、そこで示唆されている困難さとともに確認しておきたい。

ははたちが孤立によって獲得したわずかな所有。その底にちりばめられた非所有の論理を女性解放のエネルギーに展開したい。百十名ほどの女が「無名通信」を発行して十号になる。愛と闘争の接点。無論理である凹。そこから三池も割れた。まだ孤立しているニヒルなははたちばかりが明るい地上。[*32]

おわりに

本章では、『まっくら』に結実することになる森崎和江の聞き書きを、森崎が聞き書きに至った経緯と過程を女性運動の文脈から確認したうえでその内容を分析し、最終的には翻訳をひとつのキーワードに〈書く〉ことを通して現れる多重的な関係性での共闘の可能性をみてきた。

改めて述べるならば、聞き書きの言葉は、通常語り手が発した言葉をそのままに書きとめたものとして解釈されやすく、聞き手＝書き手にとってはあくまで〈聞く〉ことに重点が置かれると想定されがちだ。しかし、森崎における聞き書きは、聞き手＝書き手の側による語りの再構成とともに、聞き手＝書き手の位置を書き込み、ときに語り手へと疑義を投げかけることで、語り手と聞き手＝書き手、さらには読者とのあいだにも絶え間ない対話＝対立を生起させていく点で、〈聞く〉ことにのみ回収されない〈書く〉ことに固有の力を刻み込んでいる。

そのうえで、森崎が（元）女坑夫たちの語りを連載から単行本としての『まっくら』へとまとめあげたあとも、七七年版で全編にわたる改稿をおこなっている点は興味深い。七七年版は、すでに筑豊や日本各地からほとんどの炭鉱が消滅しているという時代性が強く意識されており、もはや女坑夫の存在どころか、炭鉱が歩むことになった歴史そのものが時代に共有されなくなっていた。したがって、森崎の七七年版での改稿はそれ自体が再度の翻訳行為であるのだが、（元）女坑夫の語りだけでなく、森崎の地の文も含めて、全体として六一年版よりも〈わかりやすさ〉が増している印象が強い。この点は、もはや六一年版とは違い、真っ先に届けるべき読者層が変化したことに起因しているだろう。炭鉱の歴史を知らない未知の読者へと言葉を届ける以上この変化は避けられなかったとして、同時にそこでは森崎を聞き書きへと駆り立てた初発の文脈が後景化していったことも否めないだろう。だがここでは改稿の是非を評価するよりも、森崎が常に同時代的な状況や文脈を意識するなかで、みずからにとっての聞き書きの実践を遂行しつづけていたことを確認しておきたい。それはいつ何度でも書き換えられえるものであり、終わりなき作業であったのである。

だがその一方で、筑豊移住後から一九六〇年代前半までの時期の森崎の思索は、こうした『まっく

＊32　「九州のははたち」『現代詩』七巻五号、一九六〇年五月、七五頁。

ら』の聞き書きにのみ代表されるわけではない。次章では、この時期の森崎が展開した未完の女性運動論の内実に迫っていきたい。

第二章　非所有を所有する、あるいは女たちの新しい家

はじめに

前章では筑豊時代のはじまりとして、『まっくら』へと結実した森崎の聞き書きの実践をみてきた。これと同時並行する形で、一九五八年から六〇年代前半にかけての森崎はさまざまな媒体に評論を寄せながら、『無名通信』や周囲の女性たちとともに試みようとしていた女性運動とそこでの組織化をめぐる議論をより緻密に展開していた。六三年三月に刊行された森崎にとって最初の評論集となる『非所有の所有――性と階級覚え書』（現代思潮社）には、そうした主題のもとに書かれたテクストが集められているが、そこでの議論の中核をなすものとして、表題ともなった〈非所有の所有〉をはじめとする一連の所有形態をめぐる複雑な議論がある。[*1] ここで森崎は、マルクス主義用語を独自に解釈し援用しながら、運動の組織論を所有論の言語を通して展開させている。

しかし、こうした思想的な試みは、これまで森崎の思索を高く評価する人びとのあいだですら評判のよいものではなかった。加納実紀代による「マルクス主義の所有概念を使って、なんとか男たちにわからせようとしているが、あまり成功しているとはいえない」という率直な見解はその代表的なものだろう。[*2] いや、見解として示されているだけでもこれはまだいい方であり、ほとんどの先行研究はこの時期の森崎の所有論を通した女性運動論を素通りしてしまい、『無名通信』や聞き書きの実践にその焦点を絞る傾向にあった。[*3]

たしかに、〈非所有の所有〉をひとつの概念として考えるならば、森崎の試みは失敗に分類されかねないものではある。シュルレアリスティックともいえる独自の詩語によって全編が彩られつつ、マルクス主義用語を独特の形で多用していくその文体はあまりにも硬質かつ難解なものであり、そもそも用語の具体的な定義や指示対象すら曖昧なものとなっているそれらを、一般的な意味での概念と呼びえるのかという疑問は浮かぶ。

だが、こうした森崎の概念ならざる概念は、そもそもアカデミズムや論壇といった場を意識し宛先とするものではなかった。それはどこまでも運動や闘争の場において思考され鍛錬されるものであり、その未完性すら概念がつねに刷新されつづけるための余地を残していると解釈できるものだ。そのうえで、ここでは概念にたいする森崎の極めて両義的な姿勢を踏まえておこう。概念にたいする強い疑義と批判を滲ませながら、同時にそれをひとつの手がかりにしようともしていた森崎の姿がそこには

＊1　なお、本章では非所有の所有にかんして三つの括弧を用いているが、これは本書の凡例で記した用法とは異なるために、以下に説明しておきたい。〈　〉の場合は概念を、「　」の場合は一九六一年一二月に発表されたテクストを、『　』の場合は一九六三年の著作をそれぞれが指す。また、〈非所有の所有〉にかかわる一連の所有論の用語については、煩雑にならない範囲で〈　〉を付す。

＊2　加納実紀代「交錯する性・階級・民族——森崎和江の〈私〉さがし」同編『文学史を読みかえる7　リブという革命——近代の闇をひらく』インパクト出版会、二〇〇三年、二五七頁。

＊3　部分的に関連する先行研究としても、以下のものに限られる。水溜真由美「サバルタンはいかに連帯することができるか——森崎和江『第三の性』試論」（『情況』第二期一一巻五号、二〇〇〇年六月）、今津有梨『「非所有の所有」に「根づく」こと——森崎和江「非所有の所有——性と階級覚え書」における「女」と「故郷」』（一橋大学言語社会研究科提出修士論文、二〇一五年度）、西亮太「森崎和江のことば——運動論とエロスのゆくえ」（前・後編、『詩と思想』三七三—三七四号、二〇一八年七—八月）。

ある。

でもね、論理化ということばも不快感を持たせる言葉よ。あいつらが使うことばだ、という思いがある。あいつら、男ら、支配するものら、権力者、そんなものの所有していた言葉への憎しみがあるのよ。その感情を大切にした上で、女は文化所産いっさい呑みこんで作りかえる意気がないのじゃないか、と逆襲しなきゃならないと思うの。自分の内部にもね〔。〕*4

「なにかひとつでいいの、わたしの感覚が核となって生まれた概念がほしい……」物質はみんな、あいつらの感覚によって変型している。私の統括していない体型のなかに、それらの観念の日射しのなかに私自身さえも存在する。私はあれらの観念に自分の参加を感じとることはできない。あのあおみどろ。それは無色と名づけられる……「ひとつでいいのよ。そこが手がかりとなる現実的な通念のひとつで……」*5

男たちの言葉を用いた論理化や既存の概念を拒絶しながらも、詩人である森崎は言葉のすべてを放棄するわけではない。言語に基づく概念を、新たな言語によって別のものへと変化させるために、「女は文化所産いっさい呑みこんで作りかえる意気」をもって望まなければならない。そのうえで、この難解な議論の根底には、家のなかに閉じ込められていた女たちが現実の運動や闘争へと参加し、また家の外へと飛び出るなかで放っていくエネルギーと煌めき、欲望が渦巻いていた。

序章で述べたように、森崎が現実の運動や闘争において〈闘士〉のような立場にあったことはない。

だが、この筑豊時代の最初の数年間は、森崎が周囲の女性たちとのあいだで集団的な運動を具体的に試みた唯一の時期でもあり、この時期に書かれたテクストにはそのほかのいかなる時期にもない独特の切迫感や荒々しさ、そして、抵抗と解放への強烈な衝動が刻み込まれている。難解で書き散らされたといっていいこの時期のテクストに分け入ることで、未完となった女性運動論に込められた森崎にとっての新たなる集団の相貌がみえてくるだろう。その際には、所有論における論理的な展開を読み解くだけでなく、森崎を含む筑豊の女性たちの活動にとって大きな桎梏となった〈家〉という空間を森崎がどのように捉えていったのかをみる必要がある。

以下、本章では、まず第一節で同時代の筑豊が置かれた時代的状況とそこでの運動・闘争の変遷を、森崎のかかわりをふまえて確認していく。第二節では、概念ならざる概念としての〈非所有の所有〉を詳細に分析することで、所有論を通じて展開された森崎の組織論の内実を紐解いていく。第三節では、森崎の組織論の根底にあった、女性たちによる日常からの変革可能性へのまなざしを「隣家の美学」という文章から読み解き、また『女性集団』/「川筋女集団」によってなされた新しい家を求めるたたかいをみていく。

＊4 「女の故郷とは何でしょう」『無名通信』七号、一九六〇年二月、九頁(座談会内での森崎の発言)。
＊5 「非所有の所有」『試行』二号、一九六一年一二月、六九―七〇頁。

一　一九六〇年前後の筑豊と森崎和江

　ここではまず、当該の時期の筑豊を取り巻く石炭産業の状況を踏まえながら、運動・闘争の展開を森崎のかかわりとともにみていきたい。

　一九四五年八月の敗戦によって、戦時下で炭鉱に強制連行されていた朝鮮人労働者たちは解放の契機をえる。敗戦前までには約一二万人を超えていたとされる朝鮮人労働者たちの不在によって炭鉱は瞬く間に圧倒的な労働力不足に陥るが、*6この状況に対応すべく国は石炭産業を戦後の復興政策における傾斜生産の対象に指定し、また戦地からの帰還者や旧〈外地〉からの引揚者などを大量に雇い入れることでその回復を図っていった。こうしなかで、五〇年から勃発した朝鮮戦争がもたらす〈特需〉は石炭産業の回復に多大な影響をもたらした。戦時下の朝鮮半島からの強制連行によって支えられた炭鉱は、このとき朝鮮半島の被った冷戦体制下の苦難を再び利用していったことになる。

　しかし、一九五三年の朝鮮戦争の休戦締結によってその〈特需〉が失われたことで、炭鉱は以降全般的な不況に突入していく。この趨勢のなかで対策として考案されたのが五五年に成立した石炭鉱業合理化臨時措置法であり、スクラップ&ビルド方式とよばれる既存炭鉱の選別と合理化・近代化を推し進めるこの法案はその結果として中小炭鉱を中心に大量の失業者をうみだしていく。一時期は神武景気などの影響もあって盛り返したものの、この頃より国内石炭の高単価を要因とする石炭斜陽論に基づいた「エネルギー革命」が唱えられるようになると、石炭から石油へのエネルギー移行が国策として全面的に推進されるようになり、各地の炭鉱では合理化・閉山が相次ぐようになる。全国各地で発生する膨大な数の失業者に対応するため、一九五九年には炭鉱離職者臨時措置法が成立し、以降職業紹介所や雇用促進事業団などを介した全国的な労働力の流動化政策が図られるようになってもいく。[*7] そして、五九年から六〇年にかけては、のちに日本の労働運動史の決定的な転換点としても認識されることになる、「総資本対総労働」のたたかいと評された、福岡県大牟田市の三井三池炭鉱の整理解雇計画をめぐる三池闘争が激しくたたかわれる。三池闘争では組合活動家が指名解雇の主要な対象となっており、石炭産業の合理化はこれに反対する労働運動への弾圧の側面を併せもっていた。

他方で、炭鉱の反合理化・閉山闘争は一九五〇年代前半より「家族ぐるみ」というスローガンを掲げることで、坑夫だけでなくその家族をも巻き込んだ広範な闘争を展開したが、これは女性たちが積極的に運動・闘争の場へ参加する契機になっていった。また、坑夫の夫たちが次々と失業していくなかで、六〇年前後当時の筑豊の女性たちは次第に隣接する鉄鋼地帯・北九州の工場街へと日雇い仕事に出かけるようになっていく。そのなかでは後述するように、女性たちが家庭からの一時期的な解放

＊6　なお付言すれば、筑豊では強制連行以前の一九一〇年代からすでに三菱や貝島、麻生などが経営する炭鉱を中心に朝鮮人労働者の導入がはじまっており、これは強制連行以前まで朝鮮人労働者を雇い入れなかった三井系の炭鉱などとは大きく違う。筑豊における朝鮮人労働者の移入については、佐川享平『筑豊の朝鮮人鉱夫一九一〇〜三〇年代――労働・生活・社会とその管理』（世織書房、二〇二一年）を参照。

＊7　この点は、本書第三章および吉田秀和「高域移動離職者の生活歴」髙橋伸一編『移動社会と生活ネットワーク――元炭鉱労働者の生活史研究』（高菅出版、二〇〇二年）を参照。

の機会を手にしては、同じ日雇いの若い男性労働者の恋人をつくるようになっていったことで、炭鉱の家《ホーム》のなかに避けがたい動揺と亀裂がうみだされるようになっていく。

そして、炭鉱を取り巻くこの厳しい時代の最中の一九五八年に結成されたのが、九州・山口のサークル運動交流誌『サークル村』であり、『サークル村』創刊から一年余が経った五九年八月に森崎らの『サークル村』に参加する女性たちを中心に創刊されたのが、女性交流誌『無名通信』であったことになる。全国に会員をもち、とりわけ筑豊や宇部、北海道といった産炭地に読者グループが存在した『無名通信』は、当初は分派行動ではないかという谷川雁の森崎にたいする懐疑心をおさえるために事務局を『サークル村』と同じ「九州サークル研究会」に置いたが、[*8] その創刊宣言では、女たちにつけられたさまざまな呼び名――「母、妻、主婦、婦人、娘、処女……」――を返上しては、「無名」へと帰ることから出発することが告げられた。

わたしたちの呼び名に、こんな道徳くさい臭いをしみこませたのは、家父長制（オヤジ中心主義）です。その弊害から脱けようとして、女の集りがつくられてきました。が、女の力を集めることで家父長制はやぶられるでしょうか。また、男の家父長制をとりのぞくことで、女たちは解放されるでしょうか。[*9]

前章でも述べたように、『無名通信』はサークルや労組、既成の女性組織等の限界を乗り越えることを目的として結成されたものの、誌面は必ずしも政治路線や運動路線の文章によって占められていたわけではない。むしろ、多様な地域や階層、職種の女性たちが集っていたこの交流誌が共有していたのは、なによりもまず、女としての自己を表現しえる言葉や方法を自分たちの手でうみだし獲得していこうとする情熱であった。試行錯誤のなかでときには互いを批判しあいながら、それぞれの課題を掘り起こしあっていくことが模索されたのである。

ところで、この時期の森崎の評論的なテクストで紹介される事例や女性たちの活動の多くは、具体的な指示対象を『無名通信』の紙面や『月刊炭労』での連載「炭鉱の女」に確認することができる。たとえば、「現代を織る女たち」（初出不明、『非所有の所有』所収）などでふれられる「ある炭坑の主婦の舞踏サークル」の集団とは、『無名通信』に参加する宇部炭鉱の女性グループを指しており、会社や労組、また夫たちとの軋轢を抱えながらも展開されるかの女たちの既存の運動にたいするあけすけでいて熱のこもった批判と問題提起は、『無名通信』のなかでもとりわけ強烈な存在感を放っていた。また、「人買組織と山の女房」（一九六一年六月）の文中で言及されるうたごえサークル「木曜会」の活動とその顛末は、『無名通信』一八号（一九六一年五月）に掲載された、森崎が聞き手＝書き手となっておこなわれた「中間市九州採炭主婦会員」の丸山𡵅久子へのインタビュー（聞き書き）「折鶴よ飛べ」で実際に語られているものだ。

なお、改めて後述することではあるが、この時期の森崎のテクストにおいて一貫した批判対象に

＊8　井上洋子「『無名通信』をめぐって」『解説・回想・総目次・執筆者索引』（復刻版『サークル村』別冊、不二出版、二〇〇六年）を参照。

＊9　無記名「道徳のオバケを退治しよう――ヘソクリ的思想をめぐって」『無名通信』一号、一九五九年八月、一頁。

なっている既存の婦人運動が、炭労に紐づけられた炭鉱の主婦組織たる炭婦協である。しばしば先行研究では、森崎とこの組織に集った女性たちとを二分法的に対置する傾向があるが[*10]、先にあげたように主婦会員のインタビューが『無名通信』に掲載されていたことからもわかるとおり、『無名通信』に参加していた炭鉱の女性たちの多くはそれぞれの地域で炭婦協の運動にかかわった経験を有していた。そこでの活動を通じてかの女たちが直接に感じとった限界や矛盾をベースとすることで森崎（たち）による炭婦協批判は展開されており、それらは先行研究が暗に想定している、先鋭的なラディカルによる地道な活動家たちへの頭ごなしの批判、というような図式で理解されていいものではない。

たしかに、森崎（たち）による炭婦協批判は極めて強いトーンでなされているが、炭婦協を構造的に取り巻く「家父長制（オヤジ中心主義）」への批判を主題とした「炭鉱の女」が掲載されたのは、当の炭労の機関紙であり、連載の初回記事では編集部が「筆者の森崎氏は、炭鉱の主婦の書き手たちとの交流を希望しておられます」と申し添えているように、それらはあくまで女性たちのあいだでのさらなる対話を求めて書かれたものだった。衝突をも辞さない形での対話（対立）の呼びかけとは『サークル村』から引き継がれた交流の流儀にほかならず、その文脈で理解されるべきものだ。ただ、批判を受けた側が森崎の言葉をどのように受けとっていたのかはたしかに別の問題であり、「炭鉱の女」の連載終了後の『月刊炭労』には福岡在住の婦人民主クラブ中央委員である田代れつによる「変わりものといわれないために」（『月刊炭労』一一六号、一九六〇年三月）と題する森崎への反論が寄せられている。このタイトルは、「炭鉱の女」最終回のタイトルである「変り者といわれるために」への意趣返しであり、世間から「変り者」として糾弾されることをも厭わない姿勢を女たちに呼びかけた森崎の問題意識とのすれ違いは明白なものだ。

森崎は『無名通信』創刊後もしばらくのあいだは『サークル村』と『無名通信』を兼任する形で活動をつづけていくが、一九六〇年に入ると筑豊の運動や闘争を取り巻く状況は大きな変化を迎える。三池闘争と六〇年安保闘争という戦後の運動史においても決定的なメルクマールとなるこの二つのたたかいがピークを迎えるなかで、『サークル村』もまたその路線を変更していくことになる。それ以前から燻っていた、谷川をはじめとする『サークル村』の主要な共産党員の活動家たちと党本部とのあいだでの対立は、この六〇年を機に分裂へと発展する。党の統制に縛られることのない谷川たちへの党側からの圧力が高まり、谷川を含む『サークル村』活動家たちの除名や脱党が相次ぐ一方で、同じように党籍をもつ会員の一部が逆に『サークル村』から離れるケースもうまれるなどの混乱が生じるなか、『サークル村』は六〇年五月をもって一時休刊となる。同年九月から雑誌は復刊となり第二期『サークル村』が始動するが、編集委員の顔ぶれは大きく代わり、紙面もそれまでのサークル運動・文化運動路線から、労働運動路線の色が強くなっていく。この第二期の中心を占めるようになるのが、筑豊の地方大手炭鉱・大正炭鉱をめぐる大正闘争であった。

『サークル村』の主要な活動家を多く抱えていた筑豊の大正炭鉱をめぐっても、一九六〇年に入ってからは合理化問題が浮上していく。三池闘争が最終的には炭労と三池労組の幹部たちによる妥結によって「総資本」の勝利に終わっていくなかで、資本や国家との決定的な対決を回避しようとする労組幹部たちに通底する姿勢を批判する労働者たちは、三池闘争の敗北の乗り越えを目指す形で既成の

＊10　近年の典型的な例として、西城戸誠「産炭地の女性たち――「母親運動」の評価をめぐって」中澤秀雄＋嶋﨑尚子編『炭鉱と「日本の奇跡」――石炭の多面性を掘り直す』(青弓社、二〇一八年)がある。

労組とは別個の「戦闘的第二組合」を結成するのだが、これが一九六〇年八月にうまれた大正青年行動隊——のちに改名して大正行動隊——であった。大正行動隊は以後、会社側が提示する合理化計画を前にあえて退職の道を選択するとし、労働組合として退職者同盟を結成しながら退職金獲得闘争、のちには自立村建設へと邁進していく。退職金を出し渋る会社やその融資元である銀行にたいして徹底した直接行動をしかけながら、誰にも指示されることなくやりたいことだけを各々がやるという特異な行動原理に基づいたこの運動体の理論的な中心にいたのは、オルガナイザーとしての谷川その人だった[*11]。

こうしたなか森崎は第二期『サークル村』には参加することなく編集委員にも名を連ねなかったものの、『無名通信』の活動を継続する傍ら、谷川に伴走する形で大正闘争の支援にもかかわっていた。だが、一九六一年五月、大正行動隊の隊員の妹であり、『無名通信』の編集にもかかわっていた女性が強姦殺害される事件が起きる。森崎はこの事件に強い衝撃を受け、同年七月発刊の二〇号を最後に『無名通信』をほとんど独断の形で廃刊してしまう(その後程なくして、第二期『サークル村』も同年一〇月号をもって廃刊)。事件を受けて当初行動隊は行動隊内部による犯行を否定しつつ、外部に向けては警察主導の冤罪説を主張していたが、同年一二月、行動隊の中心人物である活動家の弟にあたり、同じく行動隊の隊員であった男が事件の犯人として逮捕される。その直後には、亡くなった女性の兄が電車で轢死する事件が起きもした[*12]。

事件後、深刻な心身の不調を抱えた森崎はしばらくのあいだ沈黙を貫いたあと、一九六一年一二月に雑誌『試行』で「非所有の所有——性と階級覚え書」を発表し言論活動を再開していくことになる。これ以降の文章には主に大正闘争の現状を外部に向けて報告する趣旨のものと、創作の体をとった文章とが存在する。前者においては基本的に性暴力事件への言及は見当たらず、この点で森崎も対外的には運動への批判を一定程度自重していた様子がみてとれるが、他方で、後者においては「創作」の名を借りることによって運動内の性暴力・性差別への批判をギリギリのところで成立させていたことが窺える。

なお、大正闘争については、後年になるにつれ森崎の評価は厳しいものへと転じていったが、少なくとも一九七〇年代前半までの評価は両義的なものであった。森崎と谷川の最終的な決裂ゆえ、両者の関係はわかりやすい対立構図で理解されがちだが、やはり対立は対話の謂われなのでもあり、森崎もまた大正闘争がもちえた既存の労組（炭労）にはない敵対性や非官僚制を高く評価していたことは、谷川との私的関係および大正闘争を森崎なりに総括した七〇年発表の『闘いとエロス』（三一書房）の記述でもあきらかだ。

それはみずから政党にとってかわることや、労働組合的統括を目標にした集団ではない。どこまでも生まな個体の綜合的開放をめざし、たたかいの過程も目標もその一点に終止した。集団としての規約を持たず隊員を行動隊に拘束しないことを原則とした。／（…）その行動は常に生活内

＊11　大正闘争については、さしあたり河野靖好『大正炭坑戦記――革命に魅せられた魂たち』花書院、二〇一八年を参照。

＊12　同事件をめぐっては、行動隊関係者と森崎とのあいだで見解に相違があり、行動隊関係者がこれを当初から事故死として考えていた一方で、後年の森崎は自殺として認識していた。この点については、さしあたり拙文「解題　困難な書――一九七〇年の森崎和江」森崎和江『闘いとエロス』（月曜社、二〇二二年、四二〇頁）を参照。

的発想をとっていて、イデオロギーをふりかざすことをしなかった。あたかも私怨をはらすかのごとき言動は画一的運動にみきりをつけていた労働者の共感を得て、多くの信奉者を得た。気持はおれも行動隊、という者が多く生まれた。行動隊はそれらをも行動隊員と呼んだ。会議への参加行動への参加もオープンであった。人人の間に思想的優劣はつけなかった。[*13]

同時に、一九六〇年代前半のテクストのなかでは、たとえば「毒蛾的可能性へ」（初出不明（『非所有の所有』所収）、一九六二年一一月から六三年三月までに発表のものと推定）が、大正闘争のなかで決して目立ちはしない役割――電車のなかでビラを配ってカンパと署名を集め、行動隊のための食事を用意し、プラカードにミシンを当て、内職で服を縫いながら土方にも出る――を担いながらも、自律的に動いていく女性たちの動きにその焦点を当てていた。ここで森崎は、誰にも――つまりは男たちに――指示されることなくすべてを自分たちの判断でおこない、行動から行動へと動いていく女たちの姿を書きとめ、そうしたかの女たちに囁かれるであろう「毒蛾」という誹りを予期しながら、なおその可能性を肯定しようとしている。それは〈女たちの大正闘争〉と呼ばれるような領域を開示する、大正闘争にかんする貴重な証言のひとつである。

二　非所有の所有

前節でみてきたように、一九五〇年代後半から六〇年代前半に至るなかで森崎が置かれた運動上の立場は困難なものであったが、その困難な状況ゆえに、なお一層強く女性解放を求める女たちの新しい運動を創造しようと模索してもいた。この時期の森崎の思索における、もっとも重要な（概念ならざる）概念として存在したのが〈非所有の所有〉である。本章の冒頭でも記したように、理論的な整合性や明確な定義づけが森崎の作業の主眼であったわけではないものの、マルクス主義の用語を援用することで一定の概念化を試みていこうとするものであったのはたしかであり、ここではまずはその複雑な論理展開を丹念に追いかける作業が求められる。

森崎が提示した〈非所有の所有〉をはじめとする一連の所有形態は、当時の森崎の周囲を取り巻いていた複数の運動や闘争の組織形態に対照する形で、しかしそのことが必ずしも明示されない形で論じられている。このように所有形態をめぐるマルクス（主義）の議論に依拠しながら組織論を論じていくというスタイルそれ自体は、谷川雁に由来するものであった。森崎自身もマルクスの著作に戦後一定程度は慣れ親しんでおり、創作「渦巻く」（一九六二年五月）のなかでは森崎と思しき登場人物を介してマルクスへの愛着が語られる場面があるとはいえ、マルクス主義者でもコミュニストでもなかった森崎にマルクス（主義）的な所有概念にこだわる内在的理由があったかといえば疑問符がつく。この点で、自身の文章にマルクスを頻繁に参照・引用するコミュニストであった谷川の影響があったと考えるのは、ある程度は自然なことだろう。

マルクスを引きながら所有と共同体（組織）の関係を論じた谷川の代表的なテクストとしては、おそらく一九六一年に発表された「日本の二重構造」が真っ先にあげられるが、遡れば五八年の『サー

＊13　『闘いとエロス』三一書房、一九七〇年、一三五頁。

クル村』の創刊宣言こそが、サークルの集団性や共同性を論じるうえでマルクスの「資本制生産に先行する諸形態」(以下、「諸形態」)の議論を濃密に援用したものであり、この創刊宣言は森崎の所有論のひとつの前提となっている。

ここではまず「諸形態」の内容を概観していこう。[*14]「諸形態」でマルクスは、資本制以前の共同体における土地と所有との関係を三つの類型、アジア的形態、ローマ的形態、ゲルマン的形態にわけてその特徴を比較検討している。第一の形態とされるアジア的形態では、土地所有において共同体のなかの個人は所有者ではなく占有者としてのみ存在しており、ここでの唯一の所有者は諸共同体にたいして上位の包括的統一体における専制君主などに特定される。またこの形態の共同体内部では自給自足がおこなわれ生産と再生産がなされているが、剰余生産物は包括的統一体の専制君主に属するようでいて、共同体組織を介しての共同体所有が実質的には認められているため、個人は必ずしも無所有であるわけではない。つづいて第二の形態であるローマ的形態では、個々人には私的所有が認められているが、共同体は外部の共同体に対応する軍事的組織を必要とし、その結果として共同体の成員の都市への集中がうまれ、都市国家が成立する。そのうえで、この形態における土地所有は共同体＝国家所有と私的所有とに二分され、空間的にも分離されているが、前者の土地は公有地でありながら貴族による占有が認められており、平民はそこから排除される一方で、後者では平民による私的所有が保証されている。最後に、第三の形態であるゲルマン的形態においては、都市国家に基づくローマ的形態とは違って、農村の孤立した各々の家族が土地所有をおこない、その都度開かれる集会によって各家族が連合化される形でほかの共同体にかかわっている。この形態にも公有地は存在するが、ローマ的形態における国家所有が貴族の占有地であったのにたいし、こちらはあくまで共同占有の対象として存在するに過ぎない。[*15]

そのうえで、「創刊宣言」において谷川はこうしたアジア的形態、ローマ（「創刊宣言」では「ギリシア・ローマ」）的形態、ゲルマン的形態という三類型を史的唯物論のパラダイムに基づいて段階論的に理解するのではなく、あくまで社会に同時併存するものとして認識する。谷川は現代の労組や政党、青年婦人組織、協同組合などにはそれぞれ各共同体の特徴――すなわち、生産（アジア的）、戦闘（ローマ的）、会議（ゲルマン的）――の残滓がみてとれるとしながら、上記の各大衆組織もまた本質的には一種のサークルであり、「古い共同体の破片」が「未来の新しい共同組織へ溶けこんでゆく」にあたって、「そのるつぼであり橋であるものがサークル」であると定義してみせた。[*16]

のちに谷川はこうした共同体と所有をめぐる議論を運動上の組織論に限定せず、「日本の二重構造」ではある種文明論的に拡大していくのだが、森崎はこうした谷川の発想に一定の影響を受けながらも、みずからの所有論をあくまで（女性）運動の組織論に限定させながら独自に展開していった。[*17] そして、

＊14　なお、以下の整理については、隅田聡一郎「マルクス「本源的所有」論の再検討――「資本主義的生産に先行する諸形態」における「私的所有」と「個人的所有」の差異」（『社会思想史研究』三八号、二〇一四年九月）を参照している。

＊15　なお隅田によれば、こうした資本制以前の共同体における土地所有のあり方を比較分析しながらマルクスは、近代資本主義における私的所有とは異なる、個人の本源的所有とそれを各共同体が認めらる所有の形態を導き出したのであり、「諸形態」の議論の根幹はマルクスの近代批判にあるとする。前傾隅田「マルクス「本源的所有」論の再検討」（一一九―一二二頁）を参照。

＊16　無記名「さらに深く集団の意味を」『サークル村』創刊号、一九五八年九月、五頁。

のちには谷川もこの森崎の〈非所有の所有〉の議論に一定の影響を受けるようになるのだが（この点については後述する）、ここで森崎が谷川およびマルクス「諸形態」の影響圏からはみだして独自の所有論を展開するにあたり用いたのが、同音異議のふたつの〈ヒショユウ〉にほかならなかった。〈非所有〉と〈被所有〉。口頭での議論には到底適さないように思われるこれらの用語だが、その字面からはまずそれぞれの言葉がもつある程度の含意を掴んでいくこともできる。資本主義社会の私有＝私的所有の原理を踏まえたうえで、〈所有（私有）していない／されていない〉という非ざる所有の状態を示す非所有と、〈所有（私有）されている〉という所有を被った状態を示す被所有。森崎はどちらのヒショユウにも、生産や賃労働から疎外されて家事労働に従事し、また「家族ぐるみ」の闘争のなかでは周縁的な立場に追いやられがちな炭鉱の女性たちの状況を投影している。そして、この〈なにも所有していない〉という状態を肯定的に捉えなおし、非支配的で水平的な関係性の基盤とするのが非所有であれば[*18]、そうした状態をみずから追認し、「被害意識に安坐しながら、外界との非妥協性をゆるめて」しまうのが被所有となる[*19]。

ここで具体的に被所有として真っ先に想定されるのは、この時期繰り返し森崎の批判対象となっていた炭婦協である。前節でふれた連載「炭鉱の女」によれば、炭婦協の抱える根源的な問題とは、かの女たち自身も親組織である労組の男性たちを心の底からは信頼していないにもかかわらず、従属的な女性たちの立場をみずから諦め混じりに認めることで、幹部主義や官僚主義をその内部に蔓延らせ、炭鉱の女性たちが真に抱える不満や欲望を組織として掴むことができていない点にあるという[*20]。同連載のなかでは、地域の炭婦協の代表となった女性が「利用できるものは利用すればいい」という開き直り的姿勢を示すことに周囲の女性たちが一斉に反論する一幕が描かれている（第四回「売笑婦はあなたです」)。性差を基準に分離された女性組織もまたそれだけでは家父長制の原理と無縁であるわけではなく、それゆえ女性たちには別の新たな集団原理が必要とされる。

とはいえ、〈非所有〉と〈被所有〉はそれぞれがともにある状態を記述しているに過ぎない。そのうえで、これらの状態を集合的なものとして開いていこうとするのか、それとも個人化するのかといった次元において、〈非所有の所有／共有／私有〉と〈被所有の所有／共有／私有〉という森崎に独自の各種所有形態が現れるのであるが、[*21] これこそが森崎にとっての組織論ともなる。非所有／被

*17 なお、森崎がはじめて「諸形態」の議論に直接接したのは、一九五四〜五五年ごろ、出会って間もない河野信子に謄写版の「諸形態」を借り受けてのことだったという。森崎和江「信子さんのこと」河野信子『近代女性精神史』(大和書房、一九八二年、二三二頁)。

*18 この森崎の非所有からは、谷川が一九五八年の「幻影の政府について」で提起した「感性のコミューン」における「所有しないことですべてを所有する」というテーゼが想起される。谷川雁「幻影の政府について」(『展望』三号、一九五八年六月、二一頁。のちに『原点が存在する』所収の際には「幻影の革命政府について」に改題)。

*19 前掲「非所有の所有」七八頁。

*20 この点については、森崎の「炭鉱の女(その一〜五)」(『月刊炭労』一〇九―一一二、一一四号、一九五九年七―一〇月、一九六〇年一月)を参照(なお、同連載は一括して、森崎和江『非所有の所有――性と階級覚え書』月曜社、二〇二二年に付録資料として収録されている)。

*21 なお、厳密に述べれば、これらのなかには森崎のテクストで明示されることのなかった所有形態も含まれる。だが、森崎の議論をみていく限りは〈非所有／被所有〉×〈所有／共有／私有〉という組みあわせによって各種所有形態を想定していたと推察することが可能である。

所有の状態がそれぞれにあるとして、これらを個人や特定の集団の問題としてのみ捉えるならば〈～の私有〉という所有形態になるが、その状態を開かれたものにしつつ積極的につくりつづけようとするのであれば〈～の所有〉という所有形態がうまれる。そのうえで、森崎は「非所有の所有こそ、革命を経過した未来社会における物質所有のあるべき形態」だとするのだが[*22]、これは〈非所有の所有〉が目指されるべきものではあっても、まだ具体的な指示対象をもつわけではないことを示唆してもいる。

他方、〈～の共有〉とは、〈～の私有〉と〈～の所有〉のあいだの形態ともいえ、ある集団や組織が十分に意識化されることのない形で非所有／被所有を享受している所有形態を指すことになる。なお、この時期の森崎において、単なる〈共有〉や所有形態としての〈～の共有〉の位置づけには文章ごとに微妙な揺れがあるものの、基本的には否定的なニュアンスで用いられているわけではない。たとえば、所有論を練りあげる初発の段階にあった一九五九年一〇月発表の「破壊的共有の道」（『サークル村』）では、概念としての共有を鍛えようと試みていることがわかるが、一方で〈共有〉にしろ〈～の共有〉にしろ、これらがあくまで一時的な状態にとどまってしまう以上は組織論を展開するにあたって充分なものとならない。また「非所有の所有」においては、「共有の概念には私有と非私有が複合する」と定義されながら、ソ連の集団農業制度を示す「コルホーズ形式の共有」は〈非所有の所有〉によって打倒されるべき対象にあげられていることからもわかる通り[*23]、共有なるものには絶えず私有化や国家化に流れていく傾向があると森崎は想定していたように受けとれる。

この点については、同時期の谷川の文章がさらに文脈を補足してくれるだろう。一九六三年三月に発表された「もう一つの私性」で谷川は「被所有者の所有意識」といった表現も含めあきらかに森崎の議論の影響下にあるのだが、そこでは共有の語がソ連の社会主義をめぐる評価と結びつけて論じられていた。

私有と私有の否定の中間に共有すなわち社会主義的占有という項の必須であることを一つの現実感としても承認することにためらわないが、しかしその反面においてこのような種類の共有にふくまれる私的性格、つまりは閉鎖性のはげしさにいまさらながら心をひそめざるをえない時期をむかえている。ソ連が「堕落せる労働者国家」であるか、「国家独占資本主義社会」であるかといった議論も、せんじつめれば人間をおびやかす最大の観念が「私有の魔」から「共有の魔」へと移りつつあり、共有の一語で蔽われている分裂を拡大鏡でのぞいてみなければ、未来を観測するための手がかりなどありはしないという一点に集約される。共有はむろん比ゆ〔マヽ〕化された私有であるけれども、私有のもつ本来的な擬似性よりは自然に近い——といった命題には気の遠くなるように多種多様な注釈を必要とするであろうが、かりにそれをつぎのようにいいかえてみるとする。共有は一種の私有で「ある」けれども、私有では「ない」。さらにそれを裏返して——共有は私有では「ない」けれども一種の私有で「ある」。[*24]

＊22　前掲「非所有の所有」七四頁。
＊23　同上。
＊24　谷川雁「もう一つの私性」『北海道大学新聞』五〇九号、一九六三年三月一日。

「社会主義的占有」と位置づけられた共有もまた私有の一種でありえること、それが国家主導の社会主義（化）に付きまとっていくある種の限界であることを指摘する谷川の言は、「コルホーズ式の共有」を退けるべき対象と捉えた森崎の議論を裏付けるものだ。森崎―谷川にとって〈共有〉や〈〜の共有〉が目指すべき所有形態のあり方とはならなかった理由がここにあるだろう。

そのうえで、六つの所有形態を想定した一連の議論を展開していくうえで、同音異議のふたつの〈ヒショユウ〉は、複数の所有形態間の流動性という森崎の所有論の根幹を表現するうえでは、極めて適切な言葉の選択であった。森崎の所有論において各種所有形態は、それぞれが分離し独立したものではなく、あくまで地続きのものとして存在していることが重要であり、この点は森崎と谷川の所有論上の分岐点ともなる。

具体的な例とともにみていこう。この時期に書かれた文章のなかでとりわけ印象的なエピソードのひとつに、「人買組織と山の女房」（一九六一年六月）などでふれられる、北九州へと日雇いに出る女たちが撒き散らしていく享楽的なエネルギーの存在がある。失業した夫たちにかわって家計を支えるために家の外で働きだすことを迫られたかの女たちは、そのことによってみずからを家庭へと閉じこめてきた家の呪縛から解放され、新しい職場で次々と「よか人」をつくっていく。電車のなかで若い恋人の話に花を咲かせては、仕事終わりの銭湯でも男たちに容赦ない嘲笑を浴びせていくかの女たちの、既成の秩序から解き放たれたエネルギーと欲望を森崎は見事に描き出しているが、同時にここではひとつの留保が課せられている。つまり、こうした解放を実現したのは、家から女性たちを引き剥がし、賃労働の領域へかの女たちを従属させていく資本の力にほかならないのであり、「家族意識の崩壊過程に生ずるエネルギーの大量生産を独占〔資本――引用者〕は先取り」している現実がある。[*25]

この点で女性たちのエネルギーは両義的というほかないものだが、森崎がここに女たちの変革の可能性をみてとっていたことは間違いない。
森崎はこうした組織なき女性たちの所有形態を「非所有の所有」のなかでは〈被所有の所有〉として捉えているが、「人買組織と山の女房」の結語では「裂け目」という詩語を用いながら、そこでこそ垣間見える苦しみとない混ぜになった女性たちのある煌めきを描いている。女たちの抱える両義性こそが、森崎その人を掴まえて離さなかったことを物語る一節である。

裂けている。はらわたを欲しがっている女たちがとうとう流れ落ちていく音がする。プロレタリアートへの欲望に、切りこんでくる杭ひとつない裂け目が日本列島を縦断する。バカヤロー。別れる亭主も瞬間の男もそれらの髪の毛をひきずったまま、落ちていくしかない裂け目が虹のようにそこにある。[*26]

ところで、ここでの表現は、第一章でも引用した『まっくら』の序文における次の一節を改めて呼び起こすものでもある。

私が坑内労働を経験した老女を探しあるきましたのは、日本の土のうえで奇型な虫のように生き

＊25　「人買組織と山の女房」『日本読書新聞』一一〇七号、一九六一年六月五日、一頁。
＊26　同上、七頁。

ている自分を、最終的に焼くものがほしかったためでした。が老女たちは唖といっしょに薄羽かげろうをはじきとばして、ずしりと坐りました。そこには階級と民族と女とが、はじめて虹のようにひらいていると私には思えました。いびつなその裂け目へ、私は入っていきました。

「裂け目」と「虹」という共通する詩語を用いたこの別々のテクストは、どちらもが同じ一九六一年六月という日付をもっている。聞き書きを通して（元）女坑夫たちのなかにみたものと同質のなかを、森崎は日雇いに出かける（娘世代の）女たちのなかにみていた。裂け目という断層の暗がりのなかへと身を投じるとき、地下の奥深くには虹のような輝きがまっている。わたしたちはその詩語の重なりから、森崎における聞き書きと所有論との結び目を見出すことができるだろう。

議論に戻ろう。「人買組織と山の女房」――と『まっくら』――の発表から一年半余りの時が経過した一九六三年二月に発表された「没落的開放の行方」（『思想の科学』）では、日雇いの女性たちのその後が描かれているといえるが、ここではすでに一年半前のかの女たちに帯びていたエネルギーに大きな変質が起きていることが報告される。女性たちはたしかにもはや家の秩序に従属してはいない。だが、そのかわり、かの女たちは職場に古山／新山という区分を引き入れ、親会社の職員などを通じて新参者である新山を理不尽に扱うことで、自分たちの小さな特権に安住している。ここに生じているのは、所有形態としては〈被所有の所有〉から〈被所有の私有〉への移行であるだろう。〈被所有〉の状態にはとどまりながらも、同時にその状況をみずからのものとする力を手にしていたはずのかの女たちは、ありえた解放を私的な所有物のように扱うことで、両義性を帯びていたエネルギーそのものを手放してしまっている。「非所有の所有」でも、女性たちが放つエネルギーをその「自然発生性」

に委ねているだけならば、エネルギーの両義性も容易に変質してしまうことが指摘されていた。[*27]だからこそ、森崎はある種の切迫感をもって、「私たちはなんとしても、被所有の共通認識を共有する意識性で、その流れを変化させなければならない」と提起していたのだ。[*28]

他方で、炭婦協があくまでもその内部の「家父長制（オヤジ中心主義）」を批判されたように、森崎（たち）による既存の婦人運動批判は当然ながら男性たちを中心とした労組やサークルなどへの批判でもあった。かれらにたいする森崎の批判は、評論よりも主には創作群において展開されるが、自分たちの集団に限っては一見〈非所有の所有〉を実現しているかのような組織もまた、その所有形態を女性たちに開くことがない点では〈非所有の私有〉に変質ないしはとどまらざるをえない。その象徴となるのが大正行動隊の性暴力事件であり、あえて所有論の言語で表現するならば、これは性暴力によって他者（女性）を支配＝〈私有〉しようとする点で組織の矛盾と限界を露呈するものだった。

そのうえで、先に引用した「もう一つの私性」での谷川の所有論の問題もまたこの点にかかわっている。谷川がそのテクストのなかで用いる「私有」や「共有」「被所有」といった各語はあくまで個別的な所有の状態を捉えたに過ぎないものであり、そこに欠けていたのは各種所有形態間の流動性に

＊27　ここには当然ながら、革命における「自然発生性」をめぐるローザ・ルクセンブルクらによる論争が意識されているだろう。よく知られるように、谷川は、『サークル村』・『無名通信』時代の森崎の盟友であった河野信子とともに、ルクセンブルクの「大衆ストライキ・党および労働組合」を日本語に訳出している（『ローザ・ルクセンブルク選集二　1905-1911』現代思潮社、一九六二年に所収）。

＊28　前掲「非所有の所有」七八頁。

たいする認識にほかならなかった。結果として、谷川の所有論はみずからの運動体への内省的な契機、たとえば〈非所有の所有〉から〈非所有の私有〉への変質過程にたいする批判を欠く論理構成とならざるをえず、ここに森崎と谷川の思想的かつ運動論的な分岐点が存在する。

森崎の議論において重要なのは、一連の所有形態がそれぞれ隣りあわせに存在しており、それでいてつねに別の所有形態へと移行・変化しえるという流動性を兼ね備えていることだ。そして、この流動性もまた両義的な性質を帯びており、どれほど理想（主義）的な集団や組織であってもつねに〈非所有の私有〉や〈被所有の所有〉、果ては〈被所有の私有〉に変質してしまう危うさを抱え込んでいる一方で、どのような所有形態の集団や組織であっても〈非所有の所有〉へ近づく可能性それ自体は確保されていることになる。だからこそ、先にもみたように森崎の炭婦協批判は、単なる頭ごなしの非難などではなく、厳しくも率直な問題提起のなかで〈非所有の所有〉に基づいた女たちの運動体をつくろうとする呼びかけとしても存在していた。それを呼びかけではなく単なる裁断としか認識できないのならば、問われているのはこの〈わたしたち〉の良識にほかならない。

そのうえで、森崎は〈非所有／被所有〉の分かれ目についても、次のように指摘している。

非所有の所有は主体性の主張である。同じ状況を女たちが自己を客体として意識した場合には、それは被所有の所有という内実をもってくる。これは一般に被害者意識といわれるものの正体だ。[*29]

ここに示されている「主体性の主張」を理解するうえでは、被害者／加害者、または権力／権力意志といった対形式のもと通常の一般的な意味をずらしてこの時期の森崎に頻用された一連の用語を踏まえる必要がある。ここでは、『無名通信』の創刊宣言の一節を引用したい。

（…）かつてのオヤジ中心主義をつくった権力をくつがえすために、被害者として集まるだけでは女の根本的な解放はできないということになります。自分をとざしている殻を、わたしたちの手でやぶること。それは被害者が、権力にたいして加害者になるときです[＊30]

被害者から加害者へ、または、権力や無権力の物神崇拝から権力意志へとは、受け身の立場でいまある状態（＝被所有）へ被害者として甘んじつづけるのではなく（＝無権力の物神崇拝）、実体的な権力の奪取を目的とはしないながらも、既成の権力への加害という対決的な契機を通じた権力への意志のみを重視することであり、これがその当時の森崎にとっての主体性の意味であった。これは革命的な主体化の要請というよりも、既存の（権）力関係はいつ何時どの場所からでもひっくり返しえるという女たちによる可変性や可能性を示唆していた点で重要である。

そのうえで、絶えず襲ってくる私有の誘惑を乗り越えるためにも、集団や組織は持続的な変化をつねに求められる。この際、「非所有の所有」の理論部分にあたる後半部分ではなく、森崎がみたという夢の内容を事細かく説明する前半部分のなかに、目立たない形で書き込まれた次のような一節が決

＊29　同上、七六頁。
＊30　前掲「道徳のオバケを退治しよう」二頁。

定的なものとして浮かび上がってくる。

私は作り、捨てる。捨てつづける集団をつくろう[*31]

一度きりの「捨てる」ではなく、永続的な「捨てつづける」という運動性によって生成するものとしての〈集団〉。この部分に象徴的に現れているように、この時期の森崎はマルクス主義の言葉を用いながらも、あきらかにアナーキズム（アナルコ・フェミニズム）の立場へと接近している。組織や位階性《ヒエラルキー》、国家（化）といった力学を払い除けながら、絶えざる運動性を集団そのもののなかに招き入れることで、組織なき自己組織化を求めつづける。そうして森崎は、およそ意図せざる独自の形でアナーキズムを生きていたことになるのだが、このアナーキズムが女たちの手による自己解放を伴っていた点でそれはアナルコ・フェミニズム的であったといってもいいだろう。

資本主義と家父長制が交差する私有の原理から遠ざかりつつ、その遠ざかりつづける身振りによって新たな集団や組織の原理を打ち立てようとすること。この二重の（不）可能性を追求するなかに、概念ならざる概念としての〈非所有の所有〉は存在していたのである。[*32]

三　隣家の「美学」と新しい家

ところで、この時期の森崎の重要な主題のひとつに、これまでも断片的にふれてきた〈家〉の問題がある。北九州へ日雇いに出ていく女性たちに象徴的なように、家庭《ホーム》としての家からの解放は、かの女たちのなかで抑圧されてきたエネルギーと欲望の解放と同義であった。一方で、家庭《ホーム》であり住居《ハウス》でもある家の拘束は、坑夫として失業した夫たちとのギクシャクした関係も含めて、現実的にはすべてが即座に解消も解決もされるようなものではなく、女性たちにとっては解きがたい桎梏であった。この点で、家とは非所有と被所有がせめぎあう場にほかならなかったのだが、これは森崎個人にとっては谷川との同居関係そのものでもあっただろう。私生活での谷川もまた、尊大な家父長的振る舞いの人物であった。

この家という問題を考えるうえでもっとも重要なテクストが、一九六一年五月に『無名通信』誌上で発表された「隣家の美学」（原題は「隣りの美学」）にほかならない。一九五〇年代後半から六〇年代前半の時期どころか、森崎の全キャリアのなかでも最も重要なもののひとつであるこのテクストが対象とするのは、北九州へ日雇いに出る女性たちのその手前にある物質的《マテリアル》な空間としての家なのだが、それはともすればユートピア的にも思われかねない〈非所有の所有〉がはじまりうる場所を具体的に指し示すものでもある。

「隣家の美学」の冒頭は、森崎が住む家の隣にある、ボロボロになった継《つ》ぎ接《は》ぎだらけの炭住の長屋に施されている工夫の数々をこと細かく書きとめることからはじめられる。家のなかでは、モノが

＊31　前掲「非所有の所有」七三頁。
＊32　なお、作家の姜信子はその追悼文で、森崎を生涯に渡って国家を拒否したアナーキストと形容している。姜信子「愛しきあぶくたちの世界へ——森崎和江を孕む旅」（『現代思想』五〇巻一三号、二〇二二年一一月）。

本来の使用法から逸脱した形で自由かつ奇抜に用いられており、森崎はその「自在でとっぴな組み合せ」を炭鉱における「肉体と石炭との強引な会合と痛み」の歴史にも重ねあわせているが[*33]、根本的に修理し直されることもなく、その場しのぎでなされたであろう工作の数々が積み重ねられることによってこの家《ハウス》の世界はつくられている。

窓はどこも数センチのガラス板や木切れをテープで継いでいます。砂が落ちる壁は、映画の広告版の大きな男の顔がささえています。障子の桟はタコ糸、襖は不用になった障子に板を打ってあるもの、外界との仕切りは戸や窓を重ね合せて作ってある。軒をおろして増築した部屋の床はボール紙で、荒壁にはにんまり笑った女優や長嶋選手がべったりはってありました。障子に打ちつけてある布切れ、棚を構成している数枚の板、曲りくねって引き込んである水道管、砕けた瓦やスレートを積み重ねてある屋根、どの区劃をみても協力された数名の知恵がみえ、形成までの過程を語ってくれるのでした。壁とも戸とも名づけようのないそのくらがり[*034]

この時期、合理化・閉山の嵐のなかで次第に朽ち果てていく炭住の様子は、炭鉱の悲惨さとその末路を物語る格好の被写体とされていたことを思い起こそう。人びとが地底での生死をかけた労働のなかでなにを経験し、いかなる倫理と感性の共同体がそこに形成されてきたのか、そうした問いを欠落させながら炭住の表面的な荒みのなかに崩壊の予兆を感じとることはあまりに容易い。しかし、「壁とも戸とも名づけようのないそのくらがり」のなかに、炭鉱で生きてきた人びととの集合的な「知恵」やその「形成までの過程」が詰まっていることを、森崎のマテリアルなまなざしは見出している。それは、裂け目のなかに虹の煌めきを見出す際のあのまなざしにほかならない。

そのうえで、森崎はこうした隣家に施された工作の数々が、私有の論理とはかけ離れたものであることを読みとっている。継ぎ接ぎの実践は、まさに継ぎ接ぎという断片的で非完結的な工作であるがゆえ、誰の所有物にもなりえるものではない[*35]。ましてや、厳しい労務管理のもとにあって、絶えざる移動と逃散《ケツワリ》を本質とした坑夫の生活において、炭住とはそこに集まりまた散っていった無数の家族たちの創造と記憶の集積によって成り立つ生活世界である。森崎がこの「隣家」に驚嘆するのは、単に施された工夫の数々ゆえではなく、その工夫になんらの執着もみせず、「不用の期間は人に借して入用になれば自宅に入る」ことで事足りるとする、「隣家」の一家の屈託のない姿勢にあった。

＊33　「隣りの美学」『無名通信』一六号、一九六一年五月、二頁。

＊34　同上、一頁。

＊35　ところで、こうした炭住の家から非所有の具体的なあり方を見出していく森崎のまなざしは、次のような谷川の評言にも影響を与えていることだろう。大正行動隊が建設した労働者や支援者たちのための交流施設である「手をにぎる家」の意義を語るなかで、谷川は家とは一般的にはブルジョワ的なものであるとしながら、次のようにつづける。「そういう非所有――非常に卑俗に解釈すれば共有ということになりますが、共有のいうのは所有の一形態であり、逆の意味からいうと非所有の過渡的な一形態であるかもしれませんが――誰もがそこにおいて所有を主張出来ないものが物質的な家となって眼の前にあり、日常それを利用しているということは、やはりわれわれをして生活の中の市民的な枠を疑わせしめる材料になるのではないか」（谷川雁「退職主義ともいうべき闘いの思想」『抵抗』一一号、一九六二年一〇月、一〇頁）。なお、『闘いとエロス』では、この「手をにぎる家」の建設を契子（森崎）が待ち望んでいる様子が描かれている。

創造に何らかの快感があるとすれば、それは集中の秩序を一回きりで捨ててしまうことだと思います。数名で作られた知恵の輪のような戸口から彼ら彼女らは惜しげなく小さな工作を捨てて次へ移るにちがいない。私はかず多い坑夫のあとを、精神の転位の足跡とみていました。ちょうど初期の坑夫一家が針金と新聞紙で天井を作っては次のヤマへ移り移りしていたように、たちまち捨ててかえりみることもない知恵、その自発性への信頼だけが快楽なのだと。*36

そして、森崎はこうした「完成とは無縁な創造の主張」を、家のなかに閉じ込められてきた女性たちの創造性として解釈し引き受けている。隣家に施された修復・修繕の数々は、「ケアのインフラ」*37たる住居《ハウス》としての家にたいしてなされた物質的なケアリングそのものであるが、同時に、会社や家父長のものである家とその価値とを内部からつくりかえていくような創造的な営みでもある。もちろん、これは家からの解放でもなければ、家の解体でもない。改めていうまでもなく、家とは家父長制と資本主義にとって欠かすことのできないインフラ装置である。再生産を担うケア労働を女性へと押しつけながら、女性たちが非血縁的なつながりを含めて結びついていく可能性を物理的に遮断し、家内空間に閉じ込める装置としての家は、家父長制と資本主義を支える無数のインフラネットワークとして存在する。森崎もまたこの「隣家の主婦」を理想的な女の形象とするわけではないが、この姿をひとつの基準（「典型」）に設けながら、もう一方の極には現在の女性たちが抱えるありのままの限界を据えることで、私有から遠ざかりつづけるなかで広がっていく女たちの創造性を次のように定式化してみせた。

誰も見たことも感じたこともない次元を感じ取ること、感じ取ろうとすること、それが変革を願う者たちの不可欠な前提なのです。ですから典型は不断に更新され遠ざかります。／ふたつの典型の間に無数の落差をもって私たちは入りこんでいます。そしてその両側の極が同時にとらえられたとき、私たちはようやく創造の痙攣が起るのを意識します。／が、創造も自我の確立も、一本の軸のはしを両眼でにらむように消極的な受信機では、単純な状況報告や現状承認をぬけることはできません。典型の止揚を重ねてはじめて歴史は綴られていきます。*38

ここでの森崎は「痙攣」という筋肉の比喩を用いることで、創造に伴う女性たちの困難やその過程を身体的なイメージを通じて表現している。この時期の森崎のテクストには、筋肉にまつわる比喩表現を女性の（身体の）解放性に結びつける傾向がみられるが、それは筋肉と男性性との結びつきを領有《アプロプリエーション》する表現であるとともに、その身一つのなかに秩序からの解放の因子があることを示唆するものでもある。それゆえ、あの「捨てつづける」というフレーズとも深く響きあった「隣家の美学」の結語は、身体の振る舞いの次元での換気力において極めてすぐれている。

その感度と音がどれほど完成や結晶から遠かろうと、表現するのです。一つの断章に。八方やぶ

＊36　前掲「隣りの美学」二一―二三頁。
＊37　Emma R. Power and Kathleen J. Mee, "Housing: an infrastructure of care", *Housing Studies*, 35(3), 2020.
＊38　前掲「隣りの美学」四頁。

れの舞踏に。かたわな〔ママ〕詩に。エッセイに。一片の手紙に。そして直ちにふりすてしまわねばならないのです。[*39]

感度、音、舞踏、詩、エッセイ、手紙……この短い一節に多くのイメージが詰めこまれている。そうして、この深淵なテクストは、女性たちの一瞬一瞬の日常の振る舞いのなかに無数の創造の断片が詰まっていること、創られては消えていく瞬間のなかにこそ世界を変革しえる可能性があることを伝える。だが、それだけではない。創造物に固執することのない隣家の「美意識」には新しい「美学」が宿っているとするこのテクストは、振る舞いの次元での創造性にみちたその世界を、わたしたちがいかにまなざし感知しえるのかという感性の次元が問われていることをも示している。この「美学」を経由することによって、わたしたちは過去の痕跡から――たとえばそれは隣家の一見ボロボロでしかない住居のなかから――女性たちの創造性を読み解くことができるのであり、このとき正史としての歴史叙述のなかには記されることのない女性たちの不可視化された歴史が発見されるだろう。創造はつねにいまここの地点から可能であり、いつもすでになされてきた。この先には、「非所有の所有」を締め括るあの「たたかいの音」の残響がこだましてもいるはずだ。

――ひょっとしたら、昼間わたしの意思から分離したまま遠くからおそうようにやってきたあの回転音は、あれではないか。私の母のその母の、そのまた母の無数の女たちのたたかいの音だ。きっとそうだ。権利が剥奪されていく過程のながい年月にわたって、祖母たちはあの感覚を現実に生きたんだ。抵抗したたたかった日の、筋肉の記憶だ。[*40]

この際、「隣家の美学」の初出が『無名通信』誌上であったという文脈をいま一度思い返してみよう。このテクストは真空に放たれたのではなく、『まっくら』の聞き書きと同様ともに活動する周囲の女性たちを宛名にして書かれている。「八方やぶれの舞踏」が宇部グループの女性たちを指していることはあきらかだ。これは創造の断片を互いにもちよりながら、「直ちにふりすててしま」う身振りを重ねることで、あの「捨てつづける集団をつくろう」という呼びかけの実践なのであり、ここにこそ女たちの〈非所有の所有〉がはじまっていく瞬間がある。*41

そのうえで、森崎の家にまつわる議論は「隣家の美学」に限定されるものではなく、具体的な実践にも密接にかかわるものであった。このことを最後にみていこう。

第一節でふれたように、一九六一年五月の大正行動隊における性暴力事件は、森崎と谷川をはじめとした周囲の男性たちとのあいだに埋めがたい亀裂を生じさせた。あくまで行動隊の組織維持を最優先するほかないとする谷川と、組織内部の家父長制・性差別を全面的に総括しなければならないとする森崎のあいだでの亀裂はつとに知られる。他方で、谷川はこの事件が大正行動隊という組織全体の

＊39　同上、五頁。
＊40　前掲「非所有の所有」八〇頁。
＊41　ところで、先の「隣家の美学」での結語は、初出から『非所有の所有』への収録にあたる改稿のなかで「エッセイに」という一語が密かに削除されている。森崎は、みずからの手によるこのエッセイもまた、ひとつの創造たりえることを一度は書きとめつつ、のちには控えめに隠してしまったのかもしれない。

課題であるという認識そのものまでを否定していたわけではないが、この見方は行動隊全体に共有されたものではなく、事件を犯人となった隊員の個人的問題として認識し処理しようとする関係者も多く存在していた。[*42] ここには、森崎と谷川とのあいだ、谷川と関係者とのあいだにあった二重の亀裂がみてとれ、森崎の抱えた苦悩の深さを推し量ることができるのだが、他者（女性）を私有しようとする暴力のなかに潜む資本主義（的原理）と家父長制の共謀関係を森崎がみてとっていたとして、森崎はこうした共謀関係をこの時期の創作の体をとったテクストで全面的に批判している。

この時期の森崎によるいくつかの創作作品は、あきらかに森崎や周囲の女性たちに起きた現実の出来事を扱っている。運動内の強姦殺人事件を扱った「渦巻く」（一九六二年五月）は、事件の舞台を微妙にずらし変えながら、事件の責任を犯人個人に押しつけて処理しようとする幹部たちを女性たちが次のように糾弾していく場面を描く。

「誰でん知っとるばい。鈴木〔創作上の犯人――引用者注〕と同じ根性は執行部みんなにしみこんどるのを見ちょるとばい。女に関することは闘争と別と思っとろう。それが現れただけばい。女の抱き方を知らん労働者は、本質に於て労働者をしめ殺しよる。それをかくして何が家族ぐるみね。やまの情況をみればなおのことを生活の根源から闘争へ入らないかん。やっちゃんの死はそのことを語っとるんよ。鈴木を裁くのは労働者でなからないかんやろが。裁ききらん者は執行部をやめろ！[*43]」

ここでの性暴力批判は、単に事件の加害者を対象とするだけでなく、加害者を取り巻く組織や他の男性たちにも内在する根深い家父長制や性差別を告発していく点で決定的な重みをもっている。「女の抱き方を知らん労働者」という表現を現在の地点から首肯することは難しいとしても、この告発は時空を飛び越えてわたしたちのいまここに突き刺さるものでもあるだろう。この告発が貴重なのは、闘争の現場と家内空間とが女性たちにとっては分離されることのない地続きのものであることを指し示しているからであり、このとき家庭《ホーム》であり住居《ハウス》でもある〈家〉は森崎や周囲の女性たちにとっての闘争の場として浮上する。

そして、実際の事件のあった翌年の一九六二年、森崎は解散した『無名通信』にかわる新たな動きを模索しだしていた。六月にはかねてから提起されていたという共同の託児所「スイスイ託児所」を周囲の女性たちとともに開設すると、翌七月には新たな雑誌として『女性集団』が刊行される。この託児所の開設までの経緯とその様子は、『女性集団』の創刊号で次のように報告されている。

労働組合の補助的機関の場さえ放棄してゆく主婦会です。主婦の就労にとってやっかいな条件である育児の、又その共同管理の提案も受けつけられませんでした。だが、そうした組織次元をは

＊42　谷川とそのほかの行動隊関係者との事件にたいする認識の違いを伝えるものとして、「総括討議の討論」（『抵抗』七号、一九六四年一月）を参照。ただし、ここでの谷川の総括は、結果として大正行動隊がもちえた敵対性を性暴力と一体となったものとして把握しているといえる。これらの点にかんして、詳しくは拙文「解題 困難な書――一九七〇年の森崎和江」森崎和江『闘いとエロス』（月曜社、二〇二二年、四〇四頁）を参照。

＊43　「渦巻く」『白夜評論』一号、一九六二年五月、三三頁。

なれ、女たちは巣立つ鳥のように、つぎつぎに社会的労働の最下層部へ編入されていきました。／もはや私たちは、労働者の妻の次元ではなく労働者それ自身として、戦闘すべき条件にいや応なく押し込められています。そこでふるえている女たちの意識を、かすかに手さぐりながら、私たちはなんとかして女性集団を形成しようと考えました。／幾度かの話しあいのあと、誰でもしたしく出入りできる場をつくるために、そして女たちの卑近な困難を共有し、開放するために、共同子守り場を作ることにしました。／昼間はしんかんとなる炭住の一軒に押し入り、荒壁に新聞紙を貼りました。そんなことをしていますと、或るお年寄りが箱いっぱいの折り鶴をとどけて下さいました。折り鶴を天井からつるし、こわれた玩具をもちこみ、リンゴ箱を下駄箱につくりかえ（…）[*44]

空き家となった炭住の長屋を再利用する形でうまれたこの場所は、日雇いに出る女性たちが子どもを預けるための場所であるとともに、子どもたちの面倒を共同でみながら、女性たちが集い合い語り合える場所として存在していることがよく表されている。そこには「隣家の美学」における家をその内部からつくりかえていく創造的な振る舞いとも通底したものがみてとれるが、同時にこれは文字通り女たちの〈新しい家〉でもある。[*45]

この無記名の「経過報告」は、女性たちによる取り組みを大正闘争の一環に位置づけてもいる。性暴力事件後という文脈を踏まえればこれは苦渋の選択であったのではないかとも想像されるが、同時にその報告の末尾は「子守り場を開いた決意は、退職者同盟の運動のその前衛性の創造でもありますす」と締め括られており、[*46]かの女たちは男性たちの闘争に従属する存在ではなく、むしろ闘争の補助的活動として見做されがちなケアリングこそを前衛的な行為として打ち出すことで、闘争の秩序を転覆させようとしていた。

そして、こうした『女性集団』とスイスイ託児所に集った女性たちの姿は、創作「とびおくれた虫」(一九六二年八月―九月)のなかで鮮烈に登場する「川筋女集団」による、次のようなビラの文面の存在を喚起してやまない。長文となるが、全文を引用しよう。

――たたかいのなかで、あたらしい女房がうまれた! うちたちは労働者ばい。いまは闘争費を稼ぎよる。あたらしいしあわせはくるしい。たたかいは、うちたちの心のなかに戦場をつくりました。それは、働いたちょっぴりの金は闘争費とかんがえたくない、ピケ動員のにぎりめしをつくるより、とうちゃんのおかずが煮たい、そんな昔の心とのたたかいです。うちたちみんな。その戦場でばたぐるっとる。就労しとる者も、就労できずにいる者も、そして主婦会役員も。

さあ、くるしいけどそこへ旗をかかげよう。たかくたかくあげよう。女のたたかいの旗を。体

＊44 無記名「経過報告」『女性集団』創刊号、一九六二年七月、三頁。
＊45 ここでの〈新しい家〉は、ベロニカ・ガーゴがいうところの「フェミニズム的な家」をイメージしている。ベロニカ・ガーゴ「身体―領土――戦場としての身体」石田智恵訳、(『思想』一一六二号、二〇二一年二月)を参照。
＊46 前掲無記名「経過報告」、三頁。

をうごせる者は汗をだして、動かせない者は、ちえをしぼりだして。それだけだ、うちたちがこの闘争に勝てるのは。

うちたちのたたかいに反対する者は反対していい。ねずみの穴みたいな家のなかへうちたちの心をおしこめておきたい亭主でも、社長の女みたいにうちたちの労働をかざっておきたい女官僚でも組合幹部でも。

炭労はどろぬまみたいなうちたちの炭坑の闘争に深入りしたくない、早く融資を切りたい、と思っている。そして労働者がばらばらにひとりひとりで、そのはてのないどろにうずまっていくのを見切ろうとしています。見切ってかまわん。そんな生焼けの、くされ根性をかけてくれんでも、新しい女房はたたかえる。うちたちは、たたかいの体制をととのえよう。はやく。いますぐ。託児所をつくろう。あちこちにたくさん。乳のみ子がたくさんいて就労できないものが集って就労する人の子供たちを育てましょう。

役員の最低生活を共同で守りましょう。働いたちょっぴりの金からカンパをしよう。そして役員は炊事も子守りもぜんぶ仲間へあずけて、全力をだそう、女たちのたたかいの基礎づくりへ。――

そして最後に、仲子はガリガリと鉄筆をこすりつけて肉ぶとく、川筋女集団、と書いたのだった。*047

「とびおくれた虫」はあくまで創作の体をとった文章であり、そのビラが実際に撒かれたものかどうかはわからない。だがそれは、この時期の森崎の筆名によるテクストのなかでも最も心を打つもののひとつであり、それが集団《コレクティブ》の名のもとに、またビラという形式をとって記されていることほど、一九五八年から六〇年代前半という時期の森崎のテクストの本質を示唆するものはない。みずからに染みついた良妻賢母的な「昔の心」を正直に打ち明けながら、「就労しとる者」／「就労できずにいる者」／「主婦会役員」のあいだの、また「体をうごせる者」／「動かせない者」のあいだの隔たりをも受けとめて、互いが差し出せるものを精一杯出しあうことによって、〈集団〉になろうとすること。そこには、まったく異なったスタイルのもとに書かれた『まっくら』がそうであったように、女たちの新しい〈集団〉に向けた呼びかけの言葉がある。そして、「女のたたかいの旗」をただ「たかくあげよう」とするのではなく、「たかくたかくあげよう」と呼びかけるこの〔架空の〕ビラの文字を読むとき、文字に目を落としていたわたしたちもまた微かに視線をあげ、「川筋女集団」の女たちと同じように空にはためく「女のたたかいの旗」をみつめることができるのかもしれない。

〔託児所——引用者〕開設二週間を記念して、二十六日夜、近辺の主婦らと二十数名のパーティをしました。ホルモン料理とビール。日常の次元から、常に日常の次元で、炭坑主婦の自立した運動を生むよう、わいわいさわぐ地点が芽生えるよう地ならし段階[*048]

＊47　「とびおくれた虫」『白夜評論』四号、一九六二年八月、五二—五三頁。
＊48　無記名「子守り場近況」『女性集団』創刊号、一九六二年七月、六頁。

おわりに

本章では、一九五八年から六〇年代前半に至る森崎の評論を中心的にみていくことで、森崎が男性中心のサークル運動や労働運動、また炭婦協などに代表される既存の婦人運動とも異なる女性たちの自己組織化を目指しながら、これを評論やエッセイ、(架空の)ビラなどの形式を通じて言語化し理論化しようとしていたことをあきらかにした。それらは当初から決して体系的にまとめられるような性質のものではなかったものの、さまざまな形で散りばめられた断片の再構成を本章では試みてきた。

しかし、その後、一九六〇年代半ば以降の森崎は、この時期のみずからの議論や実践を評価することも、また積極的に振り返ることもなくなっていく。フィクションパートと記録パートが織り混ざった独特の形式で叙述されている『闘いとエロス』には、『無名通信』の活動を総括した章が設けられている。だが、その記述の大部は当時の紙面に掲載された座談会などからの引用で占められており、どこかおざなりなその総括の様子からは、過去の運動にたいする森崎自身の思い入れは見出しがたい。

なにより、同書には、一九六〇年代前半までのテクストにあれほど書きとめられていた炭鉱の女性たちの動向がほとんどみえてこない。雑誌としての『女性集団』もその存在は創刊号しか確認されておらず、スイスイ託児所の活動がどれほど継続したかもはっきりとはしない。とすれば、森崎は早々にみずからの六〇年代前半を捨て去ってしまったのだろうか。わたしたちには、女たちの集団がもちえた可能性とその不可能性、ないしは挫折を同時にみつめる必要があるのかもしれない。*[49]

しかし、ここで重要なのは、『闘いとエロス』の刊行と同じ一九七〇年に『非所有の所有』が新装版として復刊されているという事実だ。菊畑茂久馬による新しい装丁を除けば、頁数や組版までもが基本的には同じ形で復刊されたこの七〇年版に唯一新しく追加されたのは、六三年版にはなかった「あとがき」であるが、森崎はそこで同書のなかの「この数篇のたどたどしさは私の心を鞭打つ」としつつ、復刊に至った理由を次のように記している。

過去のものははずかしさが先立つけれど、これを目にする人々は、私が自分を奇妙な虫のように凝視したあの心情に近い年代の人らではないかと思う。未熟であってもいい、既成の概念からできるかぎり自在に自分をとらえんとする心である。それら若いそしていらだたしい年頃の人々の、捨て石の一つになればと思って、ここにふたたび身をさらすことにする。／そして、いつか、互におとなになって、かみあっている多くの側面を、総合的にとらえあう仲間になりたいと思う。[*50]

ここでも森崎は『まっくら』のときのようにみずからを「奇妙な虫」として形容するのだが、この

＊49　この点については、『無名通信』の試みを、現代の同人BL小説などのコミュニティと重ねながら論じている、小松原織香「〈文学が生まれる場〉にいた話。——同人作家と「サークル村」の女たちを繋ぐ試み」（『文藝』六二巻一号、二〇二三年二月）を参照。なお、この小松原の議論は、可能性か不可能性か、という二項対立的な視点からも抜け出している点でも重要であることを付言しておきたい。

＊50　『非所有の所有——性と階級覚え書』現代思潮社、一九七〇年、二七八頁。

「あとがき」の日付は「一九七〇年五月二十二日」と記されている。一方で、『闘いとエロス』の初版初刷の奥付には発売日が一九七〇年五月三一日と記されている。書籍は発売日よりも前に著者の手元に渡っているのが通例であるから、この「新装版あとがき」を記す森崎のその傍らには、刷られたばかりの『闘いとエロス』がたしかにあったことになる。だとすれば、当時の読者は、書店で隣同士に並べられたこの発売されたばかりの二冊の本――同年五月に刊行された森崎の評論集『ははのくにとの幻想婚』も含めれば三冊の本――を同時に手にとったに違いない。

過去の運動と闘争を、別様の形で記したふたつの本。それらを同時に手にとることになるであろう「若いそしていらだたしい年頃の」新しい読者に向かって、「いつか、互におとなになって、かみあっている多くの側面を、総合的にとらえあう仲間になりたい」と語りかけること。一九七〇年において森崎は、かつての女たちの運動を心から肯定し切ることはできなくなっていたかもしれない。その一方で、過去の自身がいまとは異なった見解をもちえていたことも、間接的な形ではあるが示してみせた。それゆえ、一九七〇年の読者はこの二冊をともに手にとることで両書のあいだのズレや差異を知りえたはずであり、またそのズレや差異のなかから新しい運動や闘争のあり方を模索しようともしたはずだ。

こうして、森崎はかつて未完に終わったその女性運動論を、そのまま問いとして読者へ再び投げかけてみせたのである。

第三章　流民を書く、土地とともに書く——労働力流動化と〈運動以後〉の時代に

筑豊よ
日本を根底から
変革するエネルギーの
ルツボであれ
火床であれ

上野英信

はじめに

一九六五年二月、森崎和江は三一書房より書き下ろしの著作『第三の性』を上梓する。大正行動隊での性暴力事件以降、谷川雁とのあいだに生じた隔たりは依然として解消することなく、六二年には谷川から外部との接触すら禁じられたという森崎は、しかし同年に単身東京を訪れて埴谷雄高の紹介を受ける形で同書の出版の目処をつけた。いまでは文字通り森崎の代表作として認知されている『第三の性』は、森崎の思想における重要な主題のひとつである〈産の思想〉をはじめて打ち出した著作としても知られるが、〈集団〉という問いにかかわっては複雑な側面を抱え込んでいる。

沙枝と律子というふたりの女性による交換書簡の体をとった同書は、女性の性の言語化・思想化を試みながら、性愛・妊娠・出産をめぐって浮き彫りとなる「生む女／生ま（め）ない女」の断絶を軸として、（ふたりの）女たちのあいだでの分断と葛藤、その架橋をテーマとする著作である。『無名通信』の参加者であり早逝した古賀のぶことのあいだで交わされていた往復書簡をもとにしたともされれるこの著作は、その意味で一九六〇年代前半の女たちによる集団化という森崎（たち）の実践の延長線上に存在するものであり、また森崎の思索に帯びた複数的な対話《ダイアローグ》の性質を象徴的に表してもいる。

だが、この一九六五年の著作は、六〇年代前半までの森崎の議論と比べると大きな断絶がみてとれもする。ここでは性と階級の交差という課題が語られることはまったくといっていいほどなく、後者は対話の俎上に上ることもない。そのためか、かつてはあれほど激しい熱を放ちながら展開されていたはずの女性運動をめぐる議論も、途絶した女たちの〈集団〉の存在も同書にはその姿をみせない。一方で、創作か実際の書簡を復元したものかが判然としないこの著作には、時折唐突に注釈もない形で『無名通信』に参加していた会員たちが実名で登場する瞬間がある。そのときだけ、読者は架空の対話の体裁をとったこの書物の底に貼りついた〈集団〉の痕跡に遭遇することになる。

> いつぞやわたしたちが土井さんのうなぎの寝所のような部屋に集まっていたときに、とおくの炭坑から野口さんがやってきました。「よう、生きちょったか」というなり、地域のさまざまな婦人組織が連合体を結成しようとしていた集会へ出た話をしました。[*1]

〈集団〉の痕跡をとどめながら、あきらかにそこから距離をとろうともする同書は、そこで〈語られていない〉こと、〈語られなくなった〉ことの存在に気づくとき、読む者にある戸惑いを与える。だが、たしかなのは、そこに森崎にとってひとつの季節の終わり、あの苛烈な運動と闘争の渦中で言

*1 『第三の性』三一書房、一九六五年、一六八頁。

葉を〈書く〉日々の終わりが刻まれているということだ。

　この同じ年、大正行動隊および退職者同盟の闘争のなかにみずからの居場所を見出せなくなっていた谷川は筑豊を離れ、かつてみずからの詩で戒めたはずの東京へとひとり去っている。『闘いとエロス』を読む限り、森崎もまた一度はこの東京行きへの同伴を検討しながら、最終的にはふたりの子どもとともに筑豊に留まる選択をくだした。この時期の森崎が発表したテクストを時代順に追っていくと、『第三の性』の発表後に森崎が事実上の短い沈黙期に入っていることが確認できる。六五年二月から六六年の終わりまでに公に発表した文章は確認される限り一点のみであり、森崎にとっても立て直しが求められていたことが示唆される。

　この最中にも不断に進行していったのは、国策としてのエネルギー移行と石炭産業の合理化であり、この巨大な趨勢に抗おうとするたたかいのひとつであった大正闘争も、一九六四年には大正炭鉱自体が閉山を迎え、やがて七三年の貝島大之浦炭鉱の閉山によって筑豊炭田は事実上の消滅を迎える。[*2]「一九七三年一二月」の日付をもつ『奈落の神々』「あとがき」のなかで、森崎は次のように述べている。


　筑豊の夜はしずかである。筑豊とは、筑前と豊前の石炭の産地を一括して称した、産業にともなった通称であったから、もうその名も消える。[*3]

筑豊にはもはや炭住の人びとが織りなす生活の喧騒も、燃ゆるボタ山の朗々とした火もなく、地底の洞穴は埋められて、ただ深閑とした地上の空間だけが取り残される。〈たたかいの季節〉が過ぎ去り、筑豊そのものの名が消えていこうとするこの時代、したがって、そこにあえて留まった森崎の選択はやはり反時代的といえるものだった。

そのうえで、一九六七年から徐々に言論活動を再開した森崎は、翌六八年からの数年間、ほとんど爆発的といっていいようなペースで文章を発表していくことになる。書き下ろしの『闘いのエロス』に加えてその同年および翌年に立て続けに出版された二冊の評論集（『ははのくにとの幻想婚』（一九七〇年）、『異族の原基』（一九七一年））は、この時期の森崎の多作ぶりを象徴的に現しているが、この際に森崎の思索の主題となるのは再び〈集団〉なのであり、また森崎の語彙にこの時期新しく姿をみせた〈流民〉でもあった。

この〈集団〉と〈流民〉は分離された主題ではなく、その連環によって語られるべきひとつの思想課題としてである。大正行動隊の敗北を引き継がなければならないとした一九六〇年代後半以降の森崎は、改めてあるべき〈集団〉とはなにかを問おうとするなかで、筑豊において〈流民〉と化していく労働者や若者たちと出会い、交流を深めていった。他方、六〇年代後半以降とは、森崎がようやくみずからの根源的な思想課題であった〈朝鮮〉と〈民族〉という問いに向きあうことが可能となった時期であり、森崎の〈流民〉のなかには在日朝鮮人はもとより沖縄（人）、与論島民、からゆきさんといった民族的マイノリティや日本国家の周縁に位置する人びとがいた。こうした背景には、沈黙期の

＊2　この時点で、貝島炭鉱の経営による、地上で採掘をおこなう露天掘りの炭鉱だけが唯一残っていたが、同炭鉱も一九七六年に閉山となった。
＊3　『奈落の神々——炭坑労働精神史』大和書房、一九七四年、三五八頁。

あいだになされていたであろう在日朝鮮人女性作家の朴寿南との交流や、六八年に戦後はじめて実現した森崎の訪韓、その訪韓直前に起きた在日朝鮮人・金嬉老による立て籠もり人質事件（詳しくは第六章を参照）、また六九年ごろに結成され森崎も参加した「おきなわを考える会」（詳しくは第四章を参照）の存在などがそれぞれに指摘できる。

そのうえで、流民化する筑豊において〈集団〉を〈書く〉とは、筑豊という土地の現在とともにその歴史をも背負う行為であり、このとき炭鉱がそのはじまりから、土地から引き剥がされた周縁的な底辺の民衆や民族的マイノリティが寄せ集められ／寄り集まる場所であったという事実は決定的なものとして浮かび上がる。地底の闇に埋もれた流民たる坑夫たちの出逢いとそこに織りなされる精神史は、やがて一九七〇年代前半の森崎によって掘り起こされていくのだが、この時期の森崎にとって〈集団〉と〈流民〉を〈書く〉とは、筑豊という土地を描くことと同義にほかならなかった。

とはいえ、森崎が〈流民〉として言い表した民衆や労働者の流動性にたいする関心は、同時代においては決して森崎ただ一人に固有のものとしてあったわけではない。一九六〇年代後半から七〇年代にかけて、新左翼やノンセクト系の評論家や活動家はこぞってこの流動性を時代における喫緊の課題として捉え、それぞれに議論を提起しまた行動を展開していった。各々の議論や実践は、時に共振し、時に衝突し、そもそも互いの存在をどこまで知り合っていたのか不透明な場合もある。それらの関係性は到底共同の戦線といえるものではないとしても、のちの時代にあるわたしたちは、不協和音と共鳴を同時に奏でるようなこの時代の議論と実践の厚みを、ひとつの星座の配置のようにして理解することはできるだろう。

本章では、一九六〇年代後半から七〇年代前半、すなわち序章で示した森崎の思想変遷の時期区分に倣えば筑豊時代の第二の時期から第三の時期にまたがって展開される森崎の流民論を、こうした同時代の思想・運動およびその背景となった地勢の変化とともに掴み捉えながら、その独自性と意義をみていくこととする。

以下、第一節では、高度経済成長とともに進められていった国の労働力流動化政策の一環に一九六〇年代の炭鉱離職者対策を位置づけながら、併せて同時期のさまざまな流動的な労働力の経路を抑えつつ、こうした流動性に時代の変化を掴みとった評論家や活動家の提起や実践に焦点を当てる。第二節では、多くの炭鉱離職者をうみだし、地域そのものが壊滅の危機にあった筑豊にあって、新しく現れた労働（者）の形態としての「流民型労働者」について、これを森崎がどのような時代の兆候として受けとめたのかを、上野英信の棄民論などとの比較とともにみていく。第三節では、森崎の筑豊の合理化・閉山が最終局面に差し掛かっていく時代状況を森崎が日常の風景からどのように感受していたのかをみたうえで、七四年の著作『奈落の神々』の執筆を通じて森崎がひとり単独で試みた〈集団〉の追求に迫る。なお、森崎の筑豊時代の第二の時期にとって画期となった「おきなわを考える会」の活動については、森崎の沖縄論とともに検討すべきものであるため、本章では部分的な言及にとどめ、詳細は次章にゆずる。

一　労働力流動化の時代に

先にふれたように、一九六〇年代から七〇年代という時代は、民衆や労働者におけるその流動性が、新左翼やノンセクト系の評論家や活動家たちによる対抗的な議論と実践の中心的な課題として姿を現した時期であった。こうした議論や実践をうみだしていく具体的な背景として、五〇年代半ばからの高度経済成長の開始とともに進められていった労働力流動化という国策的な労働力の再編成がある。本節ではまずこうした趨勢のなかに、炭鉱の合理化・閉山という事態を位置づけつつ、それらを批判的に問う議論と実践の位相をみていくことにしたい。

一般に高度経済成長期とは一九五五年から七三年までの期間を指すが、この間の国内の人口移動における最大の特徴は農漁村からの人口流出と三大都市圏への人口集中であり、工業地域への労働力の急速な集約が促進されていった。高度経済成長はその成長に必要とされる労働力の配分と確保を実現させるべく、大規模な人びとの移動の群れを幾重にも引き起こしていったが、そのうちのひとつがときに「民族大移動」とすら称された炭鉱離職者たちの動向であった。

炭鉱労働者は一九五〇年代半ばの最盛期には約三五万人――そしてさらに多くのその家族――にも及んだとされるが、すでに前章でふれたように、日本の近代化における動力源の役割を果たし、戦後も傾斜生産の対象となっていち早く復興の対象となった石炭産業は、朝鮮戦争休戦を境に大きな曲り角を迎える。この時期以降、国策として推進されていった石炭から石油へのエネルギー移行過程において、各地の産炭地域では数多の失業者がうまれその地に滞留していくことになる。こうしたいわゆる炭鉱離職者たちとその家族とをどのように処遇するかは、当時戦闘的な労働組合として知られた炭労への対策という側面も相まって、五〇年代末から六〇年代にかけ、喫緊の経済的かつ政治的な課題として浮上するようになる。

これらに対処すべく用意されたのが、三池闘争がたたかわれている最中の一九五九年一二月に成立した炭鉱離職者臨時措置法であり、翌六〇年二月に発足した炭鉱離職者援護会およびその後身の雇用促進事業団である。臨時措置法制定以前の職業紹介制度があくまで現住所から近隣の仕事現場を紹介するものであったのにたいし、県外への移動を促進する広域職業紹介が措置法以後に導入されるようになる。この広域移動に伴う労働者と家族の移動資金や移住先の住宅供給、緊急就労事業による雇用創出、失業者への職業訓練などの問題を一括して取り扱う機関として用意されたのが援護会〜事業団であり、とりわけ事業団への改組以降は炭鉱離職者のみならず失業者全般の再就職斡旋を担っていくことになる。こうした労働力の再編成においてかけ声となったのが国内の労働市場全体における「労働力流動化」であるのだが、この背景について事業団編纂で一九七一年に刊行された『十年史』は次のような解説をおこなう。

そして、このような労働力受給の地域的・産業的アンバランスは、元来移動について数々の障害を持つ労働力の特性からして、ある程度の期間を貸せば自然に解消するような性質のものではない。また、産業構造の近代化の進行による影響はもとより、今後急速に進むであろう貿易の自由化にともなう一部衰退産業の現出にともなう離職者の発生は避けることのできない現実であり、しかもそれらの産業は地位的に偏在する可能性が強く、一方、わが国の労働市場は、新規学校卒業者や季節的労働者を除けば、地位的にも産業的にも、伝統的に極めて狭小であり、閉鎖的である。*4

「一部衰退産業の現出にともなう離職者の発生」が産業の近代化や経済の自由化によって不可逆なものとされることで、石炭から石油へのエネルギー移行が国家主導のもとに進められ引き起こされた人為的かつ政治的なものである事実は覆い隠される。こうして『十年史』は当時の時代的な背景を定位しながら、そこに現出した「労働力受給の地域的・産業的アンバランス」を解消するための方途として、(一)「後進地域」の産業振興による当地での労働力過剰の吸収、(二)「労働力の円滑な移動を妨げている各種の障害を排除」することによる地域間の労働力移動の促進、(三)技術革新の波に見合った職業訓練の強化、という三つの方向性がありえたと提示する。そのうえで、『十年史』はつづけて、「いかに工場の地方分散を図ったとしても、技能的にも年齢的にも千差万別の求職者の総てを、新しく進出した幾つかの企業が吸収することを期待することはできない」として「後進地域」における産業誘致による労働力吸収の当座の可能性を退けながら、「新しい産業立地政策の展開と並行して、労働市場を拡大し地域間および産業間における労働力の流動化を促進すること、および職業訓練機能を拡大し新しい産業構造や生産技術に適合した技能労働者を大量に養成することが、不可欠の問題として国の政策の場に登場することとなった〔傍点――引用者〕」と説明する。*5

こうした事後の公式的説明からは、炭鉱離職者援護会の後身としての事業団にとって本来初発の契機であったはずの炭鉱の合理化・閉山という事態を後景へと退けながら、「労働力の円滑な移動」という目的に資する労働力流動化の時代的必要性がことさらに強調されるという論理展開が読みとれるだろう。同時に、資本主義においては当然すぎることだが、これはどこまでも労働力流動化の要請であって、そこで労働者はその存在を労働力一般へと還元され、ナショナルな労働市場で適正に配分されるべき対象に見做される。

ここで重要なのは、事業団の『十年史』が初発の契機としての炭鉱の合理化・閉山をうやむやにしていくことへのあるべき批判を、炭鉱離職者の移動・流動を単独的なものとして扱う見方へと陥らせないことである。この時期の高度経済成長が引き起こした人びとの移動・流動は、けっして炭鉱離職者にのみ代表されるわけではない。ここではさしあたり、集団就職と出稼ぎというふたつの移動・流動の経路の存在をあげておきたい。

一九五〇年代より本格的に実施されはじめた集団就職は、地方から都市部へと若年層の労働力を集団的に送り込む政策であり、行政機関などを介してある地域から別の地域へと就職希望者を募集し移送した。新規学卒就職者、とりわけ新規中卒就職者がその主な対象となり、俗に〈金の卵〉と称された集団就職者たちは、高度経済成長期における労働力移動の典型例として言及されるケースである。一方で集団就職者たちはまずもって低賃金の単純労働に従事する労働力として要請されたのであり、職場での待遇をはじめとする労働問題や都市生活が引き起こすさまざまな困難は〈金の卵〉たちの離職の要因ともなった。こうした地方から都市への就業者の待遇は六〇年代後半には一定程度改善され

＊4　雇用促進事業団編『雇用促進事業団十年史』一九七一年、二一―三頁。
＊5　同上、三一―四頁。

ていったとされるが、青森出身で集団就職によって上京したのち、全国の各地を文字通り流浪することになった青年・永山則夫によって引き起こされた六八年の連続射殺事件に代表されるように、貧しい故郷を離れて都市へと渡った集団就職者たちは実存的な深い葛藤を抱え込んでもいた。なお、この集団就職のなかには、当時はまだ米軍占領下にあった沖縄からの日本（本土）への集団就職も含まれる。五七年から実施が開始されると七二年の施政権返還＝〈本土復帰〉を経て、他府県では主だった募集が廃止されたあとも七六年まで継続されていた。だが、こうした沖縄出身者に待ち受けていたのは厳しい労働環境とともに、日本（本土）で経験することになった沖縄差別や生活上の孤独感であった。*6

この集団就職と同様、地方と都市部の労働力需給のアンバランスに基づいた労働力移動の例としてあげられるのが出稼ぎである。農閑期や漁閑期を利用して農漁村と都市部とのあいだで周期的な移動を繰り返す出稼ぎ労働は戦前期からも存在したが、高度経済成長による産業構造の変化の影響を受ける形で増加していった流動的な労働力のひとつである。第二次産業や第三次産業を中心とした高度経済成長期の経済発展は、第一次産業の比重を著しく低下させたが、農業基本法の制定（一九六一年）や減反政策、農業の機械化の推進といったこの時期の国の農業政策は、それまでにもあった農家の次男・三男などの余剰労働力の排出にとどまらず、農家の基幹労働力をも出稼ぎ労働へと向かわせることになる。*7 周期的な移動をおこなう出稼者の労働力は企業側が求めるフレキシブルな雇用調節にとっては都合のよいものだったが、劣悪な雇用条件や社会保障の不備などが指摘され、また出稼ぎ先でその消息がわからなくなる〈蒸発〉が社会問題ともなった。

ところで、炭鉱離職者、集団就職、出稼ぎのすべてに共通することだが、行政を中心とした再／就職斡旋が身を結ぶことと、再／就職先となった企業に安定的に定着できるか否かは完全に別の問題であり、この時期の国の労働力再編成の端的な問題は、それが単なる労働力の〈移動〉ではない労働力の〈流動〉であった点に求められるだろう。労働力移動がある地点から別の地点への単線的な移動を指すのであれば、労働力流動化が結ぶ線とは二点に集約されることのない拡散的で多線的なものである。問われるべきは、ただ単に人びとの再／就職が可能になったか否かではなく、そこには再／就職先に落ち着くことなく再／離職する可能性がつねに帯びていたという点である。

この当時、行政が刊行する『職業研究』や『職業安定広報』といった雑誌類では、炭鉱離職者対策について送出・受入双方の地域の職業安定所などによる報告記事が随時掲載されている。そのなかでは離職者支援の成功談が強調される反面、それまでとはまったく異なる職種・職場に着くことになった不慣れな元坑夫たちの労働態度がときに批判の対象ともなっていた。炭鉱への強い偏見を滲ませるそうした言説は、再就職した労働者たち自身によっても語られるものであり、かれらのなかに内面化されていたようにもみえる。そのため仮に再就職先から早々に脱落していったとしても、その人間には炭鉱気質というレッテルが貼られることで問題は個人化され、再就職先の労働環境や新しい土地での生活上の支援といった国の再就職斡旋のあり方そのものが問われることはない。このように再就職先で再度離職者となった元坑夫とその家族を待ち受けるものがさらなる流動の渦であるとして、しか

＊6　集団就職については、山口覚『集団就職とは何であったか――〈金の卵〉の時空間』（ミネルヴァ書房、二〇一六年）を参照した。
＊7　羽田新＋渡辺栄編『出稼ぎ労働と農村の生活』東京大学出版会、一九七七年、三六七―三七三頁。

しかれ・かの女らのその後の足取りは一度離職してしまった以上、離職者対策をおこなう行政の統計調査の埒外へ消えることになる。[*8] そもそもすべての失業者・離職者が職安行政を介して移動していたわけではなく、一九五九年度の時点で職員層を除いても全国で約二八万八千人あまりいた炭鉱労働者は、一〇年後の六九年度には二〇万人以上が職を失って約七万二千人にまで減少していたが、七〇年度までに職安行政が紹介したとされる再就職者は約一一万六千人に過ぎず、[*9] なにかしらのツテを頼ったり自力で移動していった人びとの動向は当初から統計調査の埒外に置かれている。こうして国のエネルギー移行によって人為的に発生させられた炭鉱労働者とその家族の流動の渦は数値として正確に把握されることはなく、だがあとには労働力流動化というマクロな労働政策だけが残ることとなる。

こうした国の炭鉱離職者対策をして、「総体としては大規模な社会的混乱を生じることなく粛々と遂行されたのである」と述べる研究も存在する。[*10] だが、ここでいわれる「粛々」とは、またそもそも「社会的混乱」とは一体なにを指すのか。

この際、わたしたちは日雇い労働者が集う〈寄せ場〉へとその焦点を移さなければならないだろう。職を求めて都市部に流入していった労働者のなかからうまれていく不安定層や多数の離職者たちが、日雇いの職を求めて寄り集まり／寄せ集められていく場所こそが寄せ場であり、これは高度経済成長を支える流動的な労働力の根幹をなしていたといえる。日雇い労働者たちは東京の山谷、大阪の釜ヶ崎、横浜の寿町、名古屋の笹島をはじめとした全国各地の寄せ場を起点に各地を転々としながら、その時々の仕事を追いかけて港湾労働や建設労働などに従事した。そして、「総資本対総労働」と呼ばれた三池闘争の敗北を契機に六〇年代以降の労働運動が企業別組合を原則とすることで総体的には労使協調路線に収斂していき、他方で高度経済成長の到来が社会の中流化をもたらすと喧伝されていくこの時代、寄せ場は日本でほぼ唯一〈暴動〉が起こる場所として周知されるようになる。究極的にフレキシブルであり使い捨てを前提とした労働形態ゆえ、日雇い労働者たちは日常的に劣悪かつときに半強制的な労働現場を経験する立場にあったが、暴動は一体となってかれらの存在を掌握しようとする手配師や暴力団、警察に瞬間の〈集団〉として抗するものだった。そして、こうした寄せ場における暴動のその〈はじまり〉は、炭鉱の趨勢とも決して無関係なものではなかった。

一九五九〜六〇年にたたかわれた三池闘争の翌六一年八月、釜ヶ崎では、轢き逃げにあった労働者がまだ息をしているなかで放置されるという警察の差別的取り扱いが直接の契機となって、五日間にわたる第一次暴動が繰り広げた。この時期の釜ヶ崎には、元坑夫の炭鉱離職者たちが多く流れてきており、「血気さかんや。とくに炭鉱から来た連中は、閉山闘争を知ってるから」とする平井正治の証言があり[*11]、事実各種の統計調査においても釜ヶ崎の労働者には福岡出身者が多く、炭鉱離職者たち

＊8　以下の調査は、炭鉱離職者の関西における再就職と〈その後〉を比較的早くに追いかけたものであり貴重である。戸木田嘉久＋川端久夫「関西地方在住の炭鉱離職者の就労と生活状態に関する調査」『立命館経済学』(一九巻五号、一九七〇年一二月)、および、戸木田＋川端「関西地方在住の炭鉱離職者の就労と生活状態に関する調査報告・続」『立命館経済学』(二〇巻五・六号、一九七二年二月)。

＊9　労働省職業安定局失業対策部編『炭鉱離職者対策十年史』(日刊労働通信社、一九七一年、三三七―三四三頁)を参照。

＊10　嶋崎尚子「炭鉱閉山と家族――戦後最初のリストラ」同＋中澤秀雄編『炭鉱と「日本の奇跡」――石炭の多面性を掘り直す』青弓社、二〇一八年、八五頁。

が一定数を占めてきたことが示されている。炭鉱の反合理化・閉山闘争と釜ヶ崎の暴動とはあきらかに連続的な出来事として理解されるべきものだが、国のマクロな政策と統計にのみ焦点を当てるとき、炭鉱と釜ヶ崎をつなぐ人びとの移動と闘争（逃走）の連続線、そこから浮かび上がる労働者たちの地勢図は決定的に不可視化される。

だが、両者のあいだの結びつきは寄せ場の関係者にとってはほとんど自明のことだった[*12]。山谷や釜ヶ崎の労働運動で活動し、日雇い労働者たちの恒常的な流動性とそのことが有する闘争の可能性に着目しながら「流動的下層労働者」の語を編みだしたことで知られる船本洲治は、寄せ場に集う人びとがどのようにうみだされてきたかを次のように語っている。

> 旧社会からの**汚物**ではなく、帝国主義の必然的帰結にして、帝国主義が不断につくりだしているところの汚物――釜ヶ崎・山谷に代表される流動的下層労働者の〝低賃金労働力商品生産工場〟は、解体された農・漁村であり、合理化された炭鉱であり、未解放部落であり、朝鮮半島であり、（日帝本国内）鮮人〔ママ〕部落であり、アイヌ部落であり、そして、沖縄なのだ。**土地・財産・生産手段から自由な労働力商品は基本的に流動的である。**さて、官許マルクス主義者諸君。そもそも、流動的ではない労働力商品とは一体何ものであるのか？[*13]

ここで船本は高度経済成長下に求められた流動的な労働力の源泉を指し示しつつ、それ以前から綿々と存在してきた日本（帝国）における「低賃金労働力」としての民族的マイノリティたちをあげて、こうしたさまざまな人びとが「労働力商品」として集まり交わり合う場所として寄せ場があることを告げている。一方で、飯場の経営者の多くが在日朝鮮人であることは寄せ場においてはよく知られた事実であり[*14]、日雇い労働における民族と階級は複雑に捻れた形で交錯・交差していたが、このような船本の視座にズレつつ重なり、重なりつつズレるように存在する同時代のいくつかの議論と主張を以下に併せてみておこう。

たとえば、評論家の竹中労と平岡正明が構想した窮民革命論とは、戦後の闇市において「第三国人」という蔑称によって名指された在日の朝鮮人や中国人、台湾人たちに帯びていた革命性を強調しながら、一九七〇年前後の時代状況のなかでここに沖縄／琉球人の存在を加えつつ第三世界・汎アジアにまでその視野を広げようとするもので、この「窮民」の戦線に連なるものとして「流民」の永山則夫の存在にも焦点を当てていた[*15]。

これにたいして、映画評論家の松田政男がこの時期に打ち出した風景論もまたひとつの流民論であったといえる。松田はみずからも制作にかかわった映画『略称・連続射殺魔』のなかで永山則夫の足跡を辿り、その激しい流浪の様を追体験することで、対立するはずの都市と故郷はその風景の位相においてすでに均質化しているとする風景論のテーゼを打ち出した。そのうえで松田は、都市にこだ

＊11　平井正治『無縁声声——日本資本主義残酷史』藤原書店、一九九七年、一三七頁。
＊12　森崎のテクストを媒介に、筑豊と釜ヶ崎や山谷などの寄せ場をつなぐ議論としては、原口剛「流民のカルトグラフィ——筑豊から釜ヶ崎への回路」（『現代思想』五〇巻一三号、二〇二二年一一月）があり重要である。
＊13　船本洲治『黙って野たれ死ぬな』れんが書房新社、一九八五年、七七頁（初出は一九七四年秋頃とされる）。
＊14　原口剛『叫びの都市——寄せ場、釜ヶ崎、流動的下層労働者』洛北出版、二〇一六年、二四九頁。
＊15　竹中労＋平岡正明『水滸伝——窮民革命のための序説』三一書房、一九七三年。

わることも故郷にこだわることももはや無意味だとしながら、流浪するその先でこそそれぞれにとっての「故郷」がつくられなければいけないと提起してみせた。[*16]

ところで興味深いことに、この竹中・平岡にしても、松田にしても、求められるものが新たなる地図の姿であるとする点では共通していた。松田は永山が歩んだ流動の過程を詳細に記しながら、永山と同じく青森出身であった詩人の寺山修司による永山への批判を念頭に置いて次のようにいう。

すなわち、彼の頭のなかに彼の出来合いの「想像力」で日本列島の白地図を置き、そこに、例えば永山則夫の流浪の足跡をはめこんで行って、なにがしかのことがわかったような気になるのである。永山則夫の旅が、〈始原世界への旅〉としての初発のエネルギーを有している限り、彼が移動した外部世界への地点を結び合わせると、彼の内部世界に出現する日本地図とは、私たちがあらかじめ予定調和的に思い浮かべているそれとは全く相貌を異にした奇々怪々な形状を有していたのかもしれないではないか。[*17]

永山則夫における日本列島とは、まさに、非ユークリッド的な空間として、奇怪に歪み、融け、流れ出してしまっていたのではないか。[*18]

松田はここで永山の足跡をみずから追体験していくことで、永山の流動に帯びる乱気流のような軌道が、かれの移動を図式的に了解しようとする立場＝固定的な地図的認識をも解体してしまうと指摘しているのであり、「非ユークリッド的」という表現は決して単なる比喩に収まらない意味をもっている。これにたいして平岡は、直接に松田の風景論を指しながら、混沌とするようなさまざまな歴史上の事象をもちだすことで、さらなる「地図の塗りかえ」が必要だと提唱してみせた。

おいら、風景論の継承をルポによる地図の塗りかえ作業をもって行うという路線に参画する。地図とは、主体の軌跡のことであり、現存の支配的力関係の均衡をやぶることである。日本列島の地図を、秩父困民党の戦闘演習地図によって一皮剥き、朝鮮人強制連行と中国人俘虜強制連行のあった点を結ぶ地図で一皮剥き、永山則夫の足跡で一皮剥き、義経逃亡ルートで一皮剥ぎ、米騒動波及図で一皮剥ぎ〔ママ〕……などして、ちょうどカラー写真の色分解のように、これらをブルジョワジーの国土開発地図といったものに重ねあわせながら、敵の弱点をつかみ、後手にまわることなく敵に先行し――人民が権力に打撃されてからその「悲惨」さを告発するというルポルタージュのあり方を超えること、闘争の白熱地点にまわりこむという陣営を、かならずわれわれはつくりだす。[*19]

松田にせよ平岡にせよ、ともにいまある地図をまったく別のものへとつくり変えていく作業をそれ

＊16　松田政男『風景の死滅』田畑書店、一九七一年。
＊17　同上、一四頁。
＊18　同上、一五頁。
＊19　平岡正明「あねさん待ちまち水滸伝」前掲竹中＋平岡『水滸伝』二六六頁。

ぞれの風景論や窮民論から導いているのであり、それは流動する民衆や労働者の存在を引き受けることで、流民や窮民たちの地勢図を掴みとり新しい運動や闘争の展望を切り拓こうとするものであった。この点で、かれらは「流動的下層労働者」の名をうみだした船本とも当然に共振するとして、一方で船本は「日雇労務者の存在形態を強調して形容するために「流動的」という言葉を使用するより没階級的に流民・窮民という言葉を使いたがる人々は、文学趣味的傾向の持主か、あるいは日雇労務者ではないかである」という苦言を呈してもいた。[20] こうした批判には窮民革命論を唱えた竹中・平岡だけでなく、次節からみていく森崎の流民論も該当するのかもしれない。それぞれの依って立つところには当然に距離もあり、すべてを羅列的に並置することには注意が必要だろう——そもそもジェンダー論的には船本、竹中・平岡、松田らの強固なマチズモは如何ともしがたいものがある。とはいえ、激しく容赦のない相互批判は新左翼やノンセクト系の世界ではある意味で当然の流儀であったとして、ここでは、こうした一連の議論や実践それ自体がこの時代に分厚いひとつの地層を形作っていること、その議論のなかには炭鉱離職者たちの存在が含み込まれていたことを次節からの議論の前提として抑えておきたい。[21]

二　筑豊と流民

前節では、一九六〇年代からの労働力流動化政策に焦点を当てながら、炭鉱離職者をはじめとして、高度経済成長の時代に各地から流れ出てきた人びとの群れに注目してきた。そのうえで本節では、多くの炭鉱離職者が去っていったあとの筑豊と、隣接する工業地帯である北九州とを取り巻いた労働問題をみつつ、森崎の流民論、とりわけ森崎が「流民型労働者」と呼び習わした人びとをどのように書き表していったのかをみていく。森崎は流民の存在を追いかけるのではなく、むしろひとつの土地にとどまることによって記述していった。

膨大な労働者を域外に流出させていく一九六〇年代以降の筑豊は、石炭産業の潰滅という事態のなかで、地域そのものが消滅の危機のなかにあったといっていい。それは筑豊にとって、筑豊たる所以が失われてゆく過程であったのだが、労働の場を失いながらもその土地にとどまる人びとに残された主な選択肢は、生活保護を受給するか、生活保護以下並みの賃金しかえられない失業対策事業に就労するかであった。このうち、生活保護の受給率は旧産炭地域ではすさまじい割合に達しており、たとえば三菱上山田炭鉱(一九六二年閉山)などが存在した山田市は筑豊一帯のなかでもとりわけ炭鉱業への依存度が高いことで知られたが、六〇年の時点では約三万人いた人口も七〇年には半減して約一万五千人にまで落ち込む一方で、生活保護受給率は七〇年代前半には実に二〇〇‰(千人単位で二〇〇人以上)にまでのぼっていた。[*22] また、筑豊一帯では産炭地振興と称して企業や工場の誘致がおこなわ

＊20　前掲船本『黙って野たれ死ぬな』一五八頁。
＊21　またここでは、炭鉱は朝鮮人強制連行の主要な現場にほかならなかったという歴史を想起する必要がある。筑豊の炭鉱における戦時期の朝鮮人労働者の強制連行については、林えいだい『強制連行・強制労働――筑豊朝鮮人坑夫の記録』(現代史出版会、一九八一年)、金光烈『足で見た筑豊――朝鮮人炭鉱労働の記録』(明石書店、二〇〇四年)を参照。

れはしたものの、企業や工場が労働力として主なターゲットにしたのは失業した元坑夫の男性たちではなく、低賃金で簡単に使い捨て可能な女性たちの労働力にほかならなかった。付け加えれば、筑豊の域外に再／就職先を求めていった層のなかには、職場を再／離職したのちに筑豊へとUターンし、生活保護を受給して暮らす人びとが一定数いたことが、行政のケースワーカーらの証言として六〇年代半ばにはすでに確認されもする。[*23]

他方、筑豊からその域外へと労働の場を求めていく人びとの波が最初にたどり着くのは、隣接する工場地帯の北九州だった。筑豊から運び出された石炭を利用するべく、鉄鋼業の工場地として開発された北九州もまた、筑豊と同様に地域自体が近代の開発の産物であったわけだが、両地域の主従関係はすでに圧倒的に北九州の側にあり、筑豊の人びとは安価な労働力としてそこへ吸収されていった。この北九州の労働現場では、重層化された下請け・孫請けの労働構造によって、本工と請負夫のあいだに歴然たる格差が存在しており、過酷かつ危険な労働現場は末端の労働者によって担われるという体制ができあがっていた。現場では死亡事故すら日常茶飯事のように多発していた当時の状況を、北九州の労働現場や筑豊の廃坑地にみずから潜り込んだ若き日の作家・鎌田慧が、その著書『死に絶えた風景――日本資本主義の深層から』（一九七一年）で詳細に書きとめている。[*24] 一部を引用しよう。

八幡製鉄所におけるこの年（七〇年）の死亡事故は、新日鉄本工が五人で、前年度と同数であるのに対し、下請企業では二二人と、前年度のちょうど倍になっている。（…）下請け死亡者二二名といっても、これをもっと厳密に見た場合、このうち下請の下請、つまり孫請が一〇人入っている。かれらの勤続年数は、一日目というのをも含めて、一三日、二〇日目などというのが多く、その労働について間もなく無惨な死を迎えている。不慣れで、訓練もされず、教育も受けない労働者がいかに危険な労働に従事させられているか、そして、反面それは、不慣れな者が簡単に死ぬような「安全管理」がいかに多いかをも物語っていよう。[*025]

こうして、国策として推し進められていった石炭産業の全面的合理化と労働力流動化のなかで、危機の只中にある筑豊は新たな形で隣接する北九州との結びつきを深めていったことになる。そして、

＊22　平将志『「エネルギー革命期」における生活保護制度の展開——石狩、常磐、筑豊炭田の比較から』新潟大学大学院現代社会文化研究科提出博士論文、二〇一七年、一七九頁（図五・六）。

＊23　「ケース・ワーカーたちの目にうつった生活保護世帯の生態」九州大学産炭地問題研究会（代表者：高橋正雄）編『産炭地域住民の生活実態調査報告書（2）』一九六五年、一八四―一八五頁。同調査報告書をまとめた九州大学産炭地問題研究会は、九州大学教員で社会主義協会派の重鎮であった向坂逸郎門下の研究者グループによって構成されていたが、当該の座談会では、現場のケースワーカーから生活保護受給者への印象論的な偏見が語られ、研究者たちがそれに追従するという構図がみてとれる。

＊24　ちなみにこの鎌田の著作のタイトルは、あきらかに松田政男『風景の死滅』を意識したものといえる。

＊25　鎌田慧『死に絶えた風景——日本資本主義の深層から』ダイヤモンド社、一九七一年、九九―一〇〇頁。ところで、自身も集団就職で青森から上京した過去をもつ鎌田はこの時期、北九州や筑豊だけでなく、出稼ぎ労働や企業の合理化の実態などについても各地で潜入取材などをおこなっていた。また、筑豊から北九州をはじめ福岡各地へと日々繰り返される労働者の移動の光景を前にした鎌田は、「いまや筑豊の炭住街は、東京の山谷、大阪の釜が崎のような、浮動労働力のプールとしての、ドヤ街になっているのである」とも語っており、鎌田は船本らとはまた別の回路を通じてこの時代の労働力再編成の具体的な様相を掴み、それが各地でどのような地域的《ローカル》な歪みをもたらしているのかを記していたといえる。

一九七〇年前後の森崎は、こうした状況のなかから新しい労働（者）の形態がうまれつつあることを感じとっていた。

けれども彼らは今日の流民である。一定の範囲をしじゅう流れている。夫婦あわせて月に四万円もあれば日本晴れだ。そのあたりをめやすに、仕事を追う。そして本業は別にあると私の仲間らの流民は考えている。彼らは組織労働者らと共同の部屋を数カ所持っている。共同の車で幅広く行動し共通の主題を追求する。いってみればそれは今日の流民型労働者と組織労働者の結束点の模索である。[*26]

たとえば組合すらない孫請け組夫の者が、数名で結束してその組頭にあたる。組頭からその上部の孫請け業者へかけあう。組合を作ろうと呼びかける。たちまち組頭もろとも、また孫請けのおやじもろとも壊滅する。壊滅すれば失職となるのでデモへ出かける。帰ってきて仕事にありついて、また同じことをくりかえす。[*27]

「流民型労働者」と呼び習わされるこの新しい労働者たちは一個の職場に落ち着くことなく、北九州をはじめ全国各地の職を転々としながら、時に筑豊へと舞い戻り、また各地へ飛び立っていきもする。かれ・かの女らの流動は、一面では国が用意した労働力流動化という労働力再編成のレール上でなされたものにもみえる。他方でそれは、みずからが働く場所を誰にも指図されず追い求めるものであり、森崎の当時の表現を借用すれば「自律性」と「他律性」の緊張関係のなかで遂行されたものといえる。合理化著しい労働現場では機械化の進展と熟練工の不要化によって、労働固有の意味や経験が失われていくのがこの時代の趨勢であったが、流民型労働者たちは低賃金ではあるが機械化が及んでもいない下請け・孫請け先の危険な単純労働や「拾い仕事」をあえて積極的に選ぶものたちでもあった。

一方、先にもふれたように、この時期の北九州では親会社の労働者のみで構成され労使協調路線をとる組合と、組合にすら加入できず労働事故の保障もえられない下請け・孫請け労働者とのあいだの格差と心理的な摩擦が拡大しており、これは「身分制」と呼ぶに等しい状況であったと森崎は指摘する。もはやそこでは、労働者はひとつの共通の階級足りえなくなっていた。このなかで、筑豊―北九州の地理的連関を捉えながら、構造的に分断された労働者間の新しい関係性を模索しようとする労働者や若者らが中心となり、下請け・孫請けの労働問題に取り組みつつ、同時代の沖縄闘争とのつながりをも求めて活動をおこなっていたのが、森崎も参加した「おきなわを考える会」である。この「会」や森崎自身の沖縄闘争とのかかわりについては次章で詳しくふれるため、ここでは「会」やその周辺が筑豊―北九州の労働問題にどのように取り組んでいたのかに絞ってのみ記しておきたい。

「会」はその機関紙『わが「おきなわ」』のなかでは、沖縄にかかわる記事だけでなく、筑豊の閉山後の状況や生活保護受給の様子を報告する記事をだすとともに、「職場掲示板」や「陥落する北九州」といったコーナーを設けていた。そこでは、北九州の工場地帯での労働者の日常とともに、日々起こ

＊26 「民衆的連帯の思想」『現代の眼』一〇巻一二号、一九六九年一二月、九六頁。
＊27 同上、九七頁。

る労働災害の様子などが報告されている。また、「会」もその一員であった、筑豊や北九州をはじめとする九州の活動家や運動体のネットワーク化を目指して結成された九州活動者連合準備会の機関紙『九州通信』の紙面上では、より具体的かつ詳細に北九州の労働現場の様子が報告されている。紙面では筑豊―北九州地域の活動家や労働者たちによる下請け・孫請け問題をめぐる座談会もおこなわれるなど、労働者間の構造的分断を自分たちの手で分析し、突破口を模索しようとしていた様子が伝わってくる。たとえばS・O生と名乗るある製鉄労働者は、下請け・孫請けの労働者がどのようにその仕事に誘われていくのかの実態を書き起こしながら、かれらに声をかける下請けの親方という「オルガナイザー」はそれとして「定職」であるが「オルグ」された方は、「潜在的失業者」として一定の層をなし、独占体の政策（企業計画）に従つていつでも集合、解消が可能になつている「流動」する「プロレタリア」となる」としたうえで、そうした若者たちは「まさしく現代日本資本主義がかかえている無数のゲリラなのです」と語る[*28]。

　そのうえで、「会」は一九七〇年六月に「北九州人民集会」を黒崎駅前公園にて主催したが、集会とデモのスローガンには「安保粉砕」「沖縄解放」とともに「下請け孫請け制度反対」が掲げられた。デモのルートは黒崎駅の東側に位置する陣山工場街を練り歩くというものだったが、この当日の様子は『九州通信』のある記事のなかで次のように報告されている。

> 黒崎駅前公園を埋め尽くした隊列は、陣山へ向った。／全くバラバラのヘルメット。或る者はセクトの、或るもの〔ママ〕は無地の、或る者は企業名のはっきりと描かれた〝安全帽〟。／市街地と工場街を分岐する鹿児島本線。ガードのむこうに、騒音と粉じんと頻発する労働災害に取り囲まれた

巨大な下請工場群。／早朝、頭を垂れ、足早に通りすぎ、夕闇の中を、〝解放〟されてゆっくりとでていく……。このパターンへの挑戦。／「安保粉砕！沖縄解放！下請け孫請け制度反対！」のシュプレヒコールがブロック塀に、金網に、そして、叫ぶわれわれ自身に、反響していた。[*29]

森崎によれば通常の北九州でのそれとはまったく違ったルートを辿ったというこの日のデモからみえる街の風貌を報告することで、この記事は「会」の掲げるシュプレヒコールがどのような風景へと具体的に「反響」していたのかを書き示している。

他方で、「会」やその周囲の労働者・若者らは、労働問題にとどまらないさまざまな分断的状況を意識し、これを乗り越えようともしていた。本工と請負夫のみならず、労働者と地域の青年団員、大学の学生らとのあいだの架橋が試みられており、流民型労働者たちは多角的な運動を模索していたことになる。

この際、水溜真由美が詳細に論述しているように、森崎はこうした人びとの動きを大正行動隊の闘争の限界を乗り越えるものとして位置づけていた。[*30] 森崎は一九六〇年代後半以降、つねに大正闘争

＊28　S・O生「筑豊＝北九州を結ぶ地下道――「下請労働者問題」に寄せて」『九州通信』六号、一九七〇年五月、三頁（略字は漢字表記に変更）。
＊29　N「10年を一日に一日を10年に」『九州通信』七号（発行日記載なし、一九七〇年六月と推定）、頁数記載なし。
＊30　水溜真由美「「筑豊」を問い直す――大正闘争後の森崎和江」『『サークル村』と森崎和江』ナカニシヤ出版、二〇一三年を参照。

の敗北を参照しながら、大正行動隊でさえも下請け・孫請けの労働者との構造的な分断を解消できなかったことにその限界をみていた。また、運動や闘争に参与する個々人の存在が結局のところ〈集団〉の原理のなかで融解してしまう根深い傾向を厳しく批判しながら、個人の自律性を集団の開放性とともに両立させる方法を模索しようとしていた。その際、森崎が流民型労働者に期待をかけたのは、労働者間の分断をより底辺の側から乗り越えようとする以上、運動体には必然的に水平的な関係性が志向されたからであり、またその流動性が必要以上の集団の膨張や肥大化を予め不可能にするからだったとも考えられる。

> 私はこのところ北九州・筑豊の労働者らと集団をもちあっていますが、それはその内部に数種のゲリラや小単位の研究・創造のいくつかの班をもつものでありたいと願っています。つまり前述したにほん的集団の欠陥を、いまの次元で可能な限りにくいとめつつ、集団形成員のすべてが集団のもつ効率を計量したり直接使ったりすることが出来て、しかもその成果が個体にとどまらず集団へ帰着するようにと思うのです。これは民衆の集団が国家原理へ移行することのない歯どめづくりの試行の一つなのですが[*31]

「民衆の集団が国家原理へ移行することのない歯どめづくり」という一文は、依然として森崎の理想がアナーキズム的水平性にあったことを示唆するが、森崎は大正闘争の敗北のあとに訪れた〈運動以後〉という新しい時間軸のなかで、〈集団〉の再生と刷新を目指していた。それは森崎にとって二度目の〈たたかいの季節〉の到来でもあった。

一方、こうした森崎の視座とも重なりつつ異なる角度からこの時期の合理化・閉山が深まる筑豊を描き出したのが、『サークル村』以後も森崎と親交の深かった上野英信である。上野は廃坑地に取り残された人びとの苦悩と悲哀、絶望に生涯向きあいつづけた作家だが、その記録文学に欠かすことのできない言葉としてあったのが「棄民」である。中小炭鉱の坑夫を追いかけることを重んじた上野にとって、棄民とは、日本資本主義を文字通りその根底から支えた坑夫たちを躊躇なく切り捨て棄て去っていく冷酷な国家や資本にたいするあらん限りの告発において、欠くことのできない言葉であった。過酷な労務管理の暴力と搾取の被害を最も直接的に受けながら、組合やサークルもたず、合理化政策においては真っ先に深刻な影響を受けるにもかかわらず、離職者支援の恩恵を受けることすら容易ではなかった中小炭鉱の元坑夫たちは、資本と一体となった国家が押し進める労働力流動化の対象ですらない。また、元坑夫とその家族たちは仮りに生活保護を受給したとしても、受けとったすぐその側から保護費を高利貸しへの返済に充てなければならず、そうして高利貸しからの再度の借入が可能となることでなんとかギリギリの生活を送れるという過酷な日常を送っていた。その光景は、上野その人に「棄民」という言葉を書かせざるをえない緊張感を与えていた。

しかし、同時にこの上野の「棄民」という語にはある種の難点がつきまとう。その語は、たしかに労働者や民衆を遺棄する国家や資本の冷酷さを指弾しえたとしても、棄てられた側がその後をどのようにして生きていったのか、いわばその事後の生を描くには決して十分ではないからだ。もちろん、

＊31 「個に投映されたニホンの自己否定を」『思想の科学』第五次一〇〇号、一九七〇年四月、七九頁（『ははのくにとの幻想婚』所収時に「根底的とは何か」に改題）。

合理化・閉山以後も筑豊に生きる棄民を書きつづけることそれ自体が、人びとの事後の生を描くことのひとつの方法ではある。だが、筑豊に滞留する離職者だけでなく、各地へ分散されていった離職者もまた「棄民化」されたとする上野の次のような筆致は、筑豊を離れていく離職者の後ろ姿を捉えることはできても、棄てる／棄てられた先でも生きていく人びとの姿を捉えるには難しい。

ともあれ、地底を追われてうち棄てられたままの、おびただしい〝棄民〟の群れ。なるほど彼らの救済援護をうたった炭鉱離職者臨時措置法・炭鉱離職者援護会をはじめ、さまざまな官製の法令や事業団がある。だがもとよりそれらは、〝離職者〟の滞留が社会問題化することを恐れ、彼らを国内・国外各地に分散させることによって、彼らの力を弱め、彼らの姿を闇に埋没させようとする企みである。石炭産業合理化政策によって職をうばわれた、「離職者」という名の棄民群を、さらに徹底的に棄民化することによって、みずからの罪過を社会の目からおおいかくそうとするもっとも卑劣な犯罪行為である。[*32]

他方で、森崎が用いた流民とは、文字通り〈流れる民〉を指す言葉であり、棄民の棄てる／棄てられた〈その先〉を描くといってもよい。流民と棄民は一般的には類似した言葉であると思われがちだが、「棄民化」されたあとの流亡と彷徨の足跡が人を流民にするとして、流民という言葉を選ぶことは、流民たちがその流れていった場所で誰と出会い、なにを経験していったのかという次元に向きあうことでもある。[*33] この点で、森崎が流民とした人びと――坑夫、からゆきさん、在日朝鮮人、沖縄（人）、与論島民――は、みな相互にその移動と流動においてどこかで絡まりあい、またそれぞれに炭鉱や石炭ともなにがしかの関係をもった存在としてあった。[*34] そして、流民に含まれた〈流れる〉というイメージは、人びとの決して直線的ではない彷徨いの過程を示唆するものであり、うねるような線は当然ほかの線とまじりあっていくものでもある。森崎は、流民型労働者のなかにもこうしたものと同様の経験の位相を見出していた。

砂浜に落ちた一滴の血のようなこの誇りを、この青年は、長い時間をかけて転々と働きつつ身につけました。中学を出て坑夫になり、閉山をたたかい、関西関東を流れ九州を転々とし、働くことそのことに絶望し、自分にあいそをつかし、友人らを失い、事故で幾度もけがをし、そして少しずつ身につけてきました。[*35]

労働契約もなにもないがゆえに安全な職場とは程遠く、賃金の未払いも頻繁に発生するにもかかわ

＊32　上野英信「ルポルタージュ　筑豊平野」『新週刊』二巻一七号、一九六二年四月二〇日、一二七頁。
＊33　同時代には、流民と棄民はほとんど互換可能な言葉として使われている。だが、ともに文学者である森崎と上野にとってそれらは決して互換可能な語ではない。そのうえで、上野もまたその晩年には、みずからの記録文学の視座を棄民から流民のそれへと変化させていったように思われるが、この点については、拙文「流民と棄民のあわい――合理化・閉山以後筑豊における森崎和江と上野英信」(『現代思想』五〇巻一三号、二〇二二年一一月)の最終節「『出ニッポン記』を読む森崎和江」を参照されたい。
＊34　詳しくは、本書第五章を参照。
＊35　「筑豊から――労働の身分制を越えられるか」『月刊たいまつ』五号、一九七〇年、一四―一五頁。

らず、「親分子分」と呼ばれる現場の親方との「男と男の関係」に依拠した〈仕事を任せた／任せられた〉という約束をなによりも大切にしようとする流民型労働者たち。その心情を最初は理解できなかったとし、また決して全肯定できるものではないとしながらも森崎は、「イデオロギーは真似できますが、個々の魂にふりつもっているうらみの表現は、個々人の発見による以外に思想化できない」とし、[*36]かれらがみずからの経験によって培ってきたものの重みを受けとめようとした。それはかれらなりの倫理なのであり、一見ホモソーシャルな外皮をまとったその内側にあるものにこそ森崎は打たれた。

そのうえで、流動性という構造的な条件を逆手にとり、そこから労働と運動・闘争にたいする新しい視座を獲得する可能性を帯びたこの流民型労働者たちにこそ、労働の身分制を越える水平的で多角的な運動・闘争が可能となることに、森崎もまたみずからを賭けていたのだといえる。

同時に、この時期の森崎のテクストからは、こうした流民型労働者をはじめとして、周囲の労働者や若者たちの存在にこそ森崎自身が支えられているという関係性がみてとれる。一九七〇年の評論集『ははのくにとの幻想婚』の「あとがき」において、森崎はこの著作に収められた種々の文章が具体的にどのようにして書かれたのかを語るが、そこにあるのはかれらへの愛と惹かれであるといってよい。

書斎らしいものに落着けない私は、これらの文章を、調理台兼用の大きな食卓の上で書いた。その食卓はしばしば労働者たちとの共食や討論の場で使われたから、卓上にひろげられた原稿は幾度も片附けられて家の中を持ち運ばれた。締め切りに追われながらくりかえし中断されることは、わたしの体力にとってはつらいことだけれど、夜更けの三時、四時ごろまで明日の具体的な行動について話し合っていると、限界にきた体力のむこうのほうに、しんしんと湧いてくる白い根のようなものを感ずる。それは肉体労働をする者のつらさが意志に転化する過程のようであった。私は話し合っている彼らの目の中に、いつも、それを感じた。討論のあと、そのまま早朝の工場へ働きに出る若者の肉体的な状況と精神のありようが分る思いで、私は片附けておいた原稿を取り出すのが常である。*37

なにかしらの〈集団〉をもったことがある者ならば誰しもが一度は経験するであろう、終わりのない討論の一幕を語りつつ、疲労を引きずりながらも労働に勤しむかれらに連なるように、中断された原稿をもう一度取り出して言葉を書き綴る森崎。労働者でも活動家でもない森崎にとって〈書く〉とは、それ自体がかれらと〈集団〉になることへの通路であり、つまりは「私は彼らのその力との関連によって、私の言葉が支えられているのを知っている。そしてそのことが私に文筆の生を許している」。

ところで、こうした流民の視座は、一九六〇年代前半までの所有論からは転回というに相応しい方向転換にみえるかもしれない。事実、この時期の森崎の文体はなおも硬質なものでありながら、晦渋にすぎる六〇年代前半の文体よりは論旨も明確になり、階級への注視は依然変わらないとしても、そ

*36 同上、一七頁。
*37 『ははのくにとの幻想婚——森崎和江評論集』現代思潮社、一九七〇年、三四〇—三四一頁。

の論点は性と階級の交差から民族と階級へと変化していったのも事実である。だがそれでもなお、この七〇年前後のテクストからは、マルクス主義用語によって綴られたかつての所有論の残響のようなものを聞きとることが可能ではある。もはや、かつてのような定義づけは曖昧なものとなっているとしても。

日本民衆の形而上界の資産であるその限定的自主性の評価は高くても低くてもよくない。ましてやその社会的効率を民衆の集団が占有したり、あるいは集団内の特定者が私有すべきではない。それは支配の原理の引き移しであって私たち大衆組織は、くりかえしそのことでもって国家原理へと日本的に吸収されつづけてきた。それは敗戦後の反体制運動の歴史にかぎらず、もっと遠い過去から民衆の抵抗史に刻まれている。私たちが私たちの歴史から受けつぐべき止揚点はそこにある。*38

所有論によって展開された組織論への問いそのものは、この時点でも森崎のなかで変わらずに引き継がれていた。そのうえで、森崎の所有論における非所有が、非ざる（私的）所有の状態を肯定的に捉え直す語であったことを改めて思い返すならば、土地（所有）から引き剥がされた末の流浪の経験を存在論的に表現する流民の語と非所有とは、決して遠くない位置にあることが理解されるだろう。それどころか、両者はある連続線のもとにあったとさえいえるのかもしれない。

ここで一九六〇年代前半の森崎の女性（運動）論に立ち戻ってみれば、そこにはすでに流民の視座の萌芽がみてとれる。たとえば、第一章で繰り返し参照した一九五九年一二月初出の「坑夫の妻たち」には、次のような記述が残されている。

坑夫たちは流され人の感覚を持っているものが多い。サークルメンバーの夫たちも、例にもれない。そして彼女たちも。が、夫たちの感情がくらく、ニヒルに、そして疎外感に密着しそれに固定しようとしているのとかすかに異なる。流されはした。けれども、同時にひろがりがある。これは彼女たちの母たちが持っていないものだ。その空間は私たちに侵入の自由を与えている。どこへでも行ける。誰からも加害されない。彼女たちの内部には、固定されているものへの蔑視が生まれている。(…)彼女らは夫を、自分へ刃むかわせようとする。彼にとって異質の羽根をつけようとする。が、彼女らは気づくことが困難だ。男にとって非固定が直ちに新しい秩序を想像しはしないということ。彼女と異なったルートがいることを。また、労働の場を失った女たちが自己の統一をのぞむとき、ある種のコスモポリタンの感覚を獲得してしまうことを。*39

この時期の森崎に特有の詩的散文の文体は、その真意を当時はやや掴みがたいものにしていたとみえるが、それを一九七〇年前後の流民論の文脈に引きつけて解釈すれば意図は極めて明確なものとなる。森崎はここで坑夫に特有の流動的な移動の経験がジェンダーによって異なる受けとめられ方をするとしながら、女性たちのそれに解放への開かれとさらなる拡がり(「ある種のコスモポリタンの感

*38 前掲「民衆的連帯の思想」一〇三頁。
*39 「坑夫の妻たち」『民話』一四号、一九五九年一一月、三七―三八頁。

覚」）があることを示唆している。これは流民と非所有とジェンダーが混ざり合う地点を示したという点で、極めて重要なテクストだ。

そのうえで、こうした議論の背景を説明するものとして、『無名通信』七号（一九六〇年二月）に掲載された『無名通信』の第二回集会を記録した座談会「女の故郷とは何でしょう」があげられる。この座談会のテーマ自体は、前後の『無名通信』にこれにつながる議論が確認できないため、司会役を務めた森崎による提起でなされたものと思われるが、森崎はその冒頭で「故郷について私たちがどういう関係をもっていてどういう感じ方をしているのか出してみましょう。女の考え方の基本的な型がいくつかみえてくると思うの。具体的日常的なことを沢山話してみて下さい」と呼びかけている。[*40] 最初、女性たちは各々の出身地などを語りながら、みずからの故郷との距離を考えていくのだが、テーマとなったのが単なる「故郷」ではなく「女の故郷」であるがゆえ、議論は次第に「女」である自分たちにとっての精神的な「故郷」とはなにかへと移っていく。そのなかで、家制度の権化たる墓などに縛られたくはないのだとしながら、「無名通信の墓がいるねえ」（豊原怜子）という発言がでたあとで、会話は次のようにつづいていく。

森田〔ヤヱコ〕　指名解雇でまっさきにやられると思うの。もう山田にいたくないなあと思っていたけれども、通信仲間が出ていかないで、という。そんな気持で自分をかすかに引きとめるものの、自分でふみとどまるもの、ができかけている。そこだけが頼りという気持。

河野〔信子〕　そういう形で故郷は自分たちで作り出さねばならないというものとして私たちにあるのよ。

土津川〔トキ子〕　土地ではなくて、仲間があるために離れられないもの、その意識がいまの私の故郷という感情に近い。私たちがサークルで終始話しあふので亭主同盟ができたの。うれしいよ。そして亭主同盟と私たちと毎週土曜に話をするの。妻とか夫とかとかいう狭さでは深まらないものが、違う次元から連帯感として湧いてくるの。

森田　私のところも亭主たちのサークルができた。故郷はつくるほかないねえ。[*41]

この対談は、流れ着いたその先にみずからの〈故郷〉がつくられなければいけないとする点で、図らずも前節でとりあげた松田政男の風景論での議論を、しかも松田にはなかったジェンダーという視角から先取りしているようでもある。この対談には森崎もいくらかの思い入れがあったのだろう。『闘いとエロス』での『無名通信』の活動を総括する章では、この座談会の内容が抜粋して掲載されている。そして、こうしたかの女たちの対話は、あの前章で引用した「川筋女集団」のビラ文のあとにつづいていた女性たちの次のような会話とも通底している点でも重要だ。

「川筋女というけど、うちたちみんなよそからの流れもんばっかしたい。おかしかね」「なんがおかしいね。川筋女とはそういうんもんたい」（…）[*42]

＊40　「女の故郷とは何でしょう」『無名通信』七号、一九六〇年二月、二頁。
＊41　同上、九―一〇頁。
＊42　「とびおくれた虫」『白夜評論』四号、一九六二年八月、五三頁。

「よそからの流れもん」たる「川筋女」が、「故郷をつくる」こと。森崎がかつてのこうした議論を一九七〇年前後のみずからの流民論で展開・発展させることはなかった。だが、それはのちの議論へと至る伏流としてはたしかに存在していたことを、ここでは確認しておきたい。

三　運動以後、運動以前

ところで、森崎の流民論は、森崎が自身の存在をも流民として規定する点で、この時期の他の流民論や流動性にかんする議論と比べてもやや異質なものがあった。とりわけそれは、森崎自身があくまで「植民二世」の故郷喪失者であったことにかかわる。

筑豊時代の晩年にあたる一九七六年一月、歴史家の色川大吉との雑誌上の対談で森崎は、「私自身が流民なんですね。親たちが朝鮮へ流れていき、私は朝鮮で生まれ、戦争で追い出され、日本にうまく落ち着けなくて、都市は朝鮮の日本人町にそっくりだし、炭鉱に入りこんだんです」と語っている。[*43] 生まれ育った〈故郷〉への帰還が二重の意味で不可能となった森崎は、戦後も日本の農村の風土に馴染むことができず、一貫して精神的な彷徨を経験していたことはすでに序章で確認した。

そのうえで、森崎は同じ〈流民〉のなかに「植民二世」であるみずからと、日本の植民地主義支配によって故郷を離れることを余儀なくされた在日朝鮮人とを同居させているのであり、この一見危うい理路にあえて森崎は踏み込んでいる。こうした不穏な森崎の方法論についてはのちの第五章・第六章で改めてふれるが、逆説的な故郷喪失者として生きることになった森崎は、正反対の立場に立ちながらもともに植民地主義支配がうみだした存在である「植民二世」と在日朝鮮人の経験をいかなる形でつなげられるのかを問うたものの、その歴史性や構造的な位置性の違いを決して無化しなかったことはここで指摘しておきたい。

そのうえで、このように森崎が物理的な流転だけでなく、流民の抱える精神的な彷徨感覚をも問題としたことは重要な意味をもつ。炭鉱の閉山とは、往々にして各地を転々としながら生きてきた炭鉱の人びとにとってはそれ自体がひとつの故郷喪失であり、移動か残留かを問わず、そこでは誰しもが流民でありえた。

私は自分が炭坑労働の体験者の意識を理解できるなどとは思っていない。またヤマ華やかな頃の彼らは幸せであり、今日のさびれようは彼らにとってふしあわせだともその逆だとも思っていない。私は炭坑労働の体験者がその追体験をこの上もなく困難なものと感じているその感覚が自己のそれと重なるまでである。彼、彼女らは炭坑で働いているときもその困難と闘っていた。その自己対象化作業の一端に、私は私のそれを結びあわせんとしてきたのである。そしてかつても今も炭坑労働者らは自己のそれが完結したとは感じていない。その完結を抜きに、労働者のしあわせもふしあわせもありはしないのだ。資本が見捨てたところに残留するふとどき者、厄介者は

＊43　色川大吉＋森崎和江「日本民衆史の地平に――流民と常民を追って」『潮』一九九号、一九七六年一月、一五六頁。

自分のしのこしてきた最も大切な仕事を、その心情に宿している者たちである*044

「結びあわせんとしてきた」という表現は、切れ切れの紐同士が結ばれて、一本の不揃いなロープのようにつながっていく過程をイメージさせる。同時に、廃坑地帯に暮らしながらかつての地底での労働の体験をなおも問いつづける老いた（元）坑夫たちの姿から、「資本が見捨てたところ」に居残りつづける「ふとどき者、厄介者」としての資本への抵抗性を見出し、人びとを「自分のしのこしてきた最も大切な仕事を、その心情に宿している者たち」と形容することで、森崎は閉山地帯を侮蔑や憐れみの対象としてしかみない社会一般の価値（観）を転覆させていく。

そのうえで、こうした議論は、森崎の筑豊時代の第二の時期と第三の時期とをわかつメルクマールともなる一九七一年八月発表の「沖縄・朝鮮・筑豊」においてさらに展開されていた。雑誌『現代の眼』の沖縄特集に寄稿されたこのテクストは森崎が同時代の筑豊が置かれた状況に直接的にふれた最後の文章であり、またこの時期の森崎の沖縄論としても最後の文章となる。実のところ、「会」の活動とともに六九年頃からはじまった森崎にとって二度目の〈たたかいの季節〉は、すでに七一年を迎える頃には停滞期を迎えており、「会」が活動の柱として発刊していた月刊の機関紙『わが「おきなわ」』も、一年を待たずして刊行ペースは延びていき、七一年七月におよそ半年ぶりに新しい号を刊行すると、結果的にこれが最終号となった。

「会」の活動の終わりと森崎の状況論的な発信の終わりにはあきらかな符合がみられるが、それゆえに「沖縄・朝鮮・筑豊」とは、新たな〈運動以後〉の時間軸を森崎がどのように生きていくのかについてのひとつの宣言文ともなっている。「沖縄・朝鮮・筑豊」の主題として展開されるのは沖縄の農耕論であるものの、これは次章で詳しく検討するように森崎の沖縄論としては決してすぐれた部類には入らない。しかし、複数の主題をひとつの文章に混在させる森崎のスタイルゆえ、沖縄論であるこの文章の冒頭は、筑豊に増えつつある道路と精神病院の話題からはじめられる。

筑豊は炭坑がなくなって、道路ばかりがとても立派になった。東京並にぴかぴかしていて、しかり行き交う車は多いとはいえない。廃坑地から朝毎に下請人夫の車の列が北九州工業地帯へ向い、夕方その道をたどるばかりである。そして道路の要所に白亜の建物が目立つ。精神保養所である。私にはこの道路と車の列と保養所とが、或る必然の歯車に見えてしまう。[*45]

「ぴかぴか」とした真新しいその道路を拵えたのは、失業対策事業で就労した炭鉱離職者たち自身であり、人びとはみずからの労働によってつくりあげたインフラを通じて、己が労働力を日々北九州へと運んでいく。他方、筑豊の精神病院の多さは同時代の外部からの訪問者にも印象的なものとして映っており、先述の鎌田慧や作家の野坂昭如がその風景をルポに書きとめている。[*46] この当時、福岡県精神衛生センターの所長を努める医師であり、精神疾患にたいする地域医療の専門家でもあった寺

＊44　「筑豊からの報告――日本の断層・69年から70年へ」『月刊社会党』一五四号、一九七〇年一月、一四九頁。
＊45　「沖縄・朝鮮・筑豊」『現代の眼』一二巻八号、一九七一年八月、七〇頁。
＊46　野坂昭如「ああ、ヒューマン・スクラップ」(『週刊朝日』七五巻一号、一九七〇年一月二日)、前掲鎌田『死に絶えた風景』二〇一頁。

嶋正吾はある論文のなかで、一九七〇年現在、筑豊での精神病の病床普及率は全国平均の二三・五床（一万対）をはるかに凌ぐ四七・九床で、これは県あたり三六・四床だった福岡県の地域のなかでも最も高い値であることを報告している。寺嶋はこの現状を招いた原因を「炭鉱閉山に伴う人口の流出、窮民的停滞、地域社会の疲弊、家庭解体といった急激な社会変化」であると指摘する。[*47] そのうえで地域医療の専門家である寺嶋は、既存の精神医療体制にたいする強い批判を滲ませながら、次のような率直な言明をおこなっている。

> 炭鉱閉山がそこで働いていた人間に多くの困難を与え、それが底辺においてはこのような形で、今度は精神病患者への方向を与えられ、精神病院のなかへの封じこめ、ひっそくを強いられてきているのである。棄民政策、ヒューマン・スクラップの結果を受けとる一つの機構として精神病院が存在すると考えられぬこともない脈絡がそこにある。[*48]

「ヒューマン・スクラップ」とは寺嶋が同論文で野坂の筑豊ルポに言及していることからも、野坂からの引用であるだろう。だとすれば、「棄民政策」とは上野英信からの影響であろうか。

そのうえで、森崎によれば、そもそも新たに精神病院に収容されていく人びとの多くは、かつてであれば収容対象とはならない「老人性痴呆《〔ママ〕》あるいはアルコール中毒」だったという。労働力の適正なる配分が労働力流動化政策として遂行され、流民型労働者という新たな労働（者）の形態がうまれつつあるその傍らで、労働力そのものから排除される人びとがうみだされ、社会の治安維持管理が強まっていく時代背景がそこでは掴まれている。

保養所はおそらく他のさまざまな施設と同様に、一定の効率をあげる賃労働にみあう心身の条件をそなえていない者の、社会的合理化の初期情況なのだ。そしてここへは条件を具備するものも国家権力によって入れられる。／発展しつづける工場社会では、企業によって侵された心身障害者群はあとを絶たない。公害と呼ばれる目新しい状況が生産合理化の表目ならば、精神保養施設・老人養護施設・不良青少年管理施設・身体障害者機能回復施設・職業訓練施設その他、閉山地帯をなめつくしているこうした人間管理的諸手段は、その裏目である。そして表裏いずれも、もはや今日からのちの高度工業社会では基本的に不要な員数である。機能を回復し、どこへ復帰するというのだろう。[*49]

この時代、〈狂気〉と精神医療、治安管理をめぐる一連の問題は、流民を取り巻く共通の課題としてあったことは想起されてよい。既存の閉鎖的かつ権威的な精神医療にたいする若手医師らによる根本的な改革運動が学会内部から提唱されていたこの一九七〇年前後、寄せ場の闘争においては、船本洲治の盟友であった活動家をめぐる精神病院への措置入院にたいする抗議としてS闘争が展開され、

＊47 寺嶋正吾「社会変動と精神医療――筑豊からの報告」『精神医学』一三巻一二号、医学書院、一九七一年一二月、一二七頁。
＊48 同上、一二八頁。
＊49 前掲「沖縄・朝鮮・筑豊」七二頁。

またそれぞれに人質事件を起こして逮捕された在日朝鮮人の金嬉老や沖縄人の富村順一、そして前述の永山則夫らの犯罪行為には〈狂気〉のレッテルが貼りつけられることで、かれらは社会からの逸脱者であり異常者であると見做された。同時に、こうした民族的マイノリティやいわゆるルンペン・プロレタリアートをめぐる〈狂気〉とその犯罪行為が、既存の秩序体制と市民的良識を揺るがし転覆するものとしても語られたのがこの七〇年前後なのであり、それは紛れもない時代の通奏低音であったが、森崎が書き記したのはこうした趨勢に連なる風景のひとつであった。

だが、そもそも森崎は遡れば一九六〇年代前半から、みずからの文章のなかに筑豊で精神病院に収容されていく友人知人の姿を書きとめていた。妥協的な組合幹部にたいして苛烈な批判を浴びせ、それゆえに孤立し精神病院へと収容された知人の女性。その女性を見舞いに精神病院に訪れた際、同じく入院していたかつての党や組合の活動家たち。そして、『闘いとエロス』のなかに描かれた『サークル村』の事務局を務めたある会員の〈発狂〉と入院。[*50] 白亜の「精神保養所」を風景として見つめる森崎のまなざしは、その建物の内側に囚われたままのかつての知人や仲間たちの姿をも捉えていたはずであり、それは抵抗運動がその内部に普遍的に抱える重く解きがたい課題として森崎その人に認識されていた。

そのうえで、先の引用に戻って「ぴかぴか」とした道路と精神病院が「或る必然の歯車に見えてしまう」というとき、森崎のまなざしは、それらを一体の風景として感受することで、流民と棄民を資本主義社会において重なりあい交差するものとして掴みとっていたといえる。それゆえ、森崎はここで正しくも例外的に「棄民」という言葉をみずからの文章に用いて、この時代状況を説明している。

かつて棄民は孤独な姿で個々に自分の口を養った。それら個体がおのずから寄り合って集団化した。七〇年代になって日本のこの多量の棄民は決して棄てられた外見を持たせられていない。[*51]

ところで、当時の入院患者には、県外への再／就職を経験したあと精神を病んで筑豊へ帰郷した人びとが一定数存在していたが[*52]、このことを森崎が知らなかったとは考えにくい[*53]。その意味で、森崎は流民と棄民を同一化することなく、その微妙でいて決定的な差異を認識しながら、なおかつ両者が重なりあうところに一九七一年の筑豊があるという現実を見据えていたといえる。

テクストとしての「沖縄・朝鮮・筑豊」に立ち戻れば、このあと論は、施政権返還を目前にその安価な労働力の日本（本土）への流入が予想される沖縄の状況へと移り、さらに沖縄の農耕論へと展開

＊50　『闘いとエロス』における狂気の問題については、拙文「解題　困難な書――一九七〇年の森崎和江」森崎和江『闘いとエロス』（月曜社、二〇二二年）を参照。

＊51　前掲「沖縄・朝鮮・筑豊」七二頁。

＊52　前掲寺嶋「社会変動と精神医療」二七頁、中村興睿＋坂口信貴「筑豊の精神医療の現場とそれに対する治療的挑戦――ある精神病院の入院精神分裂病患者の調査ならびに治療的経験」『九州神経精神医学』一九巻一号、一九七三年四月、一四一一五頁。

＊53　森崎は一九六〇年代後半から言論活動を再開させるなかで、六八年の訪韓記などを福岡・宗像の精神科病院である福間病院が発刊していた雑誌『暮らしのせいしんえいせい』に寄稿しており、森崎は精神病院との同時代的なかかわりを多面的にもっていたと推測される。この雑誌の詳細については、坂口博「季刊『暮らしのせいしんえいせい』のこと」（『敍説』第三期七号、二〇一一年九月）を参照。

していく。そのため、精神病院にかんする記述は後景へと退いていくのだが、結語の部分で森崎は再び筑豊の道路に触れてこの文章を締め括っている。

それでもいろいろな認識がいつもこんなぐあいに、後手にまわっていてもはや手がつかない頃、ぽつりと何かが役にも立たずに落ちる。数少ない活動的労働者たちが、せいいっぱい各自の限界を拡大すべく、動きまわっているのに、ひしひしと接しつつ、涙が出る。彼らは身近な原稿書きが、現状をみじんも切り裂けぬことに耐えながら収奪感ばかり深めているのである。このような地帯にいて、徒労そのもののごとき日常によって言語を開かぬなら、言語世界でのたたかいを放棄すべきと自分に言う。筑豊の道路はすべすべと美しい。私はここに本土民衆と対決する沖縄の声、在日朝鮮人の声、そして地底の声が噛みあうまで、私のがくがくふるえている心が生きているようにと念ずる。*054

「すべすべと美しい」道路という表現が、筑豊から北九州、そして全国へと労働力を澱みなく流動させようとするインフラの様を描写するのにたいして、みずからの「がくがくふるえている心」をバリケードのようにそこに対置させながら、「本土民衆と対決する沖縄の声、在日朝鮮人の声、そして地底の声が噛みあうまで」この地でのみずからの「言語世界でのたたかい」をつづけていくと森崎は誓う。森崎にとっては、筑豊の地層に刻み込まれたこの〈流民〉たちの声々をみずからの〈書く〉を通して示すことこそが、淀みなく進められていくかのようにみえる労働力流動化という時代の趨勢に抗う方法だったのである。それは、森崎自身がみずからをあの「資本が見捨てたところに残留するふとどき者、厄介者」と化す行為でもあった。そして、このあと森崎はいままさに棄て去られようとしている地底の労働の経験と記憶の掘り起こし作業に傾注していくのだが、それは単に歴史を救済するためのものではなく、〈運動以後〉になお〈集団〉を追求しようとする森崎の孤独な試みとしてもあった。本章の最後にこの点をみていこう。

一九七四年、「炭坑労働精神史」の副題を冠して刊行された書き下ろしの大著『奈落の神々』は、膨大な数の文書資料や文献を読み解き、また筑豊の各地を森崎がみずから訪ね歩いて取材することで記述されたものである。*55 そのうえで、森崎が同書を執筆するにあたり据えた軸がふたつ存在した。

ひとつは、その創成期から「遊民」と呼ばれる農村社会の脱落層などを中心的な労働力としたように、人びとが絶えず集まり散っていく場所としての炭鉱を描きだすことである。当初は「堀子」と呼ばれていた坑夫たちは創成期からすでに各地の炭鉱を転々と移動することで生業を立てていたが、近代に入ると資本主義下でより一層多くうみだされていった社会の底辺者・周縁者たちが炭鉱に流れ込むようになる。この時期に確立された納屋制度は炭鉱における労働力の確保を手段を選ばず実現していき、強圧的な方法によって坑夫たちを管理統制する一方、裸一貫で飛び込んでくる者たちには働く場と（最低限ではあるが）住居を提供しもした。坑夫たちの出身地は広島などの中国地方、天草や島原、鹿児島などの九州一帯はもとより、沖縄や朝鮮半島にまでわたるが、筑豊には被差別部落民の坑

*54　前掲「沖縄・朝鮮・筑豊」七五頁。
*55　なお、『まっくら』の一九七七年三一書房版から新たに追加された章「赤不浄」の初出は、この『奈落の神々』である。

夫もまた多かったという。そのうえで、厳しい管理下のなかでも圧制炭鉱《ヤマ》からの坑夫たちの逃散《ケツワリ》は絶えずうまれるものであり、時には手付金だけを受けとってすぐさま逃亡する者たちもいた。[*56]

こうしてさまざまな土地から寄り集まった人びとは、それぞれが抱える土着の風習を炭鉱にもちよったが、こうした過程で炭鉱《やま》にうまれていく一種の民間信仰としての「やまの神」の実相へと迫ることは、森崎が『奈落の神々』に据えたもうひとつの軸だった。未知のものでしかなかった暗闇の世界と、日常的に付きまとう死の恐怖に耐えうるため、坑夫たちには自ずとある種の信仰が求められていったが、同書での森崎は筑豊の炭鉱における信仰と禁忌、風習の形成過程をひとつずつどこまでも丹念に辿っている。「互に未知の者が、窮鳥を肌であたためあうようにふれあいつつ、炭坑の労働者の基本的な心情を形成したのである」と森崎は記しているが[*57]、炭鉱で培われていった禁忌や風習と相互扶助的な紐帯は決して分節化しえるようなものではなく、坑夫たちの〈精神史〉のコインの両面として表裏一体なものであったことが同書からは読みとれる。

身内に死者がでた者の入坑を戒める「黒不浄」や生理になった者の入坑を戒める「赤不浄」、ちぢれ髪だとされる女の「やまの神」を怒らせないための髪にまつわる風習、坑内での口笛の禁止、さまざまな忌み言葉、「やまの神」の使者とされる犬の鳴き声を聞いたり犬取りをみつけたら入坑をとりやめる（またこれを労務係も容認する）話、また狐に祟られたり生霊や死霊に坑内で取り憑かれるといった霊的な話に至るまで、さまざまなエピソードが『奈落の神々』ではその都度詳細に語られる。それらはすべて、坑夫たちがただその日一日を生き抜こうとするなかで抱えていった情念を凝縮させていった結果にほかならない。

そのうえで、すでにあきらかではあるが、『奈落の神々』における以上のふたつの軸は、森崎のなかでは不可分なものとして、流民というひとつの軸のなかで溶けあっていた。以下はそのことを象徴的に現す一節である。

炭坑の大資本による独占化がすすみ、筑豊の町の下、村の下、田畠や川のその下の近くは空洞をひろげ、死傷者は増加をたどり、一方では暴力的な募集によって、九州・四国・中国そして朝鮮から貧困層が流入した。各地方から持ちこまれる現世利益の神仏が、非常の連続に対する、なま身の唯一の防備具のように炭住に充満した。非常を防ぐための技術面には全く投資されず、坑夫の死傷に対する救済法もなかった。そうした中で石炭は掘り出され、近代産業・軍事は強化されつつあったのである。シャマンたちの神仏は坑夫と死霊たちの最も身近かな守り神であった。[*58]

このように流民としての坑夫たちによる労働の精神史を記述したのが『奈落の神々』であるとして、同書はその対象時期を江戸後期から昭和初期までとし、炭鉱で労働運動が活発化していく以前までの時期であえてその筆を閉じている。つまり同書は〈運動以後〉の現在という地点から〈運動以前〉の歴史へと目を向けることで、労働史とも労働運動史とも異なる労働精神史という固有の領域を掘り起

＊56　なお、このケツワリの由来について、上野英信は朝鮮語で脱走を意味する「ケッチョガリ」が転訛したものだとしている。上野英信『地の底の笑い話』（岩波書店、一九六七年、一〇八―一〇九頁）を参照。
＊57　前掲『奈落の神々』二五五頁。
＊58　同上、二三〇―二三一頁。

こしているのだが、そこでは〈運動以後〉の時間軸にある一九七一年以降の森崎と筑豊の状況が、〈運動以前〉の寄る辺なき坑夫たちの立場に投影されているといえる。

資料と人びとの語りを求めて筑豊を訪ね歩く森崎の道のりそれ自体は孤独なものだった。だが、その孤独に耐え忍ぶことによって、近代のはじまりとともに誰も知りえない闇のなかへ潜っていった坑夫たちの精神世界に、ようやく少しずつ迫ることが可能になったのかもしれないと森崎はいう。

> だんだんと自分が地下に落ちこむのを感じて、廃坑地帯を歩き回りながら、あるいは書きすすめている時も、逃げ出すことばかり考えてきた。そのときだけ、かすかに、坑夫たちのおもいに近づいていたのかもしれない[*059]

そのうえで、以下のやや長い引用は、おそらく『奈落の神々』におけるもっとも重要な箇所であるだろう。そこでは坑夫たちが地底に残してきた「無形の想念」に向きあうための森崎の姿勢が端的に表明されている。同時にそれは森崎が流民という存在を〈書く〉にあたっての普遍的な方法を語っているともいえる、高い密度と強度をもった比類なき一節である。

> 民衆は支配下にあるというだけでなく、民衆相互の生活圏によってはばまれている側面をもっている。表現不能に終始させられている無形の想念を生活集団内でほそぼそと伝承してきている生活者と、似た思いを、多くの民衆はその個体の内部にかかえこんでいるのである。
>
> そのようなかくされた部分の生活の思想を、のこらず掘り起し、互いに無縁であった狭くそし

てふかい認識を集団を越えてあらわにし、相互交流の方法をつくり出すとき、民衆は、民衆みずからの手でその総体を把握することができるだろう。（…）私にくりかえしひびいてくるものは、私自身をおびえさせるような力であって、それは私にも意識しがたいところで、このくらやみのなかでみずから光源となるほかになかった坑夫たちと、結びついているのであろう。

　そのような未関連の生活集団への、いいがたい衝動は、おそらく自己自身の閉ざされた部分への、内からのあがきであるにちがいない。そして民衆の歴史としてその生きてきた姿に関心をよせてしまうことは、一見無縁にみえるものたちの間に内的必然性を点火すること以外の何ものでもないのである。[*60]（傍点、引用者）

もはや運動や闘争は消えていく。筑豊という土地すらなくなっていくのかもしれない。だが、時代の流れに抗して地底深くに残された精神史を書き記し、〈運動以後〉をひとつの新たな〈運動以前〉として捉えなおすことで、森崎はたったひとりでもなお〈集団〉であることを追い求めようとした。[*61]そのとき、まっくらな暗闇のなかで光がかすかに灯る。

＊59　同上、三五〇頁。
＊60　同上、三一七―三一八頁。
＊61　だが、その取材の過程には、かつての「会」のメンバーの協力があったことを森崎自身が『奈落の神々』の「あとがき」でふれている。「（…）曾山政光さんの車は私が乗りつぶしたような思いに心が屈するほど、その職場の休日ばかりでなくお世話になった。というより、私は維新前後の歴史や民族に関することがらはじめさまざまな点を、彼の正確な記憶と判断にてらしあわせてきた」（三五七頁）。

その火は、まだ燃えているだろうか。

おわりに

本章では、一九六〇年代後半以降の森崎の主題のひとつとなる〈流民〉を手がかりとして、筑豊時代の第二の時期と第三の時期をまたぎつつ、森崎が合理化・閉山の進んでいく筑豊にとどまりながら試みていった時代への抵抗と〈集団〉の追求とをみていった。高度経済成長とともに国によって労働力流動化政策が進められていったこの時代に、筑豊と隣接する北九州でうまれつつあった「流民型労働者」という新しい労働（者）の形態を知覚した森崎は、若い労働者たちとともに北九州の下請け・孫請けの労働問題へと取りくみながら、森崎にとって二度目となる〈たたかいの季節〉を経験していったものの、この時期はそう長くはつづかなかった。だが、筑豊時代の第三の時期を迎えるなかで森崎は、炭鉱での労働によって坑夫たちが培っていった〈運動以前〉の精神史へとわけいって『奈落の神々』という大著を執筆することで、〈運動以後〉という時空間にひとり佇みながらも、〈運動以後〉であるこのいまを新しい〈運動以前〉へと転化させようとしていったのである。

そのうえで、この第三の時期は、〈流民〉の精神史への探究という連続性のもと、森崎の筑豊時代の集大成ともいえる一九七六年の著作『からゆきさん』へとつながっていく。帝国による「侵略の尖兵」でありながら、娼婦として構造的抑圧を受けもした〈からゆきさん〉の両義性をみつながら、海を渡ったかの女たちがアジアの人びとともにみずからの「ふるさと」をつくり生きようとしていった歴史に森崎は迫っていくことになる。

だが、こうした点についてはのちの第五章で詳しくみていくこととして、次章では一九六〇年代後半から七〇年代初頭のわずか数年のあいだに、しかし集中的な形で展開されていった森崎の沖縄論を検討していく。本章では全体として、あえて拡散的といっていい記述を試みていたのだが、それはこの時期の森崎の流民論を通すことで浮かび上がっていく、人びとや土地の連なりと拡がりを示唆的に指し示したかったからでもある。そして、この連なりと拡がりという問題は、次章で扱う森崎による沖縄論のなかでさらにはっきりとみえてくる主題である。

第四章　抵抗の地図——沖縄闘争と筑豊

はじめに

前章においてすでに部分的には言及してきたように、一九六〇年代後半から展開されていく森崎の流民論における主題のひとつは、まぎれもなく沖縄であった。六九年から七一年というごく短い期間に、森崎はみずからのテクストで沖縄への言及を集中的におこなっているが、これらは森崎の思想変遷上にとっては極めて異例のものだ。必ずしも状況論に拘泥する思想家ではなかった森崎にとって、炭鉱・筑豊の状況への発言を別とすれば、同時代の政治・運動にたいする発言は恒常的なものではない。みずからが終世の思想課題とした朝鮮（半島）にたいしてですら、同時代の政治的状況にかんしては時事的発言をあまりすることのなかった森崎において、この時期の沖縄論は例外といっていい特別な位置を占めている。

沖縄をめぐる時代背景を、ここで簡潔に確認しておこう。沖縄戦終結後、米軍占領下に置かれた沖縄は、一九五二年のサンフランシスコ平和条約によって正式に領土として日本と切り離され、以後もアメリカの統治下に置かれることが決定する。五〇年代半ばに「島ぐるみ」としてたたかわれた土地闘争を経て、六〇年代に入ると、日本への〈復帰〉を要求する祖国復帰運動（以下、復帰運動）が広範に展開され、住民に無権利状態を強いる圧制的なアメリカの占領統治体制への批判が高まっていく。大衆的な拡がりをもって進められていったこの復帰運動の動向にたいし、次第に日米両国は日米安保体制の維持・強化に向けて方針を変化させていく。そして、六七年の日米首脳会談がひとつのメルクマールとなる形で沖縄の施政権返還が日米両政府にとっても既定路線となると、六九年の日米共同声明によって七二年の返還が正式決定される。だがその内実は、米軍基地にかんする「核抜き本土並み」を求めていた復帰運動の主張を裏切る形で、施政権返還後も米軍基地の沖縄への集中的な駐留を維持させ、あまつさえ核兵器もちこみの密約すら伴うものであった。他方、六〇年代半ばからベトナム戦争が開始されると沖縄は米軍機の出撃拠点となり、ベトナム側からは沖縄が「悪魔の島」と形容されるようになるなど、軍事占領の被害だけではない〈加害〉の問題が浮上するようにもなった。日本へのナショナリズム的感情を大きな柱としていた復帰運動も六〇年代後半以降、こうした時代的な激動のなかで次第に大きな質的転換を迫られるようになる。従来の復帰運動の乗り越えを企図した一九七〇年前後のさまざまな諸闘争は「沖縄闘争」として総称されるが、このなかでは、反基地・反占領の立場に立ちながら同時に復帰運動をも批判的に捉えていく「反復帰・反国家」と呼ばれるラディカルな潮流が現れるようにもなる。一方で、沖縄闘争の時代の到来とともに日本（本土）でも沖縄の施政権返還＝〈本土復帰〉にたいする議論は、それまでの素朴なナショナリズムに依拠した単なる〈復帰〉支持を越える形で急速に活発化していく。こうしたなかで、七〇年安保の闘争課題のひとつに沖縄闘争との〈連帯〉が掲げられるようになると同時に、各新左翼党派による沖縄闘争への介入や日本（本土）での対立構図をもちこんだ沖縄内での内ゲバも進んでいった。[*1]

多くの人が声高に沖縄を語ったこの時代、森崎における直接的な沖縄論の数自体は限られるものの、

＊1　沖縄闘争については、大野光明『沖縄闘争の時代 1960/70――分断を乗り越える思想と実践』（人文書院、二〇一四年）を参照。

ひとつのテクストのなかに複数の主題を混成させるそのスタイルゆえ、同時代に書き記された森崎の文章群には至るところに沖縄にたいする言及が見受けられ、それらはひとつの論を構成するだけの厚みを有している。この森崎と沖縄とのかかわりについては、水溜真由美が、森崎自身も当時メンバーであった「おきなわを考える会」（以下、「会」）の活動について聞き取りを交えながら調査をおこなっており、いわば社会運動史的文脈から「会」と森崎の接点を押さえた重要な研究を残しているが、一方で森崎の沖縄論そのものにたいする踏み込んだ考察はなされていない。[*2] こうした森崎の沖縄論は、沖縄研究の領域においては長らく考察対象となってこなかったが、水溜の先駆的な研究などを参照する形で、近年は徐々にではあるが研究も進められつつある。[*3]

そのうえで本章は、森崎の思想変遷上でも重要な位置を占めたその沖縄論が、当時も現在も十分に顧みられてこなかった理由を探りながら、そこにいかなる思想的・実践的な射程が込められていたかを読み解いていくものである。当時、日本（本土）と沖縄を架橋しようとする言説や運動・闘争はさまざまにあり、多くの活動家や知識人、ジャーナリストたちは時に渡航制限を受けながらも沖縄へと渡り、現地の声をそれぞれに書き連ねていった。一方で、当時の森崎はさまざまな事情から頻繁には長期の外出が叶わず、沖縄にはじめて渡ったのも施政権返還後のことだった。これらの点で森崎の沖縄論は一定の情報的制約を受けるものでもあったが、それゆえに、日本（本土）と沖縄をいかに架橋するのかという命題にたいして独自の方法的な思想を提起してもいた。

以下では、第一節で森崎がみずからの沖縄論の足がかりとした「会」の活動とその理念について、同時代の福岡での社会運動の動向にもふれながらみていく。つづいて第二節では、森崎の沖縄論を具体的に検討してその論の基本的な特徴と問題を、同時代の沖縄の思想潮流を参照しつつあきらかにしていく。そのうえで第三節では、森崎の沖縄論がもつ可能性を改めてその議論が立ち現れる場所に立ち戻って読み解いていくが、その先には、沖縄を通じて森崎が描き出すひとつの地図が現れることを併せて論証していこう。

一 「おきなわを考える会」の沖縄闘争

本節では、森崎和江がその立ちあげからかかわった「おきなわを考える会」の一九六九年から七一年にかけての活動とその理念についてみていくが、まずここでは当時の福岡をめぐる社会運動の状況について簡単にふれておきたい。

この当時、福岡という単位でみれば、沖縄闘争にも接続しえる可能性をもった運動や闘争が散見される。その代表的なものが、山田弾薬庫輸送阻止闘争と板付基地撤去闘争である。前者は、北九州市小倉区にある米軍山田弾薬庫への弾薬輸送を直接行動などによって阻止しようとする闘争であり、一

＊2　水溜真由美「「筑豊」を問い直す――大正闘争後の森崎和江」『『サークル村』と森崎和江――交流と連帯のヴィジョン』ナカニシヤ出版、二〇一三年。

＊3　主な先行研究には、山本真知子「出逢いからはじまる連帯の思想――森崎和江にとっての沖縄」（『同志社グローバル・スタディーズ』一一号、二〇二〇年）、中野敏男「民衆の移動と出逢いを問う――もうひとつの「反復帰論」の射程」（『越境広場』一〇号、二〇二二年三月）、松田潤「接触の思想――森崎和江における沖縄・日本・朝鮮の出逢い」（『現代思想』五〇巻一三号、二〇二二年一一月）。

九六八年四月から七月にかけて北九州反戦青年委員会などを中心に取り組まれた。[*4] 後者は、その山田弾薬庫の弾薬の補給先でもあった福岡市の米軍板付空軍基地をめぐり、六八年六月二日、米軍嘉手納基地に所属するファントム機が九州大学箱崎キャンパスに建設中の電子計算センターに墜落した事故を機にはじまった基地撤去闘争である。戦後に幾度となく死亡者を出すような墜落事故を起こしてきた板付基地には、ベトナム戦争の開始とともに米軍機の飛来が再び増加していた。[*5]

ふたつの闘争はともにベトナム戦争の動向と密接にかかわり、それゆえ直接的にも間接的にも、ベトナム戦争時の米軍の出撃拠点であった沖縄の基地問題とも深くかかわるものであったといえる。当時の運動体にこれらの闘争を沖縄の状況と結びつける認識があったか否かは別としても、[*6] 各地域の反戦青年委員会やノンセクト、ベトナムに平和を！市民連合（べ平連）、新左翼各党派らがかかわっていたこれらの闘争は、当然「会」のメンバーや森崎も見聞きしていただろう。「会」に集うメンバーたちがのちに筑豊で反戦共闘を設立したり、森崎の盟友であった河野信子が、基地返還がなされる一九七二年まで毎週土曜日に板付基地前で座り込み行動をおこなうなど、[*7] いずれの運動や闘争も「会」や森崎に極めて近しい距離でおこなわれていたはずのものである。

だが、「会」としてのこうした運動や闘争への取り組みや提言はほとんど確認できず、[*8] これは森崎においても同様である。他方、この時代は、日本（本土）の各地で沖縄闘争に取り組む多様な実践が現れだしていた時代であり、そのなかではいわゆる「沖縄問題」を彼方の問題ではないみずからの課題として捉える見方が広がりつつもあった。たとえば、大阪では、集団就職などで日本（本土）に渡ってきた沖縄出身の若者たちの労働問題に取り組むグループが存在するなど、みずからの足下における「沖縄問題」が発見されることで、沖縄闘争の圏域もまた独自に拡張されつつあった。[*9] 以下でみるように、筑豊および隣接する北九州から沖縄闘争に取り組もうとした「会」もまたこうした潮流のひとつに数えられるのだが、「会」によって選ばれた課題がより明示的に沖縄と結びつくはずの福岡の基地問題ではなかったところに、「会」のひとつの大きな特徴がみてとれる。

ここで、「会」の活動の中心であった『わが『おきなわ』』の基本情報を確認しておくと、当初は月

＊4　当事者が同時代の記録として出版したものに、福岡労働者反戦闘争委員会編『反戦青年労働者――70年への思想と行動』(三一書房、一九六九年)がある。また、市橋秀夫「写真史料が伝えるベトナム反戦運動――1968年北九州反戦青年委員会弾薬輸送阻止闘争の記録」(『日本アジア研究』一八号、二〇二一年三月)も参照。

＊5　事故の詳細とその後の九州大学内での運動については、『あの日あの時 この時代』記念誌編集委員会編『あの日あの時 この時代――ファントム墜落五十周年・さよなら九州大学箱崎キャンパス』(花書院、二〇一八年)が詳しい。また、以下のインタビューも参照。番匠健一＋大野光明「ファントム墜落からハンパク(反戦のための万国博)へ――江藤俊一氏に聞く」(『立命館平和研究』二二号、二〇二一年三月)。

＊6　板付基地はその後一九七二年に大部分が返還され、駐留部隊は沖縄の嘉手納基地へと移転することになったが、こうした経緯にたいして前掲『あの日あの時 この時代』では、板付基地撤去闘争が結果として沖縄のさらなる基地強化を招いたのではないかという、当時の運動関係者による批判的な回想が複数収録されている。

＊7　河野信子「基地の前に坐る――コッチアメリカ・ジャパンソチラネ」(『思想の科学』第五次一〇〇号、一九七〇年四月)を参照。この座り込みには上野英信も参加していた。

＊8　「会」の機関紙『わが『おきなわ』』では、二号(一九六九年五月)で、山田弾薬庫輸送阻止闘争にかかわる北九州反戦青年委員会メンバーの裁判支援の記事が掲載されてはいる。

＊9　ここであげた事例は、前掲大野『沖縄闘争の時代 1960/70』の第三章「大阪のなかの沖縄問題の発見――大阪沖縄連帯の会を事例に」でふれられるものである。

刊で発行された雑誌（ミニコミ）で一一号までが発行されている。雑誌の頁数は号によってまちまちであるが、少ない時で一〇頁前後、多い時で二〇頁を超えるボリュームだった。執筆の中心は「会」のメンバーであるが、メンバー以外の寄稿も散見される。五号（一九六九年八月）までは無記名の記事が大半だったが、六号（一九六九年一一月）からは記名付きとなった。内容としては、雑誌の巻頭に「おきなわを考える」というコーナーが設けられることが多く、みずからの沖縄と向きあう姿勢がそれぞれに表明されている。前章でふれたように、筑豊の合理化・閉山以降の様子や北九州の労働問題の実情を報告する記事が多いのも特徴であるがこのほかには、「会」が主催した映画『沖縄列島』の自主上映開催に関連する記事も多く、また当時琉球新報の記者であった近田洋一による沖縄からの現地報告の体をとった連載記事も存在していた。なお、この雑誌のなかで森崎が執筆した記事自体は、次節にてふれる記事を含めて、ふたつに限られる。

活動を開始するにあたり「会」がまず掲げたのは、みずからが基盤を置く筑豊―北九州において「わが「おきなわ」」を発見していくという方法論的な課題であった。機関紙の創刊号に掲載された「わが『おきなわ』発刊にあたって」では、やや抽象的な表現ながらもその問題意識が次のように述べられている。

〈わが「おきなわ」〉とは、このヴェールの奥に生きる一見グロテスクな世界なのだ。緑と太陽の都市を標榜しつづけてきた北九州の、緑と太陽とが共に煤塵に色あせていくように、「文化的」であるということが無惨にもつき崩されていく世界である。それは同時に、「わが北九州」であり、「わが筑豊」であり、「わが未解放部落」であり、「わが職場」であり、そしていったい何と名づけるべきだろうか。／（…）／「おきなわを考える会」は、直接には沖縄を焦点に据えながら、広く「おきなわ」を考えていくサークルである。〈わが「おきなわ」〉は、そのサークルを中心としたパンフであり、何よりも多くの人々から支えられてゆく体のものである。[*10]

最後の段落では漢字表記の「沖縄」と平仮名表記の「おきなわ」が使い分けられている。前者が地理的で具体的な地域としての沖縄を指すとすれば、後者は地理的実体としての沖縄をより「広く」捉えていくという「会」の姿勢を表現していると考えられる点で、興味深い一節である。[*11]では、「会」はなぜこのように「直接には沖縄を焦点に据えながら、広く「おきなわ」を考えていく」必要を覚え、それを「会」が共有すべき方法・姿勢として宣言したのか。同じ創刊号には「福岡県青協第3次沖縄派遣団有志」名義による四月二七日開催予定の集会のビラ文が転載されているが、ここでこの有志は、青年団として沖縄に「派遣」された自分たちの「沖縄問題」への取り組み方を厳しく自己批判している。

「沖縄問題」が「沖縄問題」としてはありえず、それが本土における斗い（社会変革、体制打破の

＊10　おきなわを考える会「わが『おきなわ』発刊にあたって」『わが『おきなわ』』一号、一九六九年四月、二―三頁。

＊11　ただ、機関紙や森崎の沖縄論を通読する限り、「会」や森崎がこの沖縄／おきなわの表記に必ずしもこだわりをもっていたわけではないようであり、こうした表記上の戦略がどれほど意識的になされたものであったかは推測の域をでない。

斗い）との連続性の中でしか語ることを許されない状況は「派遣」され「視察する」という第三者的立場のギマン性を告発するものであった。現地においては参加だけが問われていたのだ。／／総評代表団に「沖縄にきてもらわなくともよい」といった沖縄青年のことばは、同時にぼくたちの内なるものに対してもむけられたものであった。そのみにくさを拒否するためぼくたちのうちの数名は2・7に、立法院において坐り込みを行った。……〔ママ〕この斗いの口火を消してはならない。[*12]

このような時青年団の中で、〃沖縄問題を訴える〃というあのスタイルにまずぼくたちは大きな疑問を感じる。ぼくたち自身の斗いの明確な方向性を抜きにして、ただ単に沖縄を訴えるというのは、沖縄の悲惨、苦しみ屈辱を安売りするだけではないのか〔。〕ただ単に訴えるだけではなく、〃斗い行動する中で訴える〃ということでなくてはならない。四・二七集会をぼくたちが提起するのはかかる立場に拠っている。[*13]

あきらかにここでは、同時代の沖縄闘争をめぐって沖縄側からなされていた「沖縄に来なければ、沖縄闘争は闘えないのか」という告発が意識されている。[*14]集会に際して沖縄に派遣され、地元に戻ってからはその様子を現地報告として語るという日本（本土）側の参加者に一種のルーティンとなっていた行動様式を、この有志は「みにくさ」という自己嫌悪的な感情を表明しつつ批判する。同時に、この「みにくさ」の次元にとどまることなく自主的に「立法院において坐り込みを行」い、また自分たちの足下で「斗い行動する中で訴え」ようとする点でこの有志は倫理的な自己批判の陥穽を潜り抜けようともしているが、こうした姿勢を「会」も引き継ごうとしていたことがわかる。

それでは「会」は、具体的にどのような問題にたいして「わが「おきなわ」」を見出していったのか。機関紙の紙面を通読する限り、「会」全体に共有された沖縄闘争への情勢認識などは必ずしも明確ではなく、また施政権返還＝〈本土復帰〉をめぐる評価にも文章ごとにバラつきがみられるが、「会」のメンバーたちが共通して念頭に置いていたのが、筑豊―北九州を横断する下請け・孫請けの労働問題の現状であった。

前章でもみたように、同時代の厳しい生活状況のもとで筑豊の失業者や若者たちの新たな労働現場となったのが、筑豊に隣接する北九州であり、労働者たちは日々筑豊から北九州へと移動していた。しかしながら、その労働現場における本工と下請け・孫請けの請負夫とのあいだには歴然たる待遇格差があり、『わが「おきなわ」』でも現場の過酷な実態や本工との軋轢などが頻繁に語られていたこと

＊12　福岡県青協第3次沖縄派遣団有志「4.27沖縄集会」『わが『おきなわ』』一号、一九六九年四月、五頁。

＊13　同上。

＊14　新崎盛暉「復帰運動とその周辺」（『世界』二七五号、一九六八年一〇月）を参照。また沖縄での現地闘争をめぐる沖縄と日本側の参加者のあいだでのコンフリクトと葛藤については、前掲大野『沖縄闘争の時代 1960/70』第二章「ベトナム戦争下の沖縄闘争――べ平連の嘉手納基地ゲート前抗議行動と渡航制限撤廃闘争」を（とくに九二―九九頁）、べ平連による嘉手納基地ゲート前抗議行動とそこで起こった不当逮捕において、沖縄と日本側の参加者間でのコンフリクトに収斂されない、運動に根深く存在する性差別の問題については、阿部小涼「拒否する女のテクストを過剰に読むこと――古屋能子の八月沖縄闘争」（『社会運動史研究』二号、新曜社、二〇二〇年）をそれぞれ参照。

は先にもふれた。

それでは、この問題がどのようにして一九七〇年前後の沖縄闘争と結びつくのか。機関紙での議論からだけではこの点は明確ではないが、森崎の文章などを補足的に参照すれば以下のような文脈が意識されていたことがわかる。すなわち、当時の沖縄では、全軍労（全沖縄軍労働組合）でたたかう米軍基地雇用下の軍労働者が、施政権返還に伴う日米安保再編の過程で整理解雇の危機に直面しており、これに抗する全軍労の闘争は整理解雇反対と同時に基地撤去を掲げるという極めて根源的でありながら過酷な「生命線からの闘い」[*15]としてあった。そして、こうした過程で近い将来に職を失うであろう軍離職者たちが、施政権返還後には安価な労働力として日本（本土）へ新たに吸収されるであろうことも容易に予測がなされていた。[*16]事実、先にもふれたように、同時代には集団就職などで日本（本土）に就職した沖縄出身者たちの労働問題がすでに顕在化しており、[*17]「会」が下請け・孫請け問題というみずからの足下の課題と沖縄闘争の行く末を重ねあわせることは、まさしく〈流民〉という文脈の存在において可能であった。

このような問題意識をもちながら、「会」は一九六九年一〇月、映画『沖縄列島』の上映会を北九州の八幡で開催し、監督の東陽一とともに、評論家の石田郁夫や先述の近田洋一などを招き、議論をおこなった。その後「会」は上映運動の総括を経て、「会」の内部に「沖縄研究会」と「下請労働者問題研究会」を設置して両者のつながりをさらに探求する一方、七〇年六月には前章でもふれた「安保粉砕・沖縄解放・下請け孫請け制度反対」をスローガンとする「北九州人民集会」を開きもした。[*18]

これ以外にも、「会」としては沖縄闘争への街頭カンパなどの活動が機関誌からは確認されるが、一方で「もともとこの「会」は行動集団ではない」[*19]とされていたこともあり、個々のメンバーがかかかわっていた運動や行動はあったにしても、「会」全体としての活動は機関紙上からは読み取りづらい。また、そこではたしかに日常の次元から「わが「おきなわ」」を発見していくという自分たちの方法・姿勢の共有の重要性が一貫して強調されてはいるものの、「会」のメンバーらによる文章はしばしば過度に抽象的であり、現実の沖縄／おきなわとのかかわりは必ずしもはっきりとしないものも多い。そのため、当時の印象として「これがどうして「おきなわを考える」ことにつながるかを、全く把握できなかった」という見方があったこともなんら不思議ではない。[*20] そもそもこの方法論には、現実の沖縄／おきなわでたたかわれる闘争との持続的な緊張関係が求められるが、これを少しでも弛緩させてしまうと、主観的にはすべてのことが「わが「おきなわ」」として無限に解釈可能となる危うさもみてとれる。極論すれば、そこではなにをやっていても——やっていなくとも——「わが「おきなわ」」なのだという強弁も不可能ではなくなってしまうだろう。

＊15　川満信一「生命線からの闘い」比嘉豊光『全軍労・沖縄闘争——比嘉豊光写真集』出版舎Mugen、二〇一二年。
＊16　波照間健「全軍労ストの流産をこえて強大な沖縄戦線の構築へ」沖縄研究会編『物呉ゆすど——沖縄解放の視角』田畑書店、一九七〇年、九七—九八頁。
＊17　金城朝夫「沖縄出身集団就職者のその後」（『現代の眼』一三巻一一号、一九七二年一一月）、および、本章＊9を参照。
＊18　この集会とデモの様子は森崎の「非政治的基底からの共闘」（『現代の眼』一一巻九号、一九七〇年九月）で詳しく報告されている。
＊19　「おきなわを考える会定期総会」（文責：九州通信編集部）『九州通信』四号、一九七〇年一月、一一頁。
＊20　坂口博「森崎和江の沖縄——「おきなわを考える会」捨遺」『敍説』一五号、一九九七年八月、一五五頁。

そして、こうした議論の抽象化という傾向とともに、機関紙の発行ペースも次第に遅くなっていき、一九七〇年六月に九号、七一年一月に一〇号、そして七一年七月に一一号が刊行されたのを最後に『わが『おきなわ』』は終刊することとなる。結果として、施政権返還のその日を迎えることなく「会」の活動は終わりを迎えることになってしまった。

二　森崎和江の沖縄論

前節では同時代福岡の沖縄にかかわりうる運動や闘争の動向を概観したうえで、森崎もメンバーの一員であった「会」の活動とその終焉についてみてきた。そこでは、さしあたり沖縄闘争への批判的連帯ともいえる運動の萌芽がみてとれる一方で、十分な展開をみせることなく運動が終わりを迎えていった様子が確認できもした。そのうえで本節からは、そうした「会」での活動を足がかりとしつつ敷衍されていった、森崎自身の沖縄論を具体的に検討していきたい。

森崎が沖縄にふれる際には、まず第一に筑豊との比較という視点が据えられていた。そこでは、ともに地域全体が国策に利用されてきた歴史をもち、またそのなかで独自の抵抗運動を築いてきたといえる筑豊と沖縄のあいだでの共通性と差異が意識されていた。同時に、森崎は両者の関係をナショナルな時系列上に配置することには否定的でもあった。『日本読書新聞』が一九七〇年二月に紙面上で企画した「特集――沖縄全軍労」に「想像力の自律性はたたかいの靭帯か」を寄稿した森崎は、両者の差異を次のように強調している。

けれども全軍労のたたかいを、三池および崩壊した筑豊のとむらい合戦的に、あるいはそれらを越える七〇年の幕あけ闘争的にとらえることを私は自分にゆるすことができない。全軍労のたたかいは本土に於けるすべての抵抗運動・解放運動の延長線上に開花したものでもなく、それらと内的拮抗を持つことによって定着したものでもないからだ。／私が沖縄を筑豊との二重写しとしてえがいてしまうのは、前述した類似点そのものよりも、実は、その類似にかかわらず地域に固有に負わされた課題を思想化していく民衆の全運動が、沖縄と筑豊とでは比較のしようもないほどのひらきを持ったためである。[*21]

全軍労による基地撤去と整理解雇反対を同時に掲げるという困難なたたかいは、かつての大正行動隊による、合理化にあえて退職主義を貫くという逆説的な戦略を連想させもする。だが、比較という俎上に載せながらも、森崎は沖縄闘争を三池や筑豊での反合理化闘争の敗北を引き継ぐものとして捉える見方を批判し、両者の安易な同一視を戒めながら、沖縄の民衆によって切り拓かれてきた運動・闘争の質の独自性を強調する。そのうえで、こうした比較の力点は、同じ時期の別の文章で「〔沖縄における——引用者〕その抵抗の層の厚さ、その意識密度の濃さが筑豊とつい比較されてしまうのである[*22]」と述べられているように、森崎のなかではあくまでもまずは筑豊の側に（批判的に）置かれて

＊21 「想像力の自律性はたたかいの靭帯か」『日本読書新聞』一五三三号、一九七〇年二月一六日、一頁。
＊22 「筑豊からの報告——日本の断層・69年から70年へ」『月刊社会党』一五四号、一九七〇年一月、一四八頁。

いた点には注意をしたい。実際、『わが『おきなわ』』四号に掲載された、森崎の最初の沖縄論となるであろう文章では、「小国の大国批判」というフレームのもと、筑豊／日本への批判者として沖縄が希求される形となっている。

つまり、沖縄とは私たちにとって、歴代の批判者なのだ。沖縄の文化やその生活意識には、本土大国意識が欠落させているものを存続させ本土文化を拒否しているものが形象化しているのである。[*23]

沖縄に日本批判の型を求める態度は、この時期の日本（本土）において興隆していた南島論のモチーフにも重なるものであり、その点で問題なしとはいえない。しかし、沖縄と筑豊を日本というナショナルな枠組みのなかに回収することを拒否しながらも、比較という視点において、炭鉱の合理化・閉山が進むなかで運動が崩壊していった筑豊の〈過去〉と〈現在〉は、施政権返還後の沖縄を襲うであろう〈未来〉を予感させるものとして森崎に捉えられていた。実際、米軍の「基地機能を厳然と残したまま、施政権だけ本土にくりこむということは、いままで分断されていたために圧縮され独自に高まっていた民意を本土が中央集権機構によって吸いあげて、残りかすには生活保護をあたえるということ」[*24]なのだとする森崎の一九七〇年当時の予測は、「生活保護」を施政権返還後の沖縄振興計画や軍用地料問題に置き換えてみれば、意味深長なものである。そして、それゆえに沖縄の〈現在〉のたたかいが森崎その人に「かつて流した血がさらに白けるほどの具体性として迫ってくる」[*25]とき、森崎は沖縄にたいして一体なにを提起するのか。

再び「想像力の自律性はたたかいの靭帯か」に戻ると、次のような一文がある。

誤解を恐れずにいえば〝沖縄の思想〟は、異民族支配によって屈折した部分にしかない。その屈折によって独自な伝統を形成した。それを崩壊させることなく、どのような形で現代的開放に向わせるか、ということが沖縄民衆のたたかいの命題である。[*26]

解釈に苦しむ一節ではある。森崎ですら「誤解を恐れずにいえば」と断っている。ここでの「異民族支配」は米軍統治を意味するのか、それとも日本の植民地主義の歴史を意味するのか、はたまた日米の二重の支配体制を意味するのかは判然とせず、そうである以上「沖縄の思想」がなにを意味するのかも判断は難しい。だが、それでもこうした「屈折」による「独自の伝統」があるとして、これを「どのような形で現代的開放に向わせるか」が沖縄には問われているのだと指摘されるとき、その「現代的開放」が具体的になにを意味し、またどのようにおこなわれるのかが重要となる。

＊23　無記名「おきなわを考える――小国の大国批判」『わが『おきなわ』』四号、一九六九年七月、四頁。無記名の文章であるが、内容や使われている語句、文体などから森崎執筆のものと判断可能である。なお、この「小国の大国批判」というフレームがそれ以降の沖縄論で用いられることはなく、あくまで試論的なモチーフであったことには注意が必要である。
＊24　「筑豊から――労働の身分制を越えられるか」『月刊たいまつ』五号、一九七〇年一月、六頁。
＊25　前掲「想像力の自律性はたたかいの靭帯か」一頁。
＊26　同上。

そこに、この時期の森崎が筑豊―北九州の下請け・孫請け問題を通じて課題としてきた、労働者間に穿たれた格差と分断の問題が投影されているのは間違いない。それは前章でも指摘したように、森崎が大正闘争以来の課題として、つまりは抵抗運動の普遍的な課題として捉えてきたものである。森崎はある特定の集団内部で培われた創造性が、その集団内に自閉することなく、別の集団（「異集団」や「異族」）にたいしていかに「開放」されるかを問おうとした。そこでは意図的に諸集団の交差がもちこまれようとしていたが、次の一九六〇年代末の文章には直接に沖縄の文字は現れないとはいえ、そこで求められた「思想的な出逢い」は実に重層的であり、すぐれて交差的でもある。

支配権力とは観念ではなくて、私たちの体質を媒体として現象するところの社会的な諸機構である。この重層した現象形態をあらゆる機構に発見することが重要だ。（…）それは私たちの自律性が私たちの他律性をうちやぶる道であり、また、私たちの組織づくりが日本式国家ふうな内部構造をとらぬ道の発見である。／流民と組織労働者が産業構造の二重性を打破する連帯を生みだすことも、それをより生活の深部で地域青年団と共闘し得る態勢を作ることも、その思想性をつらぬくことで既成左翼が犯した体制内化を越え得る。私は在日朝鮮人との思想的な出逢いも、この路上においてしかありえないと考えている。それは世界政治状況の認識の共有では足りないのだ。*○27

課題は単に筑豊だけでなく、沖縄もまたともに向きあうべきものであり、どちらか一方の課題に収斂されてはならないこと。森崎は「現代的開放」のなかにそのような意味を込めていたといえる。そして、このことを筑豊―北九州の側から言い直すとすれば、それは次のようになる。

沖縄を認識することは私たちにとっては、この北九州および筑豊という分離した労働者意識――それは身分差にすらなっている現状――の中に、具体的で躍動的な相互関係を生みださせる運動と別ものではない。[*28]

このように森崎の沖縄論とは沖縄と筑豊の比較を基礎とし、沖縄闘争への共闘を念頭に置きながら筑豊―北九州の下請け・孫請け問題へ取り組むことで、(来る)流民たちのあいだに相互的な「開放」をつくりだそうとするものであったといえる。

他方で、この沖縄論には単なる運動論に収まらない思想的な射程が含まれてもいた。森崎には、谷川雁の兄で評論家の谷川健一が編者となって編まれた叢書『わが沖縄』の第六巻『沖縄の思想』(一九七〇年)に寄稿した「民衆における異集団との接触の思想」(以下、「接触の思想」)という文章がある。この『沖縄の思想』には当時の沖縄の反復帰・反国家論を代表する論者であった新川明や川満信一、岡本恵徳らがそれぞれ寄稿しており、現在では反復帰・反国家論の記念碑的な著作として知られるが、このなかに森崎も寄稿していたという事実はさほど知られていない。[*29]「接触の思想」は、混成的な民族構成をとりながら境界を自在に横断することで東アジアの海を生きていった中世の倭寇を題

＊27 「民衆的連帯の思想」『現代の眼』一〇巻一二号、一九六九年一二月、一〇三頁。
＊28 「映画「沖縄列島」について」『フクニチ』一九六九年九月一七日。

材として、民衆次元での異族間の「接触」の歴史を参照することで、近代国民国家に規定された人びとの境界感覚の相対化と解放を試みようとする意欲的な論文である。そこでは、論が進むなかで沖縄／琉球と日本の二者関係だけでなく、朝鮮や与論島の歴史にまで焦点が当てられる独創的な展開がなされる一方、倭寇や各地域の民俗史をめぐっては専門的な歴史書や歴史研究が仔細に参照されている点で極めて緻密な文章でもあった。

このように海の視座から独自の沖縄論を切り拓いていったのが「接触の思想」であるとすれば、森崎のこの時期のまとまった沖縄論としては最後の文章となる「沖縄・朝鮮・筑豊」の中心的な主題は農耕論であった。前章でも部分的に言及したこの一九七一年八月発表の文章において、森崎は日本（本土）ではすでに日常の次元からは労働の手触りが失われているとしながら、これとの対比で沖縄の農村共同体に着目する必要を説く。この際、沖縄の農耕社会に日本の原初的な姿をみるような見方は、沖縄が天皇制のごとき権力システムをつくりださなかった事実の重要性を軽視していると批判され、かわりに沖縄に「アンチ天皇制感覚の在所」が見出される。森崎は沖縄に強固な共同体意識をみる傾向があったが、これを農耕社会と（反）天皇制の議論に引きつけて解釈する点に「沖縄・朝鮮・筑豊」の最大の特徴があったといえる。ここで森崎がやや唐突にもみえる形で農耕論を打ち出しているのは、次節にて述べるように、当時の森崎が沖縄諸島にも隣接した与論島の民衆たちの近代における出郷の歴史を取材しながら、〈血縁に基づいた伝統的な共同性〉と〈労働現場での共働による共同性〉との相克に注目していた点にかかわるだろう。森崎は、沖縄にはいまだに血縁と共働の原理が一致していたかつての農耕社会の姿が根強く残っているとした。

そこには先にも少し触れたように農耕儀礼や習俗が、原初性をより濃く伝えたまま残っている。また工業社会への転換は、まだ見られていないと言える。つまり民衆の社会関係は具象的にも、観念界でも農耕労働社会の構造を持っている。[*30]

それでは、このような森崎の沖縄論は、当時の沖縄の言説状況のなかではどのように受けとめられていたのか。この際に検討すべきは先からもふれてきた反復帰・反国家論の論者たちとの比較であるだろう。復帰運動に内在した日本志向のナショナリズムを批判しながら、〈本土復帰〉という方向性だけでなく、いかなる国家体制への回収をも拒否しようとする「否」の思想・実践としての反復帰・反国家論は、当の論者たち自身が強く打ち出してはいなかったとしてもアナーキズム的な側面をそれぞれに帯びたものであり[*31]、また日本（本土）の運動の欺瞞性を強く批判するものでもあった。そのうえで、反復帰・反国家論の代表的な論者であった新川明や川満信一にはこの時期、それぞれに〈流民〉にかんする重要なテクストが存在する。

＊29　谷川健一編『沖縄の思想』（叢書『わが沖縄』第六巻）木耳社、一九七〇年。森崎以外の寄稿者とタイトルは以下の通りである。新川明「〝非国民〟の思想と論理――沖縄における思想の自立について」、川満信一「沖縄における天皇制思想」、岡本恵徳「水平軸の発想――沖縄の共同体意識について」、米須興文「文化的視点からの日本復帰」、大山麟五郎「海の神と粟のアニマ――奄美のこころをたずねて」、小野重朗「海と山との原郷――南島文化二元論」。また、当初は吉本隆明も寄稿予定だったとされる。

＊30　「沖縄・朝鮮・筑豊」『現代の眼』一二巻八号、一九七一年八月、七四頁。なお、この文章が森崎の『異族の原基』（一九七一年）に所収された際には、「アンチ天皇制感覚――沖縄・本土・朝鮮」に改題されている。

施政権返還後の一九七三年の文章になるが、新川には、雑誌『現代の眼』の特集「超国家と流民の論理」に寄稿した「土着と流亡――沖縄流民考」と題された文章がある。多分に編集部からテーマを設定されたとみえるこの依頼原稿のなかで新川は、しかし近代以降に沖縄の土地から引き剥がされ異郷に生きることになった沖縄人の流民としての歴史経験を紐解きながら、沖縄人にとって「土着」と「流民」とは相互排他的なものではないとする独自のテーゼを打ち出している。新川は、「土着にして「流民」であり、流民にして「土着」」という両義的な感性を会得してきたのが近代以降の沖縄人であるとしながら、流民という存在の「アナーキー性」に言及しつつ、「沖縄人流民は日本本土において、「土着」の志を捨てずに沖縄人流民部落をつくり、体制社会のアウトサイダーとしてみずからの生存を規定し、今日に至っている」と説いた。[*32]

一方、川満は、森崎も寄稿した先述の『日本読書新聞』による全軍労特集に全軍労ストライキのルポを寄稿するなかで、施政権返還に伴う米軍再編の最中に整理解雇の危機に立たされた軍労働者たちこそが、沖縄戦後の米軍占領下で故郷の村々での農業や漁業の生業から引き剥がされて軍雇用に流れ着いた人びとであるとした。全軍労がピケを張っていた際に川満が出会ったという久米島出身の基地で働く「掃除婦」の女性は、一八年間の「掃除婦」生活の末に「ナアもう、こんなに掌の皮も足の皮も柔らかくなって畠仕事も出来なくなった」と打ち明けた。

軍用地に接収されたり、あるいは売り払ってしまって実際に帰るべき土を持たない人々は多いが、仮りに〝生れ島〟へ戻れば三反保内外の田畠がまだ残されているとしても、都市周辺の生活ですっかり〝やわ〟になってしまった手の皮、足の皮ではロクな仕事もできない。農作業や漁業の手つきもすっかり忘れてしまって、もはや〝生れ島〟を失なったこれらの人々は、すでに資本主義がつくりあげる故郷なき流民の群なのである。[*33]（傍点、引用者）

土地からの離脱が土地と身体の結びつきをも変容させてしまうという事実を微細に拾い上げながら、川満はつづけて、こうした「故郷なき流民の群」たる軍労働者たちに再度立ちはだかるであろう離職という運命に想いを馳せつつ、人びとの施政権返還後の未来を筑豊の炭鉱離職者たちの経験に重ねあわせるという稀有な視点を開示している。これは、先述した新川の流民論がいわば流民の民族主義ともいえるものであり、その視点はあくまで沖縄人の歴史経験にのみ注目するものであったのと比べると、川満はより強く森崎や「会」の思考と共鳴する方向で流民の問題を捉えていたといえる。[*34]

とはいえ、このようにいくらかの微妙な差異を抱えつつも、〈流民〉という視座からは森崎と反復帰・反国家論の思想的な共鳴関係をみてとることができるのも事実だ。[*35] だが、現実はそのように簡単ではなかった。というのも、このように議論としては重なりあう部分を持つようにみえながら、森崎と反復帰・反国家論の交錯はそれ自体がすれ違いというほかないものであり、そこでは反復帰・反

＊31　一般に反復帰・反国家論におけるアナーキズムとの影響関係という点では、新川明による大沢正道の参照などが指摘されるが、土井智義は岡本恵徳の代表的な論文である「水平軸の発想」を読み解きながら、岡本における「構成的な共同性」を析出し、これを「新しいアナキズム」の潮流と重ねて論じており、極めて重要である。土井智義「構成的な共同性──岡本恵徳「水平軸の発想」を中心に」（『待兼山論叢』四三号、二〇〇九年一二月）。

＊32　新川明「土着と流亡──沖縄流民考」『現代の眼』一四巻三号、一九七三年三月、一一二頁。

＊33　川満信一「怨念の渦巻く底点から」『日本読書新聞』一五三三号、一九七〇年一月一六日、七頁。

国家論に潜在するミソジニーと男性主体の問題を指摘せざるをえない。

当時、沖縄と日本（本土）の新左翼やノンセクト系の知識人のあいだでは活発な論戦が展開されており、どのような立場を首肯するにせよ、相互のやりとりは比較的容易に確認することができる。だが、そのなかでも森崎の存在はほとんどみえてくることがない。たとえば、先の全軍労ルポにおいて川満は、たしかに筑豊の炭鉱離職者に言及しているが、そこでは「上野英信氏やその他の人たちの書いた産炭地区労働者のルポによると」とあり、上野英信の仕事が明示的にあげられてはいるものの、より直接に同じく〈流民〉の語句を用いて沖縄と筑豊との結びつきを試行していた森崎の名前は見当たらない。この『日本読書新聞』の全軍労特集にはほかに新川も寄稿していたが、同時代に森崎が寄稿した媒体の多くは、先の『沖縄の思想』はもとより反復帰・反国家論者たちと重なるものも多く、森崎の沖縄論をかれらがまったく知らなかったと考えることは現実的ではない。だが、そうした身振りは川満ひとりのものではなく、後年の岡本恵徳による上野英信への追悼文にも同様に、しかしよりはっきりと見出される。

岡本は一九九八年の上野の死に際して寄せた追悼文「上野英信さんのこと」（『琉球弧の住民運動』通巻三〇号、一九九八年四月）のなかで、『眉屋私記』（一九八四年）の取材で上野が沖縄を頻繁に来訪していた際の酒席での記憶を回想している。岡本はみずからが上野に近づきがたい思いを抱えていつも遠巻きにその様子を眺めるだけだった理由を次のように語っている。


しかし、いま考えると、上野さんに近づけなかったのは、遠く一九六〇年代の安保闘争と前後して起きた、例の三池の闘い、大正行動隊の凄惨な闘いにまつわる記憶が尾をひいていたのかも知れぬ、という思いもある。その頃の炭労の闘いに、ずいぶん励まされていたはずであったのだが、やがてその闘いの敗北と、それらの人たちの多くが遠く南米へ流れていったという経過の中で、ぼく自身のなかからもその闘いと闘った人たちが切り捨てられていった、ということがある。／弁解がましくなるけれども、それは一九六〇年代後半から七〇年代にかけての復帰闘争であるとか、そういったものに心が向いてしまって、その他のものを顧る余裕がなかった、ということがその理由になるかも知れない。だが、実際のところは、集会やデモの中で、「がんばろう　つきあげる空に」と歌いながら、ともすれば、その歌詞の向う側に、他の底の闇やボタ山で働いていた、そしていまはいずこへとも知れぬ歴史の闇の底に流れていった男や女のこぶしや顔を思いうかべそうになりながら、そのイメージを押し殺してしまったにちがいないのだ。

三池だけではなく大正行動隊の名をも具体的に召喚し、「その頃の炭労の闘いに、ずいぶん励まさ

＊34　同時代に、このような新川の民族主義的傾向の陥穽を指摘しつつ、川満のより開かれた視点を評価するものとして、映画『モトシンカカランヌー』や『アジアはひとつ』で知られる映像集団・NDU（日本ドキュメンタリストユニオン）による「映像の番外地からの報告」（『映画批評』三巻四号、一九七二年四月）がある。ところで、新川の「土着と流亡」はそもそも、評論家の川田洋によるNDU『アジアはひとつ』の評論文を直接の批判対象として書かれたものであるが、しかし新川は「それらの映画作品はどれ一つ観ていない」とにべもなく書いている。

＊35　前傾中野「民衆の移動と出逢いを問う」（本章＊3）においては、森崎「接触の思想」と新川「土着と流亡」が重ねて論じられている。

れていたはずであった」事実を思い返すこの一節は、同時代の運動がもつ越境的な影響関係にかんする貴重な証言であり、こうした記憶とともに上野への敬意と愛情の念を静かに告白する岡本の文体は極めて美しい。だが、この追悼文において忘却されているのは、端的に一九七〇年前後における森崎その人の存在であるといわざるをえない。もちろん過去への回想は当時のすべてを正確に再現したものではなく、また当時は「その他のものを顧る余裕がなかった」という岡本の言に偽りはないだろう。それでもここで岡本がみずからの最も代表的な論文たる「水平軸の発想」を発表した著作（『沖縄の思想』）のなかに、「一九六〇年代後半から七〇年代にかけての復帰闘争」の時代の渦中で沖縄と筑豊の結びつきをつくりだそうとしていた森崎の「接触の思想」が収められていたことが思い出されないという事実は重い。別個の媒体に寄せた上野への追悼文でも岡本は上野とともに谷川雁の名前を書きとめてはいるものの、そこでも森崎の名前は見出せない。

とはいえ、このような消去や忘却は、それだけでは沖縄知識人のミソジニーを証明するものとまではいえないのかもしれない。ここでみなければならないのは、一九七一年一二月に琉球大学で開かれたシンポジウム「存在と表現」でのあるやりとりである。

雑誌『琉大文学』によって企画されたこのシンポジウムの登壇者は中里友豪、中村清、池宮城秀一、清田政信、そして川満信一という面々であり、また司会は岡本恵徳がつとめていた。反復帰・反国家論の周辺にいる詩人や作家が集められたこのシンポジウムで森崎の名前をあげたのは、この当時沖縄の論壇においてほぼ唯一森崎の思想に積極的に言及していた詩人の清田政信であった。その詩作「辺境」が森崎の詩「鉄を燃やしていた西陽」からの直接的な影響を受けているともされる清田は[*36]、この当時みずからの評論のなかでも森崎に肯定的な文脈で言及をおこなっている。しかし清田は、このシンポジウムにおいて森崎の沖縄論に直接ふれることはなく、かわりにあくまで次のような文脈で森崎を語っていく。

（…）どうして谷川雁が、あれぐらい大衆の内を流れている韻律まで取り出すことが出来たか、といいますと、谷川雁が、いわば、もう一人の女の革命家である森崎和江のなかに、或る眼をつぶった、即時として充実している素晴らしい女ですね。これと谷川雁の抽象、これを取り換えたわけです。これを両方取り換えることによって、両方の結びつきによって谷川雁というのは、存在としては非常に観念的な男だけれども、あれぐらいのエロスを自分の思想に獲得することが出来たということです。*37

この語りからあきらかなように、清田にとっての森崎とは、一義的には清田が詩人として深く影響を受けた谷川雁の存在を通して語られるものであり、清田が評論で森崎に言及する際も注目されるのはあくまで森崎の女性論であった。それまでのシンポジウムの流れを振り返れば、清田はただひとり執拗に沖縄の詩人・作家たちが女性の存在を描いてこられたのかを――時にそれまでの議論の流れを断ち切ってまで――問うている。それは『サークル村』結成直後の谷川が森崎への応答としてみずか

＊36　石川為丸「清田政信と中屋幸吉にふれて」『パーマネント・プレス』二八号、二〇〇〇年六月。なお、この文章については松田潤氏からご教示いただいた。
＊37　「シンポジウム 存在と表現」『琉大文学』四巻一号、一九七二年九月、五〇頁。

らの女性論を一定の限界を伴いながらも展開したように、はなから性の問題を論じようともしない男性たちと比べれば、いくらかの救いがあるのかもしれない。だが、清田のこうした発言を受けてシンポジウムはその後、清田を含め男性たちによる時に「(笑)」「(爆笑)」の語句が散見される冗談と軽口混じりの〈女性談義〉が交わされていくに過ぎない。そこでは女性は表現主体たる男性たちから徹底的に客体化された存在でしかなく、その議論の内容はおよそここで積極的に引用しようと思えるようなものはなにもない。この時代の沖縄における数少ない森崎への直接的言及は、ミソジニーとホモソーシャルにまみれたセクシズムの強烈なバイアスのなかに閉じ込められており、そこでは沖縄を語り、沖縄との共闘を痛切に願う森崎その人の姿が不可視化されている。それはこの時代の沖縄の知識人の男たちが垣間見せる、ひとつの限界ともいえるだろう。

とはいえ、ここではこうしたすれ違いの理由を、沖縄側の受容の仕方に求めるだけでも十分ではない。森崎の沖縄論そのものに内包された問題点も、改めて指摘する必要がある。とりわけ、最後の沖縄論となった「沖縄・朝鮮・筑豊」での農耕論は、沖縄戦後の米軍占領下における沖縄の現実を捉えるものとしては時代錯誤《アナクロニズム》といっていい側面をもっていた。

先にみたように森崎の農耕論の前提には、沖縄が一九七〇年前後の当時も強固な農耕社会を維持しているという認識があった。たしかに沖縄におけるローカルな共同体の紐帯の強さは指摘できるとしても、米軍占領下に進んでいったのは、米軍の強制的な土地接収による農業の衰退と、米軍向けサービス業などの第三次産業に偏った基地経済の構造である。[*38] 森崎がいうように「工業社会への転換」が起こらなかったからといって、農耕社会がそのままに維持されていたわけでもない。先に言及した川満の流民論がまさしく語るように、沖縄の流民化はすでにして起こってきたものであり、森崎の農耕社会評価はこの現実をこそ取り逃してしまっている。

とはいえ、こうした時代錯誤的な投影は、当時の日本（本土）の南島論などにも同様の傾向がなかったわけではなく、その限界や問題点は必ずしも森崎個人のものだけではない。また、森崎のこうした農耕論での誤謬は、森崎が当時みずからは沖縄を直接訪れることがなかった点にもかかわっているだろう。森崎が沖縄をはじめて訪れるのは施政権返還から五年が経過した一九七七年であり、森崎の沖縄論はあくまで日本（本土）から綴られたもので、書籍などの情報に依るという点では一定の限界性を免れえなかった。

そのうえで、このやや唐突ともいえる農耕論が、結果的にはこの時期における森崎の最後のまとまった沖縄論になってしまったことは、おそらく同時代だけでなく後年の読者たちにとっても不幸なことだった。「沖縄・朝鮮・筑豊」の末尾でも吐露されていたように、森崎はみずからの議論がいまだ手探りであることに自覚的ではあったが、これを最後に森崎はその沖縄論を発展させることはなく、また「会」[*39]にかかわる公的な総括が森崎によってなされることはなかった。そのことによって、森崎の沖縄論は、この当時数多あった時局的な関心に基づく凡百な沖縄論のひとつに過ぎないものとして回収される余地を残してしまっているともいえる。近年になり、ようやく沖縄（研究）のなかで

＊38　屋嘉比収「米軍統治下における沖縄の高度経済成長――二つの対位的物語」『沖縄戦、米軍占領史を学びなおす――記憶をいかに継承するか』（世織書房、二〇〇九年）を参照。

＊39　森崎には一九七二年五月に発表した、言語論の観点から沖縄を論じた文章があるが、状況的な論点にふれることはほぼない。「民衆ことばの発生――沖縄植民地化の文化構造」（『月刊百科』一一六号、一九七二年五月）。

も森崎の沖縄論は再評価の対象となりつつあるが、[40] こうして森崎と沖縄の交錯は長いあいだすれ違いのままに置かれてきたのである。

三　節合《アーティキュレーション》、呼びかけ、抵抗の地図

前節では森崎和江が敷衍した沖縄論を具体的にみながら、同時代の沖縄と日本の思想潮流を参照しつつ、森崎と沖縄の思想とがすれ違いに終わった理由をみてきた。それは沖縄の男性知識人たちに潜在するミソジニーの現れでもあり、また他方では森崎自身の議論における一定の限界に起因するものであった。しかし、本節でみていくように、森崎の沖縄論の意義は森崎自身の限界と表裏一体をなすところにあるといっていい。重要なのは、森崎の沖縄論が予め机上でなされた分析や論理をもとに組み立てられたものではなく、〈日常〉の只中でつくられていった点にこそかかわる。

第一節で言及したように、構造的に考えるならば、山田弾薬庫問題や板付基地撤去はより明示的に沖縄闘争と結びつく類の課題であったが、森崎や「会」は筑豊―北九州を横断する下請け・孫請け問題という、自分たちにとってより日常的な問題を「わが「おきなわ」」として設定していた。では、下請け・孫請け問題と沖縄闘争の結びつきを、あらかじめ森崎や「会」は理解していたのだろうか。

下請け・孫請け問題は一九六九年以前の段階でも森崎の文章に書きとめられている一方で、沖縄はそこに姿をみせていない。無論、伝記的な事実を踏まえれば、森崎は沖縄へのある種の親しみを植民地時代から抱いていたが、[41] 森崎が沖縄について語りだすのはこの沖縄闘争の時代からである。したがって、ここでは事実関係は逆転されて次のように理解される必要があるだろう。下請け・孫請け問題を「わが「おきなわ」」の問題であると把握しえていたから森崎は沖縄闘争に取り組んだのではなく、筑豊と沖縄を「結びあわせんと[*42]」するその過程において、下請け・孫請け問題は「わが「おきなわ」」として〈発見〉される。

論理的には不確実にもみえるこの回路が、少なくとも森崎には必須のものであったと考えられるのは、徐々に緩和がなされていたとはいえ当時は依然として沖縄と日本のあいだに渡航制限がもたれており、沖縄と日本の移動は十全には保証されておらず[*43]、なにより森崎その人がふたりの子どもを抱えるシングルマザーの〈主婦〉であったからだ。つまり、「書斎らしいものに落着けない私は、これらの文章を、調理台兼用の大きな食卓の上で書いた」のであり、「その食卓はしばしば労働者たちと

＊40　この点については、二〇一五年に沖縄で創刊された雑誌『越境広場』、とりわけそこで仲村渠政彦が寄稿してきた諸論考の存在が重要である。

＊41　三〇年以上のちの著作で森崎は、植民地朝鮮での学生時代、沖縄出身の教師が歌ってくれた沖縄民謡を「内地の唄」として聞いていたという体験を語っている。『いのちへの旅――韓国・沖縄・宗像』（岩波書店、二〇〇四年、二二二―二二三頁）。

＊42　前掲「筑豊からの報告」一四九頁。

＊43　渡航制限を担保していた出入域管理制度については、岸本弘人「戦後アメリカ統治下の沖縄における出入域管理について――渡航制限を中心に」（『沖縄県立博物館・美術館博物館紀要』五号、二〇一二年三月）を参照。また、ルポライターの竹中労は、当時の首相佐藤栄作の妻・佐藤寛子を雑誌『週刊読売』上で批判したことで、韓国へのビザ交付を拒否されただけでなく、それまで許可されていた沖縄渡航申請が一年半もの間保留されたとしている。竹中労『琉球共和国――汝、花を武器とせよ！』（三一書房、一九七二年、一九二頁）。

の共食や討論の場で使われたから、卓上にひろげられた原稿は幾度も片附けられて家の中を持ち運ばれ」て書かれたものであった。[*44] 時に「夜ふけの三時、四時頃まで」つづけられた労働者たちとの日々の討論のなかで、森崎は文章を書き連ね、子どもを育てながら生計を立てていた。

森崎は一九六八年に戦後はじめての訪韓をおこない、七〇年には与論島に取材に出向くなど、この時期徐々に取材旅行の機会を設けてはいた。だが、それらは旅費の工面や子どもたちの面倒などの条件をクリアしてはじめて可能になるものだった。他方、この時期の森崎は深刻な体調不良を抱えており、筑豊と沖縄を自在に長期間かけて行き来するようなことは、当時の森崎にはやはり不可能であったと想像される。[*45]

限られた環境のなかで、筑豊に身を置きながらも、沖縄闘争に共闘する方法とはなんなのか。[*46] このとき、森崎にとっての闘争の舞台は自ずと日常的な次元に絞られ、かの女の自宅を訪れる労働者たちの抱える困難と苦闘のなかに身を置くことは、下請け・孫請け問題のみならずすべてのはじまりの場所とならざるをえない。これは選択の範囲外のことであり、前節で指摘したような情報上の制約にもつながるが、それゆえにある種の発明を促しもする。それこそが、下請け・孫請け問題を「わが「おきなわ」」として〈発見〉するという方法であった。

> あの沖縄本島がまるごと無人島となって、基地がその欲するままに機能しているかのごとき悪夢を、私は私の住む筑豊の状況に見るのである。(…)／私はしばしば耳にする。「筑豊はほろびたのだから東京で仕事をなさい」と。また「なぜあんな筑豊にいつまでも残っている者がいるのだろう。職を探して都会へ出ればいいのに」と。(…)それは沖縄へ対する本土の本音として、数

年後の沖縄へかけられる言葉でもあるのだ[*47]

施政権返還後の沖縄の未来を、筑豊の〈いまここ〉に直結させること。そこで賭けられているのは、その「結びあわせんと」する実践を通じて、筑豊と沖縄を節合《アーティキュレーション》していくことである。それゆえ、そこでは既知の方法に依らない新しい形での共闘が求められもする。

この際、「わが「おきなわ」」という言葉の意味も改めて検討される必要がある。というのも、沖縄の歩もうとしている未来が筑豊の過去であり現在であるならば、それを森崎や「会」が〈沖縄の筑豊化〉と呼びならわすことも本来は決して不可能でないからだ。実際、この言葉を森崎が文章中に用いたこともあるが、それは一度限りのことである。〈沖縄の筑豊化〉という言葉が時系列上は誤りでないとしても、森崎（と「会」）はこの言葉を恒常的に選択することはなく、むしろ、沖縄問題や沖縄闘争を我有化しているという誹りを免れないような、所有格の「わが「おきなわ」」という言葉をあえて選択した[*48]。その選択それ自体が間違いなくひとつの政治であるのだが、それでは不穏当な物言いですらあるこの言葉はいかなる理由によって選択されたのか。前出の「接触の思想」を、森崎は次

＊44　『ははのくにとの幻想婚――森崎和江評論集』現代思潮社、一九七〇年、三四〇頁。
＊45　これは当時、石田郁夫や竹中労、佐木隆三といった日本のジャーナリストやルポライターたちが果敢に沖縄の現地を取材し、沖縄社会のアンダーグラウンドな現実や、復帰協や教職員会といった復帰運動の大組織とは一線を画す、小規模だがよりラディカルな実践の試みを報告していたこととは、ひどく対照的である。
＊46　この問いについては白始真氏との対話から示唆を受けた。
＊47　前掲「筑豊からの報告」一四八頁。

のような文章で締め括っている。

　私事に及ぶが、私は北九州で労働者らと「沖縄〔ママ〕を考える会」という小集団をもちあっている。彼らが編集発行する「わがおきなわ〔ママ〕」というプリント刷りの機関紙がある。それはわが身のうちに沖縄の思想を発見すべく名づけられた。それを沖縄に持参した会員は、わが沖縄〔ママ〕とはけしからんというとっさの反応を受けた。まずそのように反射的に反応するものの中にこそ、沖縄は語られている。私はその反応の積極と保守の結合を沖縄共同体における民衆の対外的触手として受けたいと思う。そしてその苦汁にみちた凝縮力の、その反作用を、沖縄が発する本土民衆への「わが本土」として耳をすませたいと思っている。*49

「わが「おきなわ」」とは、〈沖縄問題〉の解決主体を日本側にナショナライズすることで沖縄の闘争の主体性を簒奪するような独善的な運動論ではない。また、沖縄は沖縄の、日本は日本の、それぞれの課題をたたかおうといった分離主義的な運動論に落ちつくものでもない。「わが「おきなわ」」を発するとき、「苦汁にみちた凝縮力の、その反作用」としての「わが本土」が投げ返されること、そこに相互的な新しい関係の可能性がうまれることへ森崎と「会」は賭けていたのであり、したがってそれはひとつの〈呼びかけ〉としてあったことになる。この呼びかけとしての「わが「おきなわ」」は、次のような森崎自身の問いを支える方法でもあり、沖縄との「共闘」の基本的な構えでもあった。

　たとえば沖縄解放とは何か。沖縄県民を異族として認識し共闘する勇気や根拠を私たちは持っているのか。その固有の歴史から本土との同祖同根的側面を抽出して共闘したり、あるいはその固有性のなかから共同体験とはなりがたかった歴史的・思想的側面のみを抽出して異質文化の独立へと追いつつ共闘と称したりする道以外の道を創造しうるのか。朝鮮民族に対しても。また階級内の他の原理を軸とした結集に対しても。／多くの渦をもちつつも流浪しはじめているその音が聞こえるのである。結論を急ぐべきではない。[*50]

森崎の沖縄論がいまもなお強い現在性をもっているとすれば、それはこのように同化にも異質化にも与することなく、呼びかけのうちに新しい関係を――しかも沖縄／日本という二者関係に収斂しない形で――打ち立てようとする点にある。それは平坦な試みでは決してないが、その試行錯誤と苦闘のなかに「耳をすませ」て「わがおきなわ」と「わが本土」を互いに聞き取ろうとするとき、森崎と沖縄の「共闘」はかすかにはじまりうる。

ところで、「接触の思想」の内容については前節でもふれたが、この論考の重要性もまたその表面

＊48　なお、本文ですでにふれてきている谷川健一の叢書もまた『わが沖縄』であるが、これは森崎と「会」が用いる意味での「わが」「おきなわ」」とは異なるものであった。「その強制された苦悩の人間的な高さにおいて沖縄は本土を打つ普遍性を所有している。（…）沖縄は、日本人のもっとも醒めた頭脳と熱い心臓をうばいつづけてきたし、これからもうばうだろう。そうした意味で沖縄を呼ぶのに「わが」という呼称を用いるのはそれ以外に適切な呼び方がないと考えるからである」（前掲「叢書のはじめに」（頁数は記載なし））。

＊49　「民衆における異集団との接触の思想――沖縄・日本・朝鮮の出逢い」前掲谷川編『沖縄の思想』二五四頁。

＊50　前掲「非政治的基底からの共闘」七九頁。

的な内容からだけでは言い尽くせない。そこで沖縄とともに書き記された与論島や朝鮮の存在は、それ自体が日常のなかから沖縄闘争に取り組む森崎によって改めて発見され、書き込まれていったものであるからだ。

森崎は一九七〇年五月、雑誌『月刊たいまつ』誌上で連載「与論島を出た民の歴史」を開始している。全一二回となったこの連載は、連載五回目より当時九州朝日放送のディレクターであり、「会」のメンバーでもあった川西到との共同執筆になることが報告されている。七一年四月に終了したこの連載は、その後同じタイトルで同年一〇月に単行本として刊行されるが、加筆修正を経た単行本版では、一冊の歴史書としての体裁を整えるためか、連載時には度々強調されていた森崎たちの執筆上のモチーフにかかわる記述が概ね削除されている。しかし、そうした削除部分にこそ、この一九七〇年という時期に与論島民の移住の歴史を森崎たちが探る意味が端的に語られていた。次の引用は連載初回からのものである。

与論島からの集団移住者の苦闘は、この基本的意識構造が封建社会の中で、各地方とも地域的限定を受けて特異な形成をみている側面を（実はこれこそ民衆における生活意識の多様性として先取りすべきであったのだが）支配の側に占有されて、分裂支配の手段とされた点である。このことは近代化を経て今日の私たちには無縁にみえる。けれども、例えば沖縄問題が反権力共闘関係では収まりきれないものを私たちにつきつけてくるのはやはりその点であって、民衆は自ら、自分らの創造した集団のみならず、その相互関係の思想を思想化せねばならなくなっている。／沖縄は七二年返還が、佐藤・ニクソン会談で決定された。支配権力は沖縄返還を維新後の同祖同根論を基盤にして、沖縄民衆がたたかいとったその自治力を消滅させ、その基礎の上に資本の論理を貫徹させてアメリカ側の理念および現実と日本のそれとを結合させようとしている。[*51]

同連載で森崎と川西が追求したのは、奄美諸島の離島である与論島の民衆によるその長きにわたる移住の歴史をたどりながら、「血縁」と「共働」、すなわち民族的な集団と階級的な集団との相克の過程を叙述することにあった。与論島民は明治期以降、飢餓や島に存在した債務奴隷制度（ヤンチュ）からの解放のためにおこなわれた三池炭鉱の積出し港である長崎・口之津への集団移住にはじまり、満州への開拓移民や戦後の引揚げにまで至る長い流転の歴史を歩んできた。[*52] 口之津や三池では差別的な待遇や蔑視を受けながら、あくまで血縁的な共同性を軸に結束を維持していた与論島民は、集団としては資本側に都合よく搾取され、時にはスト破りに動員される存在でもあった。この歴史のなかで人びとが抱えてきた苦悩やもがきを、移住後も綿々と受け継がれてきた島の伝統的な祖霊信仰についての精神史的叙述と合わせながら、一種の〈未発の階級闘争史[*53]〉として記したのがこの「与論島を出た民の歴史」である。森崎と川西は、同連載（同書）を通して〈血縁（民族）による共同性〉と〈共働（階級）による共同性〉が互いを打ち消しあうことなく、両者の「結晶」がうまれえるような

---

*51 「与論島を出た民の歴史（第一回）」『月刊たいまつ』九号、一九七〇年五月、五〇―五一頁。

*52 与論島民の移住の歴史については、南日本新聞社編『与論島移住史――ユンヌの砂』（南方新社、二〇〇五年）、井上佳子『三池炭鉱「月の記憶」――そして与論を出た人びと』（石風社、二〇一一年）なども参照。

*53 『与論島を出た民の歴史』を階級闘争の書として読むという視点は、佐喜真彩氏に示唆を受けている。

関係性を想像／創造しようとした。[*54]

そのうえで、先に引用した連載初回での記述は、こうした与論島民の歴史を追いかける先に「沖縄解放とは何か」という森崎の問いかけがつながってもいたことを指し示している。それは単に与論島と沖縄の地理的な隣接性から導かれるものではなく、「自分らの創造した集団のみならず、その相互関係の思想を思想化」せねばならないという課題において、与論島民の抱え込んできた苦闘は沖縄の現在形の苦闘に通じていたのである。また付け加えるならば、別のある文章で森崎は、与論島民が経験してきた差別的な待遇は、筑豊─北九州における「産業構造としての下請・孫請制度」に引き継がれているだけでなく、労働者を取り巻く「精神構造として」もなお「根のごとく現代日本の基底に巣くっている」とする新たな視点を提示している。[*55] 沖縄と与論島は、南島論における〈琉球弧〉のまとまりといったものとは違う形で、独自の節合をここに成していく。

こうした与論島民の歴史が書き込まれてもいる「接触の思想」は、異質な民衆同士の「出逢い」の歴史を多層的に探っていくテクストであるがゆえに、炭鉱の地下労働の現場で強制的に遭遇させられた日本・沖縄・朝鮮の底辺民衆の葛藤をも召喚している。それぞれに流民たる人びとを半ば強制的に引きあわせていく帝国と資本の暴力にたいする批判を前提としたうえで、森崎は、一方では坑夫たち、とりわけ女坑夫のような「労働力を売る以外に何一つ所有するものなく、戸籍すらないような者たちがもっとも深く直接的に朝鮮および沖縄と出逢ってい」たこと、[*56] 他方では、民族間の分断が最終的には乗り越えられることなく朝鮮や沖縄、与論島の民衆を抑圧するものであった現実も指摘する。ここで森崎は、民衆間の「出逢い」はあらかじめその方向を決定づけられたものではないことを示唆しているのだが、それゆえどちらにも向きうるこの「出逢い」は、わたしたちに託されていることにもなる。

そのうえで、さらに文章はここから、まだ国境の概念すら曖昧であった中世の海を闊歩し、仮に攻め入った国に取り押さえられても投降してその土地で新たに生きていくことを選んだ倭寇を中心とする海の歴史を、国家や境界の自明性を相対化し突き崩すものとして呼び寄せていく。[*57] もちろん、朝鮮や倭寇（海）、そして与論島もまた、沖縄論を展開する以前から森崎の射程には捉えられており、[*58]

＊54　「三池のヤマを離れて大牟田市内に在住する与論出身者の中に、祈禱師となった数名がいる。本土にも様々な祈禱師がいて、民衆の心情と祖霊や浮遊魂との統御をはかっているけれど、人間の情念の幅はおどろくほど広く深い。にもかかわらず与論の民は彼ら固有のそれを受けとめるものはまだ本土には見あたらないと思っているにちがいないのである。階級性とは、それら情念の幅を呑みつくし燃え上らせるほどの、時空的包含力の結晶でなければならないだろう。それはあくまでも結晶であって、単なる集合ではない」（森崎和江＋川西到『与論島を出た民の歴史』たいまつ社、一九七一年、一九六頁）。

＊55　K・M「「三池」の残したものと下請制度」『九州通信』七号、二頁（発行年月日は記載がないが、一九七〇年六月と推測）。

＊56　前掲「民衆における異集団との接触の思想」二三一頁。

＊57　こうした倭寇への評価は、同時代の大江健三郎による次のような記述とは対照的である。「五月十五日にむけて日本本土から、まことに様ざまな思わくを持った者らが沖縄にむかう。自衛隊の将兵から、土地投機でひともうけしたくらむ連中にいたるまで、まことに多様な力がおしよせるさまは、あたかも「倭寇（わこう）《ママ》」を思わせる勢いであって、それは沖縄に旅し、そこから本土日本をふりかえるのみでじつに明瞭（めいりょう）《ママ》である」（大江健三郎「謝花昇と沖縄④」『朝日新聞』一九七二年四月二四日）。

＊58　森崎と与論島民の邂逅は、三池闘争の支援の際に森崎が泊まらせてもらった社宅の一家が与論島の出身者であったことに遡る。詳しくは、単行本版『与論島を出た民の歴史』の「あとがき」を参照。

すべてがこの時点から語られはじめたわけではない。だが、それらは森崎によって沖縄と筑豊―北九州とが節合されるなかで、改めて召喚され書きとめられたものとして読まれる必要がここではある。

この際、筑豊―北九州―沖縄―与論島―朝鮮―倭寇（海）をつなげていくその結び目の数々は、東アジアといった地理的概念をなぞるものでもなければ、「大東亜共栄圏」といった帝国支配の裏返しとしてあるのでもなく、さながら数珠つなぎのような連なりにおいて節合されたものだが、これらは森崎によって描かれた特異なひとつの〈地図〉として姿を現すだろう。より正確には、森崎による思索の足跡が、沖縄にかかわってひとつの地図を浮かび上がらせていく。この点で、森崎の沖縄論の核心にあったのは地図作成《カルトグラフィー》の作法ともいえるものなのだが、それはこの同時代にヤポネシア論がもっていた沖縄にかかわる地理的想像力の作法ともまた異なるものであった。

作家の島尾敏雄によって提唱され、沖縄の反復帰・反国家論者たちにも多大な思想的影響を与えたことで知られるこの議論は、一九五五年から妻・ミホの故郷である奄美大島で暮らすなかで、島尾の日常における微細な観察眼をもとに立てられたものである。島尾は、奄美諸島や沖縄諸島からなる「琉球弧」がもつ南島の風土が、同質性に凝り固まった日本を多様性をもって相対化させるとし、南太平洋の島嶼群に倣って、日本を「三つの弓なりの花かざり」――千島弧、本州弧、琉球弧――からなる「ヤポネシア」として提唱してみせた。[*59] それは狭義の政治的言語には不可能な時間軸や空間性を、沖縄をめぐる議論へ新たに挟みこむ触発的な議論であった。[*60] だが、ヤポネシア論の地理的想像力の根幹が日本地図をヤポネシアという島々の連なりとして読み替えることにあったのにたいし、森崎の沖縄論に潜む地図作法の技法とは、そもそも地図というものが持ち合わせている場所を固定化し、時間性を排除することで地層を不変的なものとみなしていく力学それ自体から、遠くかけ離れたものだった。そこでは固定化させられた場所を所与のものとして受け入れ、線を引き入れるのではなく、場所どうしを新たな空間の関係性に取り結びながら、近代や中世という異なる複数の歴史的時間の様相までもを多脈的に書き込んでいく、ある特異な抵抗の地図——抵抗をつなぎあわせる地図と、既存の地図(作成)のあり方に抵抗していく地図——が存在するのだった。[*61] そして、この地図の先に現れるものこそが、森崎にとってのインターナショナリズムであったという事実は極めて重要である。「接触の思想」のある箇所では、現状のまま進めば施政権返還とともに「産業資本によって」沖縄の「島民は、分散され無機化されている本土民衆と共に日本産業の下部構造である請負業の員数へ編入されてしまう」事態が危惧されている。[*62] そして、それに続く次のような否定形の文言のなかに、

＊59　島尾敏雄「ヤポネシアの根っこ」『島尾敏雄非小説集成』第二巻、冬樹社、一九七三年四月(初出は一九六一年)。

＊60　島尾のヤポネシア論が与えた沖縄への影響については、東琢磨「きっかけとしての「ヤポネシア」」(『ユリイカ』三〇巻一〇号、一九九八年八月)を参照。なお、ヤポネシア論を含む日本の南島論がもつイデオロギー性については、村井紀『南島イデオロギーの発生——柳田国男と植民地主義』(福武書店、一九九二年)や田仲康博「他者のまなざし」『風景の裂け目——沖縄、占領の今』(せりか書房、二〇一〇年)を参照。ただし、島尾のヤポネシア論には、南島として琉球弧をまなざす日本側からの視線を批判する視座があったともする、鈴木直子「島尾敏雄のヤポネシア構想——他者について語ること」(『国語と国文学』七四巻八号、一九九七年八月)も併せて参照。

＊61　地図と地図作成をめぐる以上の記述は、ドリーン・マッシー『空間のために』(森正人＋伊澤高志役、月曜社、二〇一四年)の批判的考察に多くを依拠している。また、こうした森崎の地図作成の技法は、前章で言及した松田政男や平岡正明の地図論とも共鳴しているといえる。

森崎はみずからの「インターナショナルというものの感覚」を忍ばせている。

それによって私たち民衆は、接触の思想が生活文化集団間の相互性を獲得し、それを基盤に相互の固有性への不可侵の地点に至り、どうやらインターナショナルというものの感覚の基盤を体得する機会を、また失なうこととなってしまうのである。またというのは、アジアへの膨張政策によって朝鮮や中国と接しながら民衆はその伝統的な共同体感覚によって相手側を侵してしまったためである。そして民衆はその民衆次元における罪を、或る思想の欠落の結果だと感ずることすらできていないためである。[*63]

みずからが自在には動き回ることの難しい日常のなかから沖縄闘争へ取り組もうとすることで、森崎は図らずも、隔てられた立場や地理にある人びとが境界や分断のなかでいかにつながることができるのかという、インターナショナリズムの基本的な命題へと接近していた。[*64] そのうえで「沖縄・朝鮮・筑豊」には、国家と結託することで境界をときには利用しときには自在に飛び越えていく資本のとめどない動きが人びとのさらなる流動をうみだすことを予感する一文があり、森崎の抵抗の地図には最後まで新たな土地や場所の名前が書き込まれようとしていた。[*65]

そしてそれは、まさしくアンジェラ・デイヴィスがいうところの、交差する抑圧へと立ち向かう民衆自身による「闘争の交差性」の可能性を示唆するものでもあったはずだ。森崎による抵抗の地図に見出されるのは、沖縄と筑豊を結びあわせていくナショナルな軛を越えたつながりであり、流民をめぐる新たな政治的想像力の源泉にほかならない。

おわりに

本章では、一九六九年から七一年にかけ、森崎和江によって書かれた沖縄にかかわる一連のテクストを詳らかに検討し、断片的ともいえるその内容を再構成しながら、筑豊—北九州と沖縄が森崎の手によっていかに節合され、またそのなかでどのようにかの女の沖縄論が形づくられていったのかをみ

＊62　前掲「民衆における異集団との接触の思想」二二八頁。

＊63　同上、二二九頁。

＊64　ここで詳細な検討はできないが、インターナショナリズムがあくまで国家の存在を前提とし、それを横断していく政治的想像力の呼び名であるとすれば、沖縄と日本ではなく、あくまで沖縄と筑豊という具体的な地域を結びあわせようとする森崎の政治的想像力は、この同時代に太平洋の向こう側でブラック・パンサーによって提唱されたインターコミュナリズムの原理により接近するものであったのかもしれない。インターコミュナリズムについては、さしあたり酒井隆史『暴力の哲学』河出書房新社、二〇〇四年（新版二〇一六年）の第一部第二章「暴力と非暴力」を参照。

＊65　「沖縄・朝鮮・筑豊」には次のような一節がある。「けれども資本の論理はいちはやく国境を越える。日本をとりまく後進地域といわれる韓国・台湾・東南アジアとの関連は軌道に乗り出した。沖縄の労働力は本土の大企業はもとより、独占資本との関連会社には、もはや魅力でなくなっている。若い労働力さえ家事の手伝いめいた市井人の生計補助員程度の職場しかない。そして効率の高い本土の労働力は、国外の工場の指導員格で、後進諸民族の農民（まだ工場労働者とはいいがたい彼ら）に接するのである」（前掲「沖縄・朝鮮・筑豊」七二頁）。

てきたといえる。

そこでわかったのは、森崎の沖縄論がもつある種の地図的性格とそこに帯びたインターナショナリズムであった。森崎の沖縄論がひとつの地図論として存在し、既知のものとは異なる別の地図をつくっていく地図作成の技法を会得していた点は、一見隔たった場所同士を新たな空間的関係のもとに取り結ぶことに付随する運動論的な可能性をも示唆するものであった。

繰り返すが、それはなにかしらの分析枠組みや論理構造をもとにしたものではなく、あくまでも日常の次元をひとつの足がかりとして、筑豊―北九州と沖縄を結ぶつながりの回路の生成過程そのものを描き出していた。そこから浮かび上がるこの抵抗の地図は、必ずしも意図して描かれたものではなく、それゆえつねにある種の余白が残されてつづけていたという点では〈未完の地図〉として存在していたといえる。この地図の未完性は、それを受けとった者がさらに新たな場所を書き込むことを可能にするものであり、この点において森崎の沖縄論はいまなお色褪せることがないだろう。

そのうえで、本章では森崎と沖縄の反復帰・反国家論の同時代的なすれ違いを論じもし、また「会」の「わがおきなわ」という方法の陥穽についてもふれた。だが、森崎の議論や「会」の主張が沖縄の人びとやその闘争にまったく届かなかったというわけでもない。ここでは最後に、『わが「おきなわ」』に唯一沖縄から寄稿していた近田洋一の存在を取り上げて本章を締め括りたい。

当時琉球新報の記者であった近田は、沖縄の戦後史のなかでは決して著名な書き手とはいえない。だが、演劇「人類館」などで知られる演劇集団「創造」の結成時からのメンバーであり、一時は米民政府と会社との癒着を批判したことで琉球新報を不当解雇されたことから復職闘争をおこない（その後復職）、のちには一九七一年の沖縄ゼネスト警官死亡事件の冤罪にかんする松永裁判闘争の支援の中心ともなるなど、この時代の沖縄の運動と言論、芸術表現にひろくかかわった人物である。この近田が『わが「おきなわ」』に連載「沖縄通信」を開始するのは六号（一九六九年一一月）からのことであるが、これは先述したように「会」による映画『沖縄列島』の上映会に招かれて近田が筑豊をはじめて訪問したあとのことだった。森崎や「会」のメンバーに連れられて筑豊を回ったという近田はその際の印象を、沖縄の新聞労組の機関誌における連載で次のように綴っている。

> 「生産点の崩壊」→すなわち「運動の崩壊」という、図式を突破して進まないかぎり、強力に進展する現代資本主義を根底からくつがえす闘いはおそらく組みえないだろう。沖縄の七二年返還が決まり、政治的にも、経済的にも、沖縄が本土の支配体制により深く組み込まれ、ダイナミックな崩壊と再編がおこなわれようとしているとき、築豊〔ママ〕に見たのは、七〇年代沖縄の戦慄的な予感であった。かなり以前、ぼくたちは本土が沖縄を知らないことをなげいた。しかし、真に恐れるべきは、本土をぼくたちは知らないということだ。*66

森崎や「会」と同様に、施政権返還を目前に控えた沖縄にやがてくるであろう〈未来〉を近田は筑豊の〈現在〉に感じとったのであり、近田は単なる共感以上の具体的な課題の共有の必要性をここで

---

*66 近田洋一「沖縄⇒築豊・ひとつの予感（1）」『沖縄労働者新聞』一号、一九六九年一二月二二日（沖縄大学図書館新崎盛暉文庫所蔵）。連載記事は全六回。なお、連載の最初には、「筑豊」が「築豊」と誤表記されていたが、二回目以降はすべて「筑豊」に訂正されている。

語っている。「本土をぼくたちは知らない」という近田の言葉にこそ、「わがおきなわ」という呼びかけへの応答としての「わが本土」が模索される瞬間が刻まれているといえるだろう。

そのうえで、近田は連載「沖縄通信」の一回目でも同様に、「筑豊にあらわれた欠落の問題を、我々はいぜんとしてかかえたままであり、まさに今日の筑豊を、七〇年以後の沖縄の予感として、そこに感じた」と記しながら、「会」の活動がもつ意義について次のように語っていた。

「沖縄《ママ》を考える会」が、今後どのようなかたちで発展し、深められていくかは、予測のつかないことなのですが、単なる沖縄のカンパニアでないところに、ぼくは「会」の確かなありようを見たのです。おそらく、機関紙「わがおきなわ」に、おきなわの字が一行ものらなくなったとしても、ぼくは確実にその中に沖縄を感じるだろうと思うのです。ぼくは、まったく新しい質の連帯運動が創造されていく萌芽ともいうべきものを見て、心強く思っています。奮闘していきましょう。[*067]

「おきなわ」の文字のないところに、沖縄を感じ読みとること。このすぐれて翻訳的といっていい近田の一節ほど、「会」の思想を適切に理解し把握しえたものはない。同時にそれは、間接的にではあるが森崎による沖縄論以外のテクストを、沖縄論として交差的に読んでいく可能性を拓いているという点でも貴重なものだ。「会」の活動が途絶し、森崎も沖縄論を展開しきれなかったという事実が変わることはない。だが、近田のテクストは、「会」の活動が決して一方通行ではない、沖縄にとっても触発的なものでありえたことを伝えてやまないものだ。

この近田の連載「沖縄通信」の原稿は『わが「おきなわ」』の発刊が遅延しだすなかでも定期的に「会」へと届けられ、その最終号まで掲載されつづけた。それは沖縄と筑豊のあいだで交わされた、小さくもたしかな「共闘」の姿であったことを記憶しておこう。

＊67　近田洋一「沖縄通信1」『わが『おきなわ』』六号、一九六九年一一月、五―六頁。

第五章　「ふるさと」の「幻想」——流民としての「からゆきさん」をめぐって

はじめに

筑豊時代の森崎和江は、同時代的なテクストを集めた評論集と書き下ろしの著作とを活動の両輪としながら、作家活動をおこなっていった。そのうえで、筑豊時代の第二の時期が一九七一年頃に終わりを迎え、第三の時期の最初のまとまった仕事として七四年に『奈落の神々』を上梓した森崎が次に取り掛かったのが、〈からゆきさん〉（以下、山括弧を省略）と呼ばれる海外で娼婦となった女性たちの歴史を執筆することであった。最終的にこれは七六年、『からゆきさん』（朝日新聞社）へとまとめられるのだが、この作品は筑豊時代の最後の書き下ろし作品となるものであり、およそ二〇年間にわたる筑豊での森崎の思索における実質的な終着点を指し示すものでもあった。

からゆきさんとは主に近代以降、島原や天草など九州地域を中心に、生まれ故郷の貧苦を理由に海を渡ってアジアの各地で娼婦として生きることとなった日本人女性を指す。そのかの女たちの精神史を追った『からゆきさん』は、一般的にはルポルタージュないしはノンフィクション作品として認識されることの多い著作だが、当時の新聞資料や歴史資料などを丹念に読み解いた歴史書としての性格をもちあわせてもいる。現在まで二度にわたり復刊（一九八〇年、二〇一六年）されている同書は、とりわけ近代公娼制度研究においては現在も先駆的な先行研究として参照されつづけており、実証性という側面でも高い評価が与えられている。

これまでも『からゆきさん』は森崎の筑豊時代の集大成となる作品として、ひいては森崎の全キャリアを代表する作品として言及されてきた。たとえば、水溜真由美は、森崎が同書において「日本の近代化の過程で国境を越えて異国で性労働に携わったからゆきさんを民族・国家の架け橋となる使者に見立てた」と位置づけながら、森崎が筑豊時代に一貫して追いつづけた「集団間の分断と交流というテーマは、幼少期の植民地体験を媒介としながら、民族間の分断と交流をめぐるテーマへと接続されていった」のであり、その点において「男女間の交流と民族間の交流のテーマを含む『からゆきさん』は、（…）森崎の中間時代の最後を飾るにふさわしい集大成的な仕事であったと言える」と評価した。[*1]

また、『からゆきさん』によって森崎はそれまでの硬質な印象が拭えなかった文体を、平仮名表現を多用した柔和なそれへと改めることで広範な読者層を獲得することに成功し、加納実紀代は同書によって「森崎は作家として「メジャー」になった」と形容した。[*2] 出版社もそれまでの著作が概ね左翼系と括ってよい版元からであったのにたいし、同書は朝日新聞社という大手から刊行された。筆者の手元には一九七六年七月一五日付の九刷版があるが、これは実に発売からわずか二ヶ月でのことであり、異例のスピードといっていいだろう。以後、森崎のもとにはありとあらゆる媒体からの原稿依頼が届くようになり、職業作家としては確固たる地位をえることになる。

＊1　水溜真由美『『サークル村』と森崎和江――交流と連帯のヴィジョン』ナカニシヤ出版、二〇一三年、三三五頁。
＊2　加納実紀代「交錯する性・階級・民族――森崎和江の〈私〉さがし」同編『文学史を読みかえる7　リブという革命――近代の闇をひらく』インパクト出版会、二〇〇三年、二六七頁。

ここで『からゆきさん』の概略を記しておこう。同書は基本的にはからゆきさんたちの足跡を歴史的かつ地理的な広がりのもとに位置づけていくが、それと並行する形で物語の横糸として、森崎の友人である「綾さん」と、綾さんの養母でかつてからゆきさんであった「おキミ」とのエピソードがその都度断片的に綴られる構成をとっている。日本の植民地支配が本格化していく朝鮮半島で娼婦として朝鮮人を相手にした天草出身のおキミはからゆきさんであった過去のトラウマに苦しめられており、時に「狂気」と化したその言動で綾さんに迫るが、おキミの「狂気」に接することで綾さんもまた「狂気」へと駆られ、その苦しみを友人であった森崎にぶつける。これらに併せてテクストの前半部分では、からゆきさんの渡航の実態とかの女たちにたいする社会の侮蔑的まなざしが当時の新聞資料などを通じて詳細に記述されていく。そして、後半部分では、からゆきさんたちがみずからを取り巻く過酷な状況をどのように生き抜こうとしていったかが、歴史資料やほかの文献からの引用とともに、森崎による（元）からゆきさんとの長年の取材・対話を通じて記されている。ここではからゆきさんの複数的である経験の位相が語られ、おキミと同様の過酷さを共有しつつも、朝鮮や清国（中国）の義賊や馬賊、また安重根のような革命家や日本人のアジア主義者らと行動をともにしたり、東南アジアの地でそれぞれの「クニ」を求めていった女性たちの姿が描かれてもいる。とりわけ焦点を当てられるのは「おヨシ」こと島木ヨシ（以下、ヨシ）の人生であり、からゆきさんとして上海に渡ったのちにその地から逃亡してシンガポールへ渡りそこでゴム園のオーナーとなると、一時故郷の天草へ引きあげて結婚・離婚を経験してからインドへと再度渡ってその地でマッサージ店を経営したという半生と天草での最期が、その時々のかの女の心情とともに綴られる。

ところで、佐藤泉は、協働的な聞き書きという森崎のスタイルに基づいた作品として『からゆきさん』を位置づけながら、しかしからゆきさん（たち）と安重根（たち）との果たされなかった未明の「出逢い」の場すらテクストのなかで創り出そうとする同書の「場違いの賭け」ともいえる森崎の方法に触れて、「この書き手が圧倒的な独自性を発揮する地点で、「聞き書《〔ママ〕》」というジャンル、基本的に集団創造で作り出される文学ジャンルは終わるのだろうか」、「森崎はその独自性をもって「集団」になる運動を停止するのだろうか」という問いを投げかけている。[*3]

からゆきさんたちの心情はかの女たち自身の語りとしてではなく、あくまで森崎による地の文のなかでまとめられており、『からゆきさん』は『まっくら』の聞き書きと同様の形式やスタイルに基づいた作品というわけでは必ずしもない。だが、佐藤も指摘するようにおキミや綾さんは架空の形象ではなく実在のモデルが存在し、また佐藤が別の文章でふれるように、同書は一九八〇年代以降の森崎の〈転回〉の契機となる作品でもあって[*4]、実際この〈転回〉を経たのちの森崎はたしかに「「集団」になる運動を停止」させていくようにも映る（この点については第六章および終章を参照）。『からゆきさん』を（純粋な）聞き書きの書とすることにはいくらかの留保が付くとしても、同書は〈集団〉という視座からみればたしかに森崎の思想変遷上の大きなメルクマールといわざるをえない作品である。そのうえで、本章では『からゆきさん』を森崎の「「集団」になる運動」の分岐点ないしは終着点

---

*3　佐藤泉「からゆきさんたちと安重根たち——森崎和江のアジア主義」『越境広場』創刊〇号、二〇一五年三月、五一頁。

*4　佐藤泉「森崎和江『からゆきさん』——傷跡のインターセクショナリティ」（坪井秀人編『戦後日本の傷跡』臨川書店、二〇二二年）を参照。

として捉えたうえで、前々章・前章に引きつづき、やはりこの時期の森崎に一貫した視座である流民の観点から同書を読み解いていくことを基本的な構えとする。からゆきさんという存在は、森崎が筑豊時代の第二の時期から第三の時期に跨って、みずからの主題としてきた流民たちの輻輳的な経験の結節点ないしは交差点（intersection）として存在したのであり、同書は流民という存在において重要な指標となる「故郷／ふるさと」の問題を主題のひとつとしていた。当然そこからは、〈故郷喪失者〉としての森崎自身の経験が類推されるのであり、戦後日本という時空間を彷徨いたどり着いた場所としての筑豊時代の「集大成」が『からゆきさん』であったことは、森崎にとってはある意味で必然であった。

ここでは具体的には、森崎が『からゆきさん』において『奈落の神々』の方法論を引き継ぐような形でかの女たちの「精神史」を描きながら、いかなる点を思想化しようとしていったのかに注目する。単なる歴史ではなく精神史を、しかもそこからかの女たちの生きられた思想を析出し〈書く〉ことのなかにこそ、森崎のからゆきさんと「「集団」になる運動」が見出されるだろう。この作業に必要な作業は、同書をそれ単独で完結したものとして読み解くのではなく、同時代の森崎の他のテクストとあわせて考察することだ。本章で注目する「ふるさと」や「幻想」といった『からゆきさん』に頻出する言葉、とりわけ前者は、筑豊時代の第三の時期における森崎の中心的な鍵概念のひとつとして他のテクストにも頻繁に現れる。これらの言葉の含意を正確に把握するためにも、同書は森崎の同時代のテクストと併せて読むことが必要となる。

以下、第一節では、『からゆきさん』という著作に伏流する森崎のなかの複数の文脈を確認しながら、同書がこの時期に書かれなければならなかった理由をあきらかにしていく。そのうえで、第二節では、森崎が流民としてのからゆきさんの精神史を追いかけるにあたり、かの女たちの「アジア体験」に注目した重要性を、『からゆきさん』から立ち現れる地図の問題にふれながらみていく。そして、第三節では、この「アジア体験」と一見矛盾するようなからゆきさんの「故郷／ふるさと」をめぐる森崎の両義的な記述を分析しながら、森崎が最終的に見出した「ふるさと」の「幻想」というからゆきさんに独自の「力」を析出する。

一　交差点、結節点、終着点

本節ではまず、森崎の『からゆきさん』執筆への経緯と、そこに至る複数の文脈を確認しておきたい（以下、本章での引用時の括弧内の頁数は同書初版（一九七六年）による）。

『からゆきさん』の冒頭で森崎は綾さんとの出会いを「二十年ほどむかしのこと」（三）であり、また当時「わたしは、からゆきとは、売られた女の娼楼での呼び名だと思った」（八）と記しているように、森崎がからゆきさんという存在を知ることになったのは戦後における綾さんとの出会いのなかであった。同書の二〇年前とすればおおよそ一九五〇年代半ばごろとなるが、「綾さんとわたしとはいつどこで知りあったのか、二人とも思いだせないのだが、たがいに結婚しても折々会っていた」（三）という記述からして、両者の出会い自体は森崎が結婚した一九五二年以前からのものであり、したがって五〇年前後にまで遡るとも考えられる。

だとすれば、からゆきさんという主題それ自体は、筑豊時代以前からおよそ四半世紀近いあいだ森崎のなかにありつづけたことになる。森崎がからゆきさんの存在について自身の文章ではじめてふれたのは、一九六五年の女性論『第三の性』でのことであるが[*5]、同書のなかでは特別この点が深められることはない。その後、筑豊時代の第二の時期にさしかかると、度々からゆきさんの存在がテクストで言及されるようになり、六九年には谷川健一・鶴見俊輔・村上一郎の責任編集による『ドキュメント日本人』シリーズ（學藝書林）の第五巻『棄民』に、『からゆきさん』でも主要な登場人物として登場する「おヨシ」を主題にした「からゆきさん――あるからゆきさんの生涯」を寄稿している[*6]。そして、『奈落の神々』の執筆を終え、本格的に『からゆきさん』の執筆にとりかかったと思われる七四年以降は、からゆきさんの存在が森崎のテクストに顔を覗かせる機会が増えていった。

そのうえで、同書が筑豊時代の第三の時期の最後に書かれたのは、ある意味では必然であった。からゆきさんを論じるうえでは、かの女たちを取り巻く複数の軸のうちどれかひとつを抜き出すのではなく、その軸同士の絡みあいこそを論じなければいけない。さしあたって、海外で娼婦として生きていったからゆきさんという存在には性（女性）、階級（底辺民衆）、民族（日本人）という三つの軸が交差していたと考えられる。この性、階級、民族という主題はいずれもが森崎の筑豊時代を象徴するものであるが、そのうちのどれか二つが交差する次元についてはそれまでにも論じられることはあったものの、三つすべてが交差する次元について問われることはなかったといっていい。

ただし、からゆきさんという存在においてこの三つの軸はすべてが被抑圧の経験として結びついているわけではないことにも注意が必要だ。民族の次元において、からゆきさんはあきらかにアジアの抑圧に加担する存在であった。森崎も一九七四年六月発表の「からゆきさんが抱いた世界」のなかで、貧困の末に出郷することとなったかの女たちの階級性を強調しつつ、そうして「からゆきさんすら一椀のめしを現地の民衆とうばいあう関係のなかにいた」ことを指摘し、またその最後でも「彼女らもまたすべての日本民衆と同じように他民族の一椀のめしを叩き落とす存在ともなっていた地点を、見逃してやるような不遜な立場をつくり出すことなく」とふれている。[*7] この点で、ブラック・フェミニズムにおける一般的な交差性の議論と『からゆきさん』の内容とを簡単に接続することはできない。むしろ、『からゆきさん』の特異性とは、抑圧と被抑圧の絡みあった地点に交差点を設定したことであり、それはみずからもまた「植民二世」である森崎だからこそ見出しえた視点であった。

他方で、からゆきさんは、森崎が第二の時期以降にみずからの主題としてきた複数の流民たちの結節点としても存在した。『からゆきさん』のなかでは、からゆきさんと坑夫／石炭との絡みあった関係性が語られるが、森崎が筑豊時代に追いかけた複数の流民たち――流民型労働者や（女）坑夫、与論島出身者、沖縄（人）、在日朝鮮人、そして、からゆきさん――はまったく個別に存在したわけではなく、むしろそれぞれは密接に結びつき、相互に関連づけられていた。

明治以降に本格的な採炭が開始される炭鉱の周辺には各地の農村からだけでなく、先にみてきたように与論島や明治以降日本国家に併合された沖縄からも人びとが流入し、また〈外地〉である朝鮮半島からは一九一〇年代以降渡航者が増え、戦時期には強制連行がなされた。一方、からゆきさんが海

＊5　『第三の性』三一書房、一九六五年、一四八頁。
＊6　なお、森崎は一九六六年にラジオドラマ「天草の海へ」（北九州市立文学館所蔵森崎和江資料）の脚本を担当し、からゆきさんの物語を綴っている。
＊7　「からゆきさんが抱いた世界」『現代の眼』一五巻六号、一九七四年六月、一二三頁。

外に密航で渡る際には、海外に輸出へと向かう石炭船の奥底に押しこめられる場合が多く、からゆきさんの渡航先と石炭船の輸送路は重なってもいた。[*8]また、近代公娼制度下で新たに娼婦となっていったのは、松方デフレなどによって資本主義体制下で困窮した貧農・都市下層民の女性たちであり、かの女たちの一部が〈内地〉の軍都、そして朝鮮などに渡っていったとされる。[*9]当時の福岡の新聞資料などから、『からゆきさん』のなかでからゆきさんの出身地を割りだした森崎は、そもそも筑豊の坑夫とからゆきさんの出身地には重なるところが多かったとする。

こうした流民たちの絡みあいは形を変えて敗戦後もつづいていく。植民地支配からの解放によって炭鉱から朝鮮人労働者やその家族の多くが朝鮮半島へ帰還する傍ら、今度は旧植民地からの引揚者たちが新たな労働力としてそこに引き寄せられる。だが、早くも一九五〇年代半ばから炭鉱の合理化と閉山は進行し、人びとが次第に炭鉱から流出していくなか、こうした坑夫の家族からは、新たに性産業へと従事する女性たちも数多く存在したという。[*10]また、前章でみてきたように、六〇年代〜七〇年代の合理化・閉山過程で筑豊―北九州にうまれた「流民型労働者」らと森崎は六〇年代末から沖縄闘争に独自に取り組むが、〈復帰〉を目前にした沖縄では労働者の日本（本土）への流出が危惧されていた。

このように改めてみていくと、森崎は筑豊を起点としながら流民たちの系譜ともいうべきものを独自に探り当てていたことがわかる。このなかで、性と階級、民族の次元が絡みあったからゆきさんの存在は、遡及的な形で流民たちの結節点として浮かび上がっていくものであり、また坑夫／石炭とはひとつのある運命を、しかし別様に共有していた。天草出身でからゆきさんとなったヨシは、もともと地元の小さな炭鉱で幼い頃から働いていたが、炭鉱での労働の経験はからゆきさんとなって以降のかの女の生き方にも影響していたのだと森崎は推察する。

わたしは、ヨシが上海を無事ぬけだしたことや、外人の店にとびこんだこと、そこからまたぬけだしたことなどをみていて、かつての炭坑での労働がその生き方のささえになっているように感ずる。／炭坑の作業は熱帯にまさるともおとらぬ熱気のなかでのものである。まっくらな、いつも死の恐怖におびやかされた孤独な現場でおこなわれる。その地面の下の、じめじめしたくらやみを這いまわって、少女も石炭を掘った。背を引き綱でくいやぶられ、膿をながしながら掘った石炭を地上までだした。／からゆきさんのなかには、炭坑からつれだされる娘もいたが、この背にできた傷跡や、百姓や漁師の娘よりもぶこつな手足のために、誘拐者が引きとらなかった例があるほどで、新聞では密航もできぬ炭坑婦とわらわれた。ヨシはその炭坑でくろうして、しんのつよい、泣きごとをいわぬ娘になっていた。（一八三―一八四）

＊8　倉橋克人「「からゆき」と婦人矯風会（1）――九州の一地域女性史の視角から」『キリスト教社会問題研究』五一号、二〇〇二年一二月、五三―五四頁（注五五）、清水元『アジア海人の思想と行動――松浦党・からゆきさん・南進論者』NTT出版、一九九七年、一〇四―一〇九頁。

＊9　藤目ゆき『性の歴史学――公娼制度・堕胎罪体制から売春防止法・優生保護体制へ』不二出版、一九九七年、九三―九七頁

＊10　同上、三八一―三八四頁。

森崎はこのようにして『からゆきさん』のなかで（女）坑夫とからゆきさんの人生とをつなぎあわせているのだが、この両者の存在をうみだしたのはともに日本の近代（化）そのものであった。この点で筑豊時代の第三の時期の著作である『奈落の神々』と『からゆきさん』は通底した問題意識を抱えている。たとえば『奈落の神々』のなかで森崎はみずからのこの著作を「近代的合理主義の洗礼を受けることなく、近代的生産の暗黒界へ入った人々の苦闘史」として表現しているが、[*11]先述の「からゆきさんが抱いた世界」のなかでは、からゆきさんに「いたましげに寄り添いつつ、自らの生活態度をくずそうとはしない市民的なまなざし」を断じながら、「私たちはからゆきさんに対応するとき、近代化自体への批判と対決をこめないかぎり、猟奇性の枠を超えない」としていた。これはからゆきさんという存在が「日本の近代化のひずみそのもの」だからだという。[*12]近代（化）批判という視点は坑夫とからゆきさんを構造的にも結びつけているが、だからこそ『からゆきさん』には坑夫／石炭の存在が書き込まれているのであり、こうした点からも『からゆきさん』は筑豊時代においてこそ書かれなければいけなかった書物であったことがわかる。

そのうえで、森崎は『からゆきさん』発表の翌年におこなわれたと推測される上野英信らとの移民史をめぐる対談で、同書の執筆のモチーフを次のように語っていた。

> けれども生活者というのはそういうふうに、出ていきたくて出ていったわけではなく、食いつめて出ていくわけですからね。そしてそこで、いかに生きるかを自分に問いつづけているんです。先達のいない荒地に注がれている思想性というのはたいへんなものだと、炭鉱にきてしみじみ思いました。私は国外に売られた女を書こうと思ったわけではなくて、そういうふうに村から追わ

れるように出て、くりかえし一人になって開拓していった、名もない人びとの精神のあとをたどりたいと思ったわけです。それをたどるためには、私が女として生まれたこと、さらに国外で生まれたこと、そういうものを重ねて掘らなければ身動きできませんから、たまたま『からゆきさん』という形で書いたわけです。[*13]（傍点、引用者）

ここで語られているのは、坑夫たちが経験したような「出ていきたくて出ていったわけではなく、食いつめて出ていく」という流民としての階級性に、「私が女として生まれたこと」という性の視点、そして、「国外で生まれたこと」という民族（植民地）の視点が「重ねて掘ら」れたことによって『からゆきさん』が編まれたという事実だ。『奈落の神々』がそうであったように、『からゆきさん』もまた流民の「精神のあと」をたどる物語として書かれた。それでは、からゆきさんたちにとってのこの「精神のあと」を森崎はどのように記述したのか。

以下の節からは、具体的に『からゆきさん』とそれに関連する森崎のテクストを検討することとしたい。

＊11　『奈落の神々――炭坑労働精神史』大和書房、一九七四年、三五四頁。
＊12　前掲「からゆきさんが抱いた世界」一一八―一一九頁。
＊13　森崎和江＋上野英信＋金原左門「もうひとつの移民論――移民史への視角」『歴史公論』五巻一号、一九七八年一月、三二頁。

二 「アジア体験」の意味

　ところで、『からゆきさん』での森崎もまた、前章とは異なった意味でひとつの地図作成をおこなっているといえる。森崎の沖縄論が軍事的な地政図ともヤポネシア論的な地図の読み替えとも異なった沖縄にかかわる別《オルタナティブ》の地図を浮かび上がらせていったのにたいし、『からゆきさん』でのそれはどちらかといえば別の地図というよりも、ある既知の地図をなぞっていく感覚を与える。

　同書のなかで森崎は、『奈落の神々』がそうであったように、当時の福岡の新聞資料を丹念に紐解きながら、かの女たちの渡航の実態とアジアでの道のりを正確に掴むことを心がけている。だが、同時代の帝国日本のアジア侵略の動向と一体でもあったからゆきさんの足跡ゆえ、そこから浮かび上がるかの女たちの地図は、帝国による侵略の地図としての「大東亜共栄圏」と重なってしまうものでもある。

　からゆきさんが明治維新とともに海をわたってから、およそ半世紀、もはやクニからのがれようもなく、クニの保護のない公娼制のもとで女たちはアジアの全面戦争に余儀なく参加させられていった。どこかでくらしがなりたつように、というからゆきさんののぞみは、「皇道的世界統一主義」をとなえだした内田良平などの理念とまるでぴったり一致するかのように、大東亜共栄圏のイメージへと吸収された。「おくにのためだ、追放をはずかしがる必要はない」ということば

——、シンガッパから追いかえされるからゆきさんへ、はなむけとされたこのことばは、そのまま女たちのうえに生きて女を追いつづけた。（二三四）

福岡の港から密航でアジアに渡っていき、初期にはロシアや朝鮮半島などアジアの北側へ渡り、次第にアジアの南側へと移動の範囲を拡大させていったからゆきさんたちの道のり。それらが象る地図は、俯瞰の視点からみれば「大東亜共栄圏」の地図そのものとなってしまい、かの女たちの存在は「侵略の尖兵」以外の何物でもなくなる。そこには森崎が沖縄にかかわって浮かび上がらせた抵抗の地図がもっていたあの開放性／解放性はないだろう。しかし、たとえからゆきさんの地図が帝国のそれと同じ曲線を描いてしまうのだとしても、その地図に込められたかの女たちの想いまでもが帝国の侵略と完全に同一化されるわけではない。

この意味において、「「侵略」と「連帯」を具体的状況において区別できるかどうか」こそが問われることになるのは間違いないだろう。森崎は『竹内好全集』の「月報」に寄せた一九八〇年の文章のなかで、アジア主義にかかわって竹内好が発し物議を醸したあの「そもそも「侵略」と「連帯」を具体的状況において区別できるかどうかが大問題である」の一文がみずからにとっては生きる指針となってきたことを率直に語っている。[*14] 森崎が竹内を深く敬愛し、竹内の著作を「玄洋社および黒竜会関係の書」とともにみずからの〈愛読書〉にあげたことはつとに知られる。[*15] また、竹内の逝去直

＊14 「一行の言葉——竹内好先生をしのんで」『竹内好全集』第八巻月報二、筑摩書房、一九八〇年。
＊15 「民族的固有性とは」『日本読書新聞』一五六九号、一九七〇年一一月二日。

後の追悼文では『からゆきさん』を竹内へ献本したことにふれられているように、『からゆきさん』は一面では竹内への森崎なりの応答であり、それは『からゆきさん』という著作が森崎のなかで近代への問いとアジアとに直結していた点にかかわるだろう。竹内の存在にみずからの両親を重ねあわせてもいた森崎にとって、竹内のアジア主義の議論とはかけがえのない文字通りの〈思想資源〉であったのだが、一方で同書の終盤で森崎はからゆきさんと日本のアジア主義者との交わりをとりあげながら、次のように後者を厳しく断罪してもいる。

　ふたつのからゆきは、あいまじわるかのようにみえながら、ついにひとつになることはなかったのである。からゆきさんにとってクニは、ふるさとであった。志士たちは、ふるさとを棄てて、一身をかえりみることなく、天下国家をうれう特権にひたっていた。／このふたつの渡航は、ちょうど雨しょぼを踊る娼妓と滔天のあいだがらに似かよう。くらしがなりたつことを求める生活者と、理念に生きようとする特権層と。（二二八―二二九）

宮崎滔天については近年、加藤直樹『謀叛の児――宮崎滔天の「世界革命」』（河出書房新社、二〇一七年）が発表され、滔天に一貫し続けた世界革命への志向性と、侵略に堕することのないアジアへの連帯意識とが再評価されてもいる。しかし、いまここではさしあたり、こうした森崎の滔天やアジア主義にたいする評価を検討することが課題ではない。重要なのは、「くらしがなりたつことを求める生活者」と「理念に生きようとする特権層」を森崎が切り分けている点であり、地図の問題もこの文脈で捉えられることが可能だろう。地図を俯瞰することができるのが「理念」を司る「特権層」だとすれば、「生活者」は「くらしがなりたつことを求める」なかでみずからの地図をつくりそこに生きていこうとする。たとえ後者のそれが侵略行為と紙一重なのだとしても、森崎にとっては分け入っていくことなしには価値判断できるものではなく、そこに竹内の批判的な継承者としての森崎の姿が立ち現れもする。[*16]

それでもなお、わたしはおヨシを船出させたくなる。ボルネオに逝ったおフネへむかって。おフネに子らをあずけて死んでいった名もない女たちへむかって。／海に流れている無数の沈黙。玄界灘にながされた十二歳の少女のなきがら。多田亀〔引用者注――当時の代表的な売春斡旋業者の一人〕に放り棄てられた娘の死。そのかずえきれぬ魂がえがいた民間外交の未来図をひろいあつめ、その吹く風のようなこえごえにおヨシたちと耳をすませたい。（二一六）（傍点、引用者）

そして、この森崎が「耳をすませた」からゆきさんの「精神のあと」の核となるものが、かの女たちの「アジア体験」にほかならない。この「アジア体験」という言葉は、『からゆきさん』のなかには直接現れることがなく、むしろ前節でふれた「からゆきさんが抱いた世界」のなかに頻出するものだ。ただ、『からゆきさん』の発表直後の短い談話形式の文章でも森崎は「〝からゆきさん〟のなかには、女の性の歴史が、国が同伴した〝アジア体験〟として在るわけです」と語っており、この時期の

＊16　なお、森崎と竹内、アジア主義との関係性については、以下の対談も参照。酒井隆史＋佐藤泉「接触と連帯の思想」（『現代思想』五〇巻一三号、二〇二二年一一月、とくに二一二〇―二二六頁）。

隠れた鍵語のひとつであったことが窺える。[17] 以下、この「アジア体験」の位相を具体的にみていくこととしよう。

『からゆきさん』には冒頭でふれたおキミ以外にも、さまざまなからゆきさんの姿や声が書きとめられている。そこには、多くのからゆきさんが過酷な状況下で若くして亡くなったなか、なんとか日本に帰郷することのできたからゆきさんたちの声が収められてもいる。だが、かの女たちにとって故郷はもはやみずからが心を落ち着かせられる場所ではなくなっていたという。

森崎は故郷へと帰還した（元）からゆきさんたちが「内地は好かん」とか「内地人は腹のこまか」とこぼすのを幾度となく聞き取った。[18] そして、からゆきさんとしてのかの女たちの生活は「植民地で逃亡不可能に近い売春の日々を強要された」ものであったことを絶えず確認しながらも、[19] その生活のなかでかの女たちは独自の感覚を涵養していったとする。それはたとえば、売春の客たちのなかでは同胞である日本人が最も厄介な客であり、現地人の客はこちらの要求を聞き入れてずっと「やさしかった」というからゆきさんの実感にあった。

また、一見して帝国日本の侵略を下支えするナショナリズムと同一視されてしまうようなからゆきさんの行為や発話のなかにも別の感覚が潜んでいることを、森崎は見出していた。先からとりあげてきたヨシは、自身がインドで開いたマッサージ店に雇った同じく元からゆきさんの女性たちに、「ジャパニーズ・レディ」としての誇りをもち、「生きた日の丸」として「民間外交」を立派に担うのだといって発破をかけたという。ともすれば、無邪気な帝国意識の発露ともとられかねないナショナリズムの外皮をまとった言葉である。しかし、そのなかにあるのは、ヨシが異郷のアジアの土地で人びとに受け入れられ、迎えてもらうための心構えであり、周囲に恥じるようなことはしないという決意が込められていたと森崎は読み解く。

このことは、「日本人の気性をお目にかけましょう」といって清国で馬賊とともに行動していったからゆきさんや、日露戦争の際に祖国である日本に献金したからゆきさんの想いとも重ねられるという。森崎は、祖国である日本がアジアの国々と結びつくことをかの女たちは心の底から願ったのであり、そこには「あなたをわたし（日本）は裏切りません」と「同じような境遇の他国人に対して」呼びかけるような想いが託されていて（一七二―一七三）、安重根もまた日露戦争時には日本に希望を託していたと付け加える。

しかし、かの女たちのこうしたアジアへの想いは、最終的には帝国と化していく日本の侵略の現実によって消し去られていく。日露戦争に勝利した後、朝鮮を支配下におさめさらなるアジアへの侵略を目指す日本がおこなう鉄道敷設工事の現場先には娼館がつくられていったが、そこで働かされた日本人女性のうちのひとりがおキミであった。工事現場で日本人の現場監督から日常的に暴力を受けていた朝鮮人の男性労働者たちは、日本の植民地支配による苦しみと慟哭をぶつけるように、日本人の娼婦であるおキミを買い、かの女を尿が漏れるまで座らせて立つことを許さなかったという。おそらく『からゆきさん』においてもっともよく知られた、そしてもっとも重苦しい場面である。加害と被

＊17 （A）「グラビア（著者とその本）――「『からゆきさん』の森崎和江氏」」『新刊展望』二〇巻五号、一九七六年五月、頁番号記載なし。
＊18 前掲「からゆきさんが抱いた世界」一二二頁。
＊19 同上、一二一頁。

害はねじれながらぶつかり合い、どちらにも（しかし異なる）深い痛みを残す。
また、満州事変以降、日本が国際社会から一層孤立を深めていくなかで、ヨシのインドでの立場もそれが「生きた日の丸」であるがゆえに困難なものとなっていき、かの女は遂には日本へと戻らざるをえなくなる。その後、ヨシは晩年を天草で過ごすことになるが、日本がアメリカと開戦するに至り、周囲にたいして「こがんこまんか国が世界の白眼ばうけて、なんのよかこっがあろうか。日の丸ば、よごして」と憤り、「わしらがどげえ民間外交ばしたっちゃ、国がそれば汚してしまうなら、わしらの仕事は国に殺されよるも同じこっちゃ」と言い切ったという（二〇三）。[*20]
からゆきさんたちにとって故郷への帰還はもはや安らぎとはならず、そこはかの女たちにとって異郷のように思えた。そのうえで、逆説的にもこうした感覚のなかにこそ、かの女たちの「アジア体験」の意味が詰まっていることに森崎は気づいた。

「帰ってこんがましじゃった……」との怒りと悲しみの声音のなかには、実に多面な、思想のカオスのごとき体験がつまっている。アジアへの心の広がりと国家的侵略。アジア諸民族との接触と戦争。その接触の性の姿……。[*21]

からゆきさんたちは厳しい抑圧的な状況下でも、それぞれの土地に根付きながら、どこまでもその土地の民として生きていこうとした。帝国としての〈祖国〉やそこに住まう人びとはからゆきさんの生活を次第に「土民志向型」[*22]の遅れたものとして認識し蔑むようになっていったが、そこには帝国とからゆきさんの意識のあいだでの断絶が現れていた。先の「帰ってこんがましじゃった……」と帰郷を後悔するからゆきさんたちの言葉が「けっして自由とはいいかねる売春生活の場」での経験によって「吐かれたことに、私は応答のしようのない心境に追われた」ことを吐露しながらも、森崎はからゆきさんたちの感覚のなかにこそ「民衆自身による内的開拓」があると「からゆきさんが抱いた世界」で説いた。[*23] それはたとえばかの女たちに「多様な民族の拮抗によって開拓されるインターナショナルな心情世界」をもたらしたという。[*24] 帝国のアジア（大東亜共栄圏）とからゆきさんの「インターナショナルな心情世界」はのちに重なりあってしまった側面は拭えず、やはりそれは危ういものでしかないが、だからといって切り捨てられてよいものではなかった。

そして、こうした民衆による「内的開拓」の姿は炭鉱においてもみられたものだとしながら、森崎はそのような感覚が長らく忘却され見向きもされてこなかった現実を次のように指摘した。

それは潜在したままであり、方向付けこそ行われていないけれど、ひとすじの血のように、流れ発光するものがある。からゆきさんは仲間うちでは自明な何ものかを、外側から判断すれば全面的な奴隷状況下で、はらんでいた。[*25]

＊20　ただ、それでもヨシは戦局の悪化に伴う金銀銅などの供出の要請には、みずからのインド時代の貴重な思い出の品々を差し出すことで応じたという。『からゆきさん』（二〇三―二〇四頁）。
＊21　前掲「からゆきさんが抱いた世界」一一三頁。
＊22　同上。
＊23　同上、一一二頁。
＊24　同上。

「ひとすじの血」が「流れ」ることによって「発光する」とはあまりに強烈なイメージの喚起力に満ちた表現だが、このような言葉でしか言語化することが不可能なかの女たちの感覚を追いかけることこそが、森崎がみずからに課した課題であったことが窺える一節だ。そのうえで、一面的な解釈を受けつけないからゆきさんたちの精神世界を、森崎が次のような表現によって書きとめていたことを想起せねばならない。その要約不可能な重みは、からゆきさんの「アジア体験」を捉えることの途方もない困難さを伝えるものである。

そこには性と階級と民族と国家とが、観念としてではなく、いたいけな少女への強姦のようにして煮詰まり渦巻き青白い炎をあげているのである。それはすべて深く関連していて、どれか一側面ばかりを受けとめようとしても、からゆきさんには無縁なこととなるだろう。[*26]

もし仮にこれがからゆきさんの交差性を言明するものだとすれば、それは概念としての交差性がからゆきさんという存在に当てはまることを意味するものではない。交差性という視座が立ち現れ必要とされる瞬間をこそ、この記述は書きとめている。そのうえで、かの女たちのなかでは「すべて深く関連してい」ることの複雑さと困難さに分け入るために森崎が用いたのは、一見同義である「故郷」と「ふるさと」という差異化された言葉であった。節を改めてこの点を検討したい。

三　「故郷」と「ふるさと」のあいだ――「力」としての「幻想」

前節では、森崎がからゆきさんの流民としての「精神のあと」をその複雑極まりない「アジア体験」のなかに見出していたことをみてきた。一方で、『からゆきさん』のなかで森崎は、からゆきさんの多くが九州は島原や天草の出身であった理由を、島原・天草の環境や風土、性意識などに起因するともしていた。からゆきさんが海を渡っていったのは、故郷の土地で形成されたその開放的な感覚によるところが大きかったという。

> 実は、そのようなくらしへむかってひらいていく感性を、からゆきさんの多くは、ふるさとを出るときからもっていたのである。村の若者宿や娘宿でそだてられた心情をもち、人から人へかようこころのあることを信じ、だれかがくらしているところなら、唐天竺であろうとも生きていけぬはずはない……〔ママ〕とかの女たちはふみだしていったのである。親代々よそへ稼ぎにいっていた村むらがつたえてきた開放的な気質である。（二一七）

ここで森崎は、からゆきさんがアジアの土地で生き抜いていった理由をかの女たちの故郷の風土に求めているように読める。だが、からゆきさんは故郷を離れ、流民として生き抜くなかで「アジア体

＊25　同上、一二二―一二三頁。
＊26　同上、一二三頁。

験」を会得していったはずである。一見すると矛盾を抱えているようなこうした森崎の「故郷」への理解について、それらが含意するところを丁寧に分節化してみていきたい。

そもそも、森崎が説明しているように、〈からゆきさん〉という言葉自体は九州北西部に伝わるものである。この地域から〈唐（から）〉つまり中国大陸の方へと出稼ぎに渡っていく人びとを称して〈からゆき（唐行き）〉と呼んだのであり、このうち、主に娼婦となる女性たちがからゆきさんと呼ばれたという。そして、森崎は、島原・天草から多くのからゆきさんがうみだされた理由として、かの地の絶対的な貧困と海に面して他郷との接触を長らく保ってきた地理性とともに、解放的な性愛文化の伝統をあげた。若者たちは若者宿や娘宿といった場所に集まっては一対一の関係性に限定されることのない「幅広い性愛」の関係を育んだのであり、こうした性愛文化は村の娘たちをのちにからゆきさんとして生き抜かせたのだという。

わたしはからゆきさんがこのような〔天草の――引用者〕風土のなかで育ったことを心にとめておきたいのである。ここにはりくつぬきの、幅広い性愛がある。それは数人の異性との性愛を不純とみることのない、むしろ、性が人間としてのやさしさやあたたかさの源であることを、確認しあうような素朴なすがたがある。／（…）／村から外へ出るときも、娘たちは娘宿ではぐくまれた感情を心にたたえた娘のままであったにちがいない。人間をやさしく抱擁するという感じかたをもつ子らは、人を疑う力にとぼしく、たのまれればふところへ抱き込むことを、生きることだと考えただろう。（五六―五七）[*27]

こうした森崎のアプローチは故郷の理想化と隣りあわせの危ういものでもあり、その筆致はかの女の意図に反した文脈に回収されかねない余地を残している。ここではふたつの文脈を指摘する必要がある。

まず、こうした島原・天草の風土にからゆきさんの存在を結びつける言説は、翻ってかつて、戦前の廃娼運動がからゆきさんら海外娼婦を島原・天草に特有のものとして特殊化することで糾弾し、地域全体を改良の対象として措定したことと表裏一体のものとならざるをえない。[*28] 宋連玉は戦前の廃娼運動の主張を「帝国のからゆきさん言説」と形容したが、[*29] このことに森崎はどれほど意識的であったのか。

またそれは、主として一九六〇年代から台頭するルポルタージュやイエロージャーナリズムの世界

＊27 この引用部分のすぐあとの段落で森崎は、「村むらは貧しかったのだ。が、そのひもじく、寒いくらしの底にこの血汐は流れつづけた。おおらかで、そしてふてぶてしいエネルギーを脈々と流してきた。この気脈なしに娘たちも村びとも「からゆき」を生きぬくことはできなかった。新しい国家としての明治日本は、出稼ぎするほかにはひもじさを癒せない人びとに対して、全くなんの力にもならなかった」（五七）と指摘している。だが、それでもここで引用した箇所は『からゆきさん』に内包された危うさを象徴しているだろう。なお、のちに『からゆきさん』の物語を年少者向けのフィクションとして編み直した一九八〇年の書き下ろしの著作『はじめての海』（吉野教育図書）では、こうした若者宿・娘宿での性愛文化は必ずしも開放的なものとしてだけ描写されているわけではない。

＊28 嶽本新奈『「からゆきさん」――海外〈出稼ぎ〉女性の近代』共栄書房、二〇一五年、一五〇―一五五頁。

＊29 宋連玉「「慰安婦」・公娼の境界と帝国の企み」『立命館言語文化研究』二三巻二号、二〇一一年一〇月、二〇六頁。

でのからゆきさんへの好奇に満ちたまなざしと、図らずも近似したものになりかねない。この時期、男性の書き手たちはエッセイや週刊誌上の記事などでからゆきさんを一方では卑しい存在として表象し、他方では家族のために尽くしたけなげな女性として美化する憐憫な語りを駆使して、かの女たちの存在を都合よく消費していった。

こうした極めて男性中心的なからゆきさん表象とその言説にたいして真っ向から批判を展開したのが、山崎朋子の『サンダカン八番娼館』（以下、『八番娼館』）であったといえる。[*30] 一九六六年から「アジア女性交流史研究会」を主宰し、近代以降の日本とアジアの底辺女性たちの交流史を追及した山崎の『八番娼館』は、からゆきさんを取り巻いた家父長制と性差別（性暴力）の抑圧を指摘し、これを厳しく批判した。

この『八番娼館』のためにおこなわれた山崎の九州取材をサポートしたのは、「アジア女性交流史研究会」の会員として山崎とも交流をもっていた森崎その人であった。[*31] 一方で、この『八番娼館』で山崎はからゆきさんの経験を悲劇的なものとしてのみ断定的に解釈しながら（元）からゆきさんの女性たちに接しており、また山崎のなかに潜在する東南アジア原住民へのレイシズムが露わになっているなど、同書は多くの問題を内包している。森崎の『からゆきさん』執筆の要因のひとつにはこうした『八番娼館』への不満があったのだが、[*32] 一方で『八番娼館』や『からゆきさん』が執筆された一九七〇年代は、日本においてはウーマン・リブが進展した時期であり、また他方では日本人男性による韓国への妓生観光に代表される、アジア各地への買春観光が国際問題となっていた時期でもある。そのなかでは、男性たちの〈買う〉行為を焦点化し問題化すべく「買春」という言葉が意識的に選択されるようにもなっていた。[*33]

そして、森崎による島原・天草の性意識についての記述は、ともすればこうした同時代的な言説とは釣りあわないもののようにもみえる。次の引用は、『からゆきさん』の自著解題的な文章からのものだが、ここでいわれる「ただの男や女」とはいったいなにを意味するのだろうか。

からゆきさんはアジアの申し子です。まだ近代国家の生まれるまえの、女の性なのです。くにが名のりあげるまえ、アジアは、国から思い思いにあふれだしてさまよう、はだしの人間たちのものでした。かつての封建の秩序はくずれ、まだ近代という歯車もない。男や女も、ただの男や女でいることができました。[*34]

＊30 山崎朋子『サンダカン八番娼館——底辺女性史序章』筑摩書房、一九七二年。
＊31 研究会の機関誌『アジア女性交流史研究』を読んだ森崎は山崎に手紙を送り、正式に研究会の会員となると、同紙に積極的に寄稿し、一時期は雑誌の編集委員も務めながら、筑豊・北九州では独自に姉妹研究会をつくるなどしていた。山崎と森崎の交流については、山崎朋子「『アジア女性交流史研究』の思い出」同＋上笙一郎編『アジア女性交流史研究』（港の人、二〇〇四年）を参照。
＊32 前掲「からゆきさんが抱いた世界」を参照。この点については、前掲嶽本『「からゆきさん」』の序章および終章も参照。
＊33 高橋喜久枝「日本の〝性侵略〟を恥じる——「キーセン観光」反対の運動から」（『統一評論』一四七号、一九七七年八月）を参照。のちの一九九〇年代の著作では森崎もこの語をタイトルに用いながら、福岡における近代公娼制度の歴史を綴っている。『買春王国の女たち——娼婦と産婦による近代史』（宝島社、一九九三年）。
＊34 「噴きあげる存在の毒」『週刊読書人』一一三四号、一九七六年六月七日。

これらは現在の地点からすればあまりに素朴で、無防備な言辞のようにも映る。森崎はこのようにして危うさを冒しながらも、からゆきさんたちの故郷の風土やそこでの性意識を美しいものとして記述した。それは、騙されることを時にうすうすと気づきながら、それでも決意をもって海（の）外へと渡っていったからゆきさんたちの心情に森崎自身が向きあおうとするためだったとは考えられる。『からゆきさん』のなかには次のような記述もある。

> からゆきという出稼ぎは、いかにせっぱつまった嬌声によって開かれたことか。さしあたって身近な窓からとびださねば、家族もろとも奈落へしずむ、と、知りぬいているものたちが、人も我もすくう思いで幻の僥倖にすがるように開いた道だった。からゆきさんを身近に知る人は、売られたとも自分でとびこんだともはっきりわけられない、という。密航の途中でみつけられた娘たちのなかには、誘拐者の名も誘拐のこともめったに吐こうとしないものもすくなくなかった。それはおそらくかの女たちのぬきさしならぬ賭けであったのだろう。（九一―九二）（傍点、引用者）

一方で、『からゆきさん』にはかの女たちの故郷についてのこうした記述とはベクトルの異なった既述も存在する。そして、このベクトルの異なる記述を同時代の森崎の他のテクストと照合するとき、森崎は故郷の風土を単に美しいものとして理想化していたのではないことが理解される。また、そこにこそ、流民であるからゆきさんの「アジア体験」をどのように森崎が思想化していったかをあきらかにする鍵がある。

森崎は『からゆきさん』において「故郷」と「ふるさと」という一見同義な言葉を概念的には差異化して用いている。森崎は、「故郷」を実在の領土的な概念であり実際に人びとがうまれ暮らした場所として用いる一方で、「ふるさと」を「故郷」から離れた人びとがみずからの心に思い浮かべる記憶としての心象風景を表す言葉として用いている。この「故郷」と「ふるさと」の分裂とズレはあくまで森崎が設定したものであり、当の（元）からゆきさんたちが明確にしたものではない。だが、この分裂とズレのなかに、「故郷」≒「ふるさと」を想いながら、それゆえに現実の「故郷」とどうにもすれ違っていってしまうかの女たちの両義的な感覚を表現してみせようと森崎は試みた。

落ちつき先を心にさがす女たちに、ふるさとの水があわなくなるのだろう。ながらく、くにの外にいて、数ヵ国のことばを話すようになり、心に描くふるさとと現実の故郷とはどこかくいちがってくるのだろう。（二一五）

森崎もまた、現実の「故郷」がもちえた残酷さへの冷徹な認識を忘れてはいなかった。『からゆきさん』の執筆段階にあった時期のある文章では、「ふるさとやその方言を失った流民は私一人ではありません」とした森崎は、「昔からたくさんの人びとが、ふるさとからこぼれ落ち」たことを指摘し、「ふるさとはこぼれ落ちた人を捨てることで成り立ってきたといって過言ではありません」と断言した。[*35] 故郷の貧しさは絶対的なもので、容易には帰還を許さなかったのであり、「ふるさと」とは「故

＊35 「ふるさと考（五）露店のおもちゃ」『暗河』一〇号、一九七六年一月、一〇六頁。

郷」の村落共同体から「こぼれ落ち」「脱落」[*36]したものたちが心に思い描くものにほかならなかった。したがって「ふるさと」それ自体は文字通りからゆきさんたちの「幻想」であるのだが、この「幻想」を単なる儚いかの女たちの夢幻だとはしなかった点にこそ、森崎のからゆきさん論の核心が存在する。

　在日朝鮮人の元女坑夫の老婆とからゆきさんとを重層的に語る一九七五年一月のある文章の末尾で森崎は、それまでの文章中の平易な文体から一転して、硬質な表現を用いながら次のようにして「ふるさと幻想」なるものについて語っている。

> ふるさと幻想を新たにせよ。その物神崇拝的な自愛本能を組みかえよ。いまはしずかにほほえみかけよ、異族排除の山河に、そなたの任は終わりました、ありがとう、と。[*37]

　この部分について、水溜真由美は『からゆきさん』を読み解いた先行研究のなかで、「ふるさと」という「幻想」は、「半日本人」であると称されてしまう在日朝鮮人や、からゆきさんのように「ふるさと」を追われた人びとにとっては安らぎとなるものではなく、それゆえに森崎がこの「幻想」の組み換えを唱えたとする。[*38]

　だが、この水溜の解釈は、「幻想」をあくまでもネガティヴなものとして捉えることで、森崎が「ふるさと幻想」という言葉に仮託した積極的な意味を取り逃がしてしまっている。森崎がここで批判したのはあくまでも「かつての農漁村共同体への追慕に終始」する「伝統的な「ふるさと」幻想」の姿であって、[*39]からゆきさんが抱いた「ふるさと」への「幻想」それ自体を否定したわけではない。

もちろん、「幻想」は、幻でしかないがゆえに、やがてはアジアとともに生き抜こうとしたからゆきさんたちを深く傷つけることになっただろう。繰り返すが森崎もまたかの女たちの夢が帝国日本によって裏切られ、その夢がいつしか「大東亜共栄圏」のそれへと簒奪されていったこと、そうしてかの女たちが図らずも「侵略の尖兵」となっていってしまった現実を書いている。しかし、からゆきさんたちの「幻想」そのものに込められているのは、流民であるかの女たちの痛切な「アジア体験」の重みであり、森崎はその「幻想」が裏切られていく残酷さのなかに、かの女たちの「幻想」が抱いた理想の深淵を見出さずにはいられなかった。

> 民衆の思想的創造力はその生まぐさい混沌のなかにある。ふるさとを追われ、生み出したものをうばわれ、なお生きている幻想力のなかに。[*40]（傍点、引用者）

どうにもぎこちない造語ではある。だがそれは、紛れもなくかの女たちがみずから培った「力」の

＊36 「ふるさと考（二）さわって！」『暗河』六号、一九七五年一月、一〇八頁。
＊37 同上、一〇九頁。
＊38 水溜真由美「森崎和江『からゆきさん』をどう読むか」『女性・戦争・人権』五号、二〇〇二年一二月、八四―八五頁。
＊39 前掲「ふるさと考（二）さわって！」一〇九頁。この部分は初出時には記載されていたものの、『匪賊の笛』（一九七四年）収録時には削除されている。
＊40 同上、一〇八頁。

在処を表している。「アジア体験」と「ふるさと」の「幻想」とが混流するなかからうみだされたかの女たちに固有のこの「力」は、祖国である帝国の欺瞞を見抜いては(「帰ってこんがましじゃった……」)、いつの間にか「故郷」と祖国なるものの自明視された同一性やその唯一性、絶対性を踏み越えていってしまうものだ。それが現実には可能性の次元にとどまるものだとしても、わたしたちがそこで取り逃がしてはいけないのは、「幻想」の残酷さではなく、「まずしい孤独な女」であるからゆきさんが「幻想を後生大事に、いつの日か現実のものにしようと生きていた姿」ではないのか(二一六)。森崎はそうしてかの女たちの「力」と思想を聞き取ったのである。

からゆきさんは村むらで「郷に入れば郷にしたがう」という心で生きていた。〔「プノンペンでフランス人と結婚し、フランスでも天草の田舎と変わらない暮らし方をしたという(元)からゆきさんの――引用者」おサナをはじめ、海をわたったからゆきさんはそのことばのまことのこころを知っていたのかもしれぬ。わたしなどには忍従を強いるものとしかきこえぬけれども。からゆきさんのなかには海のむこうの郷にいり、汗水流して働くそこの土壌に降りたつことができた人もいる。そしてそれは、ふるさとに埋もれるようなよろこびとなるのだった。(二一三―二一四)

そのうえで、最後に、この流民としての「故郷/ふるさと」の問題は、森崎その人が長年抱えてきた問いでもあったことを改めて想起しよう。森崎にとって、実在する「故郷」としての朝鮮・慶州がどれほどにかけがえのないものであっても、森崎自身の存在に帝国日本の植民地主義が深く刻印されてしまっている以上、その土地は帰るべき場所とはなりえなかった。一九六八年の訪韓を間近に控えたある文章のなかで森崎は、「私は故郷をもたない」と語り、慶州についてては「ふるさとに近い感情をもっている」という極めて微妙な表現を用いることで[*41]、その心に打ち立てられた「故郷／ふるさと」との埋めがたい距離をつぶやくように語った。

この葛藤が森崎の心を縛りつづけるものであったとして、流民たちによって築き上げられた土地である筑豊は、地下で働く坑夫たちがどれほどに未知の存在であったとしても、森崎にとってはほとんど運命的な場所であったといっていい。ここに、第三章でみたような『無名通信』での「女の故郷」をめぐる座談会での議論やあの「川筋女集団」の存在を重ねあわせるとき、炭鉱の女性たちと森崎が達した「故郷はつくるほかないねえ」という結論は、一九七六年の森崎その人にもたしかに通じていることになる。「ふるさと」の「幻想」を現実のものにしようとしたからゆきさんたちの道のりを、流民の土地である筑豊から描きかの女たちの「力」にふれること。そこに森崎自身の「ふるさと」があったといえば、言い過ぎになるだろうか[*42]。

＊41　「私を迎えてくれた九州」『九州人』創刊号、一九六八年二月、一八頁。
＊42　本章の＊27でもふれた一九八〇年の著作『はじめての海』では、ヨシをモデルにしたと思われる主人公の「おイト」はあくまで騙されてからゆきさんとなることになった少女として設定され、そのかの女が業者や国家の手から逃亡（＝ストライキ）することでみずからの身体を取り戻そうと決意する物語として同書は叙述されている。同書は『からゆきさん』のように複雑で入り組んだ物語としてではなく、よりまっすぐにフェミニズム的な作品になっているといえる。

『からゆきさん』を発表してから三年余りがたった一九七九年、森崎は筑豊を去り、隣接する海辺の街・宗像に移住する。それは筑豊時代の第二の時期以降の一貫した主題であり、また第一の時期から伏流してもいた流民という問いにかんする、ひとつの決着であっただろう。そこでは、女たちの「故郷」＝「ふるさと」を求める想いが、時空の隔たりを越えて重ね書きされていったようでもある。

他方で、森崎とからゆきさんが同一の地平に立っていたわけではないことも間違いなく事実だ。綾さん—おキミと森崎を最初につないだのは、かの女たち三人がそれぞれに抱えた流民としての「アジア体験」というよりも、綾さんとおキミのあいだで世代間トラウマとして継承された「狂気」であり、この狂気にふれることで森崎は否応なくからゆきさんをめぐる歴史の深層へと巻き込まれていった。それは文字通り伝染するものとして、選択の範囲外のものとして森崎には経験されたはずだ。これは『からゆきさん』の冒頭が綾さんとのエピソードからはじまる点であきらかであるが、次のような綾さんの言葉は、綾さんが自身の中絶手術の場に森崎を強引に連れていき、その手術後に「ただ覚めきって、さみしげ」（七）に森崎へと語ったものだという。

あなた、売られるということ、少しはわかった？一代ではすまないことなのよ。売られた女に溜まったものは、その子の代では払いのけられそうもないわよ。どこまでいっても。あたし、わからないの。売られなかった女というものが少しもわからないの。／……《〔ママ〕》あたし、あなたになりたいのよ。あなたはねえ、あたしの、あたしのかわりに生きている、もう一人のあたしよ……《〔ママ〕》

（七）

綾さんには、「売られなかった女」としての森崎が「わからない」。同時に、綾さんにとって「あなたになりたい」という対象として、「あたしのかわりに生きている、もう一人のあたし」として森崎は存在している。おキミに育てられながら幼少期を朝鮮の地で朝鮮人の子どもたちとともに過ごしたという綾さんにとって、植民地教育者の娘であった森崎は「橋の上の人」（一四二）であったといい、ふたりの立場と「アジア体験」は空間的にも隔たっていたことが告げられている。また、『第三の性』と同様、『からゆきさん』も「生む女／生ま（め）ない女」をめぐる断線が書き込まれた作品であり、[*43] 森崎とからゆきさんの立場も決して同一のものではない。だが、綾さんのこの呼びかけともいえないような呼びかけとその「狂気」によって捉えられ、どう応答していいのかという迷いを抱えながらも綾さんとおキミと接していくなかで、森崎は次第にからゆきさんという歴史的な存在をみずからの問いとするようになっていった。その際の通路が「流民」であったことになる。

そのうえで、綾さんと森崎は〈ありえたかもしれない〉という可能性においてのみ微かにつなぎとめられている。隔たりや断線をも包み隠さず書き込みながら、みずからとは重なりつつもズレていく

＊43　この点については、嶽本新奈「『からゆきさん』再読――「生まない女」に着目して」（『現代思想』五〇巻一三号、二〇二二年一一月）を参照。

からゆきさんたちにとっての「ふるさと」の「幻想」とその「力」を思想化した森崎は、そのことを通じて、かの女たちや綾さんとの「「集団」になる運動」をギリギリのところで試みていた。綾さんもまた、世代間という縦軸によって継承されたトラウマを、しかし植民地生まれの女たちという横軸からなる別のつながりへと拓き託そうとしていたのであり、そのことへの応答として森崎の『からゆきさん』があった。

森崎は『からゆきさん』の終幕にたどり着きながら、なお茫漠とした想いを抱えつつ、本文の最後を次のように締め括った。

もし、いつの日か人がのびやかに生きられるときが来たなら、そのときはわたしは、娼婦のさがをものびのび育てよう、と、たあいない夢をみつつ、あとがきにかえることにする。(二四〇)[*44]

＊44　晩年の森崎と対話する機会をえた申知瑛は、この「娼婦のさが」とはなにを意味するのかと森崎に尋ね、「だから、普通の女のことよ」と答えられたことを記している。申知瑛「異族の接触思想とコミューンの内在的問題たち――水溜真由美『『サークル村』と森崎和江―交流と連帯のヴィジョン―』」『クァドランテ』一六号、二〇一四年、六一頁。

第六章　方法としての人質——あるいは「自由」をめぐって

はじめに

本書ではこれまで、完全な時系列に基づいたわけではないものの、序章にて示した森崎の筑豊時代における思想変遷とその時期区分をつねに念頭に置く形で各章の議論を展開してきた。そのうえで、本論としては最後の章となる本章では、筑豊時代の時期区分に拘ることをあえて避け、筑豊時代に書かれた森崎のテクスト総体をあるひとつの視座から読み直すことを試みていきたい。この試みによって、森崎の筑豊時代の思想的な〈方法〉――あるいは方法的な思想――がどのようなものであったかがあきらかになるとともに、森崎にとっての筑豊時代が幼少期の植民地経験にたいする応答であったことが浮かび上がる。同時にこれは〈流民〉として戦後を歩むことになった森崎がなぜゆえに〈集団〉を求めなければならなかったのかという問いにたいする、ひとつの答えを指し示すだろう。

本章で注目するのは、森崎における「人質」という言葉の位置である。森崎は一九六八年から七〇年にかけてのある時期、ごく限られた回数だけこの言葉をみずからの文章で用いていた。この印象的な言葉が七八年までつづく森崎の筑豊時代でそれ以降使用されることはなく、これはあくまで断片的な形で書きとめられたものである。

森崎がはじめて「人質」を文章に用いたのは、一九六八年五月に発表した「二つのことば・二つのこころ」である。のちに詳述するが、これは同年二月に起きた在日朝鮮人の金嬉老《キム・ヒロ》による人質立て籠もり事件に接して、森崎が感じとった緊張感をもとに綴られたテクストだ。だが、森崎は単に事件を説明するために「人質」という言葉を用いたのではなく、これをひとつの契機として朝鮮にかかわるある重要な思想的提起をおこなった。「二つのことば・二つのこころ」は森崎の最も知られた文章のひとつであり、[*1] 九五年に森崎による朝鮮論を集めた評論集に再録された際には、そのタイトルに用いられている。

テクストの成り立ちとその後に現れているように、この「人質」とは第一に森崎が自身の「植民二世」という出自にかかわって朝鮮を語るための言葉であった。そして、森崎の朝鮮論が論じられる際にこの「人質」の契機はこれまでも必ずといっていいほど言及されてきた反面、単独の思想課題として検討されることはほぼなかった。[*2] 契機としての「人質」は金嬉老事件という具体的な出来事に端を発するものであり、また決して継続的に論じられたわけでもないため、森崎による朝鮮論のほかの論点との関連でしか言及することが困難なものだった。だが、本書ですでにみてきたように、森崎にとって概念をつくりあげることが至上の命題となることはなかった。重要なのは僅かな回数しか用いられなかったとしてもその言葉がもつ意味と背景であり、また森崎の思想変遷上での位置にほかならない。

＊1　このテクストを論じたものとしては、とりわけ、ブレット・ド・バリー「二つのことば、二つのこころ――森崎和江と言語行為の政治」（長原豊訳、『思想』八六六号、一九九六年八月）が重要である。
＊2　先行研究においてはほぼ唯一、佐藤泉「「半日本人」を繋ぐ――森崎和江の詩学」（『昭和文学研究』七八号、二〇一九年三月）が、森崎による「人質」の思想的提起に紙面を割いている。また同論文は植民地朝鮮での同化原理にも着目するなど、本章とも問題意識を一定程度共有している。

そのうえで、「人質」が一時的にであれ個人の自立性や主体性といったものを強制的な形で無効にされてしまう瞬間であるならば、植民地に育った「近代的自我の所有者」[*3]としての自己を解体すべき対象として捉えていた戦後の森崎の根幹にかかわる問題として、この「人質」は浮上することになる。これは、森崎が筑豊という炭鉱地帯に移り住みながら、二〇年間にわたりこの地に留まることを選択していった理由にも深くかかわる。

こうした問いを考えるにあたっては、坂口博による以下のような指摘はひとつの指針となる。

私たちが、現在、森崎和江の方法から学ぶことができるのは、彼女は「主体の絶対性」を先立てて、筑豊を対象としたのではないことだろう。もちろん、無批判に同定もしていない。自他の関係性のなかで、批判の刃を自らにも突きつけて、傷を負い苦闘しながら、変貌（変革）を「筑豊」とともに試みていった。『まっくら』に見られるように、筑豊の女坑夫は、森崎にとって、取材の目的ではなかった。もちろん単なる手段でもない。ここでは、とりあえずは「方法」であったとのみ記述するが、それは「方便」と取られてもよいだろう。それが悪いはずはない。森崎にとって「筑豊」とは「近代主義」的な自己の崩壊から、新たな「私＝自己」を創造していく、手段でもあり、目的でもあり、そして何よりも「方法」であった。[*4]

坂口は、森崎の敬愛した竹内好が唱えた「方法としてのアジア」に倣って、森崎の筑豊とのかかわり方の本質を「方法」として定義してみせた。一見道具的な印象すら与えるこの言葉は、しかし竹内にとっての「アジア」が対象への深い愛と信頼をその背景に据えていたことを鑑みれば、また森崎が竹内に両親の存在を投影していたことを改めて想起するならば、極めて的確な修辞である。そして、一九九八年という非常に早い時期に書かれたこの坂口の文章の慧眼は、森崎が近代的な主体の乗り越えという課題と格闘していたことを指摘した点にあるのだが、この視点はその後の森崎研究で十分に参照されることがなく、また坂口自身も十全に展開したとはいえない。本章ではこうした坂口の指摘を引き継ぎながら、「人質」こそが筑豊時代の森崎における「方法」の根幹であったこと、そうすることによって森崎が自身の存在に深く刻み込まれた植民地主義の暴力と近代（の限界）とを、他者との共同＝協働、つまりは〈集団〉によって乗り越えようとした点をあきらかにする。

なお、あらかじめ述べるならば、ここでの論点のひとつは、森崎における個（人）と集団の位相にある。第三章でも部分的に言及したように森崎は個（人）としての主体性や自立性／自律性がいかに重要であるかを、とりわけ一九六〇年代後半以降は多くの場で語ってきた。だが、ここで踏まえるべきは、森崎はまずはじめに個の人であったのであり、そののちに試みとしての〈集団〉に向かっていったという思想変遷上の順序にほかならない。森崎が大正行動隊の性暴力事件を経験したあとも、屈折や迂回を経ながらもなお一貫して〈集団〉を追い求めようとしたのは、〈集団〉の限界といっていい事態に直面したとしてもその解が個（人）にあるのではないことをすでに森崎が深く理解していたからだ。だが同時に、こうした集団と個にまつわる森崎の問いは、筑豊を去ることによって大きな変化を迎えることにもなるが、この点にかんしては、本章の最後ならびにつづく終章で述べることと

＊3 『奈落の神々――炭坑労働精神史』大和書房、一九七四年、三五二頁。

＊4 坂口博「森崎和江の方法（その1）」『敍説』一六号、一九九八年二月、四四頁。

する。

以下、まず第一節では、森崎が「近代的自我の所有者」である自分自身を乗り越えるべき存在として捉えた理由を、植民地朝鮮で教育者であった森崎の父親との関連からみていく。つづいて第二節では、自身の近代性を批判するために森崎が筑豊という場所を設定したこと、その筑豊時代のひとつの重大な契機に「人質」があった点をあきらかにする。最後に第三節では、この「人質」から植民地下で覚えた性的緊張を思い起こしつつ森崎がおこなった思想的提起の射程を、あえて筑豊時代には属さない一九八〇年代のテクストを参照しながら浮き彫りにする。その際には、森崎における「自由」の意味が焦点となるだろう。

一　近代的個人とその隘路

ここではまず、森崎が近代的個人としてのみずからをいかに批判的に捉えていたのかを、森崎の植民二世という出自にかかわってみていく。これは、森崎の「近代的自我」が植民地朝鮮のもとで植民者の立場にあった両親によって育てられたものにほかならないためである。

最初に略歴を辿ると、森崎の父・森崎庫次は、福岡県出身で一九一九年に早稲田大学の史学・社会学科を首席で卒業したエリートであり、大学卒業後はドイツ留学を経たうえで大原社会問題研究所へ就職するという進路コースもすでに定まっていた。だが、生家の破産に伴い留学を断念した庫次は、大学時代の恩師で社会主義者としても高名な安部磯雄の紹介で栃木に教職をえる。その後、赴任した福岡の地で九歳年下の愛子と恋愛結婚して二六年には朝鮮に渡るが、これは愛子側の両親の反対によって駆け落ち同然のものであり、そのため翌年にうまれた長女の森崎は当初戸籍には庶子として登録されていたという。[*5]

朝鮮へ渡ってからも教員であった父親は植民地教育に従事する身となり、のちには慶州中学校と金泉中学校で校長を務めることにもなった。だが、父親は個人の次元では朝鮮人にたいする差別心をもちあわせない、かれ・かの女らへの敬意に満ちた人であって、当時の朝鮮人学生たちからもそのように認められていたと森崎は語る。森崎もまた学生たちによる反日闘争への参加に理解を示しもするこの父親から、そのリベラルな姿勢を受け継いだのだと自認していた。両親による子どもたちへの教育方針は「自由放任」であり、女性が家庭のなかでのみ暮らすことのないように戒め、封建意識から子どもたちを自由にしようとし、自身を律していく姿勢を備えさせもした。このような両親のもとで育てられたことを誇りに感じていたと、森崎は幾度となく書きとめている。そうして森崎は合理的に物事を認識する態度を幼い頃から培い、女性としては自立意識に満ちた姿勢を育みながら、同時に朝鮮の風土や身近な朝鮮人たちの存在が自身の感性を形成する土台となったという自覚を備えるようになっていった。

したがって、森崎にとっての近代とはまずもって自身の感性の枠組みや土台と同義であり、「近代

＊5　本節での森崎と家族の来歴や生い立ちについては、主に「森崎和江自撰年譜」『森崎和江コレクション 精神史の旅　第五巻　回帰』（藤原書店、二〇〇九年）と、「私を迎えてくれた九州」（『九州人』創刊号、一九六八年二月）での記述を参照した。

的自我」とは森崎の人間的な根幹を指し示すものでもあった。その反面これが、父親の地元へ戦後引揚げてから直に接することになった日本の農村の共同体意識にたいする強い反発を形成させもした。森崎は村人たちが森崎を〈森崎の父親の娘〉としてだけ捉えて、そのことを根拠にかの女へ親しみをもって接してくることに嫌悪感を抱き、「おくには？」と挨拶しあって郷里によって互いの距離を計りあう地縁的な人間関係を拒否した。こうした森崎にとって「近代的自我」とは、見知らぬ日本の土地で戦後を生き抜くためのよすがでもあったが、同時に森崎はこうした自我やそれを育てた両親由来の近代的理念が無垢なものではないことも理解していた。そこには、植民地教育者であった父親にたいする両義的というよりほかない認識が横たわっている。

一九六九年一月に発表された「民衆意識における朝鮮人と日本人」で、森崎は植民地朝鮮における同化メカニズムを詳細に分析している。この文章は一見して、日本の農村共同体が異質なものと出会う際、悪意もなく相手を自己の集団に同化していく原理が超歴史的に存在し、これが植民地での朝鮮人の日本人への同化を招いたと指摘するものに読みえる。みずからの集団のもとに「異族」を組織することで日本の民衆は「こころやすらかにつきあおうとした」が、これは「異族」がみずからの属する集団より劣位にあると人びとが信じて疑わなかったからこそ可能であった。[*6] しかし、こうした指摘はあくまでこの文章の一側面に過ぎず、森崎の分析は実のところより込み入った形をとっている。

まず森崎は日本の民衆にとって文字通りの新天地であった植民地では、日本（人）社会を改めて築き上げる必要があったとし、同化政策が向けられる対象は朝鮮人だけでなく、植民者となる日本から の離郷者たち自身でもあったのではないかと指摘する。そして、森崎は同化政策が日本の民衆にとっては次の二重の意味をもって受けとめられたとした。ひとつは「天皇制への所属」であり、もうひとつは「国家的制度と絶ちきれた自己の生活原理への他者の招待」であって、「その二重性は日本内地における村落共同体の性格の再生産」だったという。[*7] ここでは村落共同体の同化原理が超歴史的なものというより、植民地において文字通り再生産されなければならぬものとして述べられているのだが、森崎は植民地では天皇制は民衆の生活原理とは通常は無縁なものであったとしながら、生活上の同化原理に分析の重心を置く。[*8] この際、日本の民衆によって同化に含みこまれた意味とは次のようなものであったという。

日本農村に農業労働者として移ってきた朝鮮人であれ、都市共同体に学生として参加した朝鮮人たちであれ、あらゆる朝鮮人をその固有の民族的な歴史性から分離した個としてとらえて、日

＊6　「民衆意識における朝鮮人と日本人」『現代の眼』一〇巻一号、一九六九年一月、一七一頁。一方で在朝日本人の朝鮮人にたいする差別意識は激烈な側面を有してもいた。この点については、梶村秀樹著作刊行委員会・編集委員会編『梶村秀樹著作集第一巻　朝鮮史と日本人』（明石書店、一九九二年）所収の第三章「在朝日本人」、高崎宗司『植民地朝鮮の日本人』（岩波書店、二〇〇二年）などを参照。

＊7　前掲「民衆意識における朝鮮人と日本人」一七四頁。

＊8　他方で、森崎は植民地支配下における天皇制の重大性を軽視したわけではない。筑豊時代の第二の時期からの森崎の思索の中心的課題のひとつには天皇制批判があり、一九七一年の評論集『異族の原基』の副題は「辺境としてのアンチ天皇制感覚の在所」と題されている。植民地朝鮮での同化・皇民化政策については、宮田節子『朝鮮民衆と「皇民化」政策』（未来社、一九八五年）、駒込武『植民地帝国日本の文化統合』（岩波書店、一九九六年）などを参照。

本民衆固有の連帯性共同性で組織し、その成員として認識しようということであった。それは日本民衆の生活次元における平等感である。[*9]

ここで、同化とは単に他者を自己の民族や集団と同一視・同一化しようとする力学のことを指してはいない。それは相手を所属する共同体から切り離し、まったき個人として取り扱うことで成立するものであり、それゆえ主観的には「生活次元における平等感」を意味していた。しかし、日本の民衆が「そのとき考えなかった」のは、「朝鮮人にとって現実に食うためには、日本への同化以外の道は残されていな」かったことであり、「また日本人民衆の厚意の押し売りに応ずることは、彼の部分的な死を意味していた」という酷薄な現実であった。[*10]

そして、森崎はこの地点で自身の父親を文章のなかへ召還することになる。父親は敗戦が近づき、同化原理における皇民化の圧力が増すなかで朝鮮人の学生たちに「わが家の歴史」を書かせたという。ここでは、父親が皇民化への対抗原理として朝鮮人の「わが家の歴史」を書かせたのか、それとも日朝同祖論に回収されるような「わが家の歴史」を書かせたのかは曖昧であり、それがかれにとってどのような挫折だったたかは必ずしもはっきりしないが、そのうえで森崎は次のようにつづける。

私の父は私に対しては、私をわが家の歴史から自立させせんと近代的でデモクラティックな育て方をした。家系について知らされたり系図に接したり縁者の愚行をきかせられたりしたのは敗戦ののちである。それまで幼年の私をつかまえ、女は日に三度も火を炊くようなくらしをしてはならないよ、などといい、朝鮮人、日本人がなぜ、ともに人間として平等であるか、を日常の会話の芯とし、私が「わが家」へ傾斜することをいましめ、集団に対する個人の優位を話しきかせ、そのように生活させた。つまり彼にとって「個人」は、両民族の無権力者が自己を確立するとともに民族的調和へ到達するための通路であったのだ。[*11]

父親は農村共同体や天皇制の同化原理とは異なる民族間の交流の回路を、個という存在に託そうともがいていた。それは森崎にたいする「近代的でデモクラティックな育て方」と同一の原理に基づいたものであり、別の文章でも森崎は「国民意識のあわあわしい個人主義的な日本人」である自身が、植民地支配と同化政策のゆえに「国民意識に敏感に反応する個人主義的な朝鮮人」青年たちと、「父を媒介にして、或る共通感覚を育てあった」とした。[*12]「それは市井の多感なデモクラティックな個人のもとへ出入りする、多感な青少年層との人間的な親しみ」なのであり、[*13]森崎もまたこの父親が用意しようとした回路を通じて朝鮮人青年たちと出会っていたことになる。だが、こうした個を通じた「民族的調和」が、先述したように朝鮮人を所属する共同体から切り離し個人化することでなされる同化とも一脈を通じてしまう側面は否めない。[*14]

＊9　前掲「民衆意識における朝鮮人と日本人」一七五頁。
＊10　同上。
＊11　同上、一七六頁。
＊12　「傷つかぬふるさと」『展望』二〇〇号、一九七五年八月、一〇頁。
＊13　同上。

そのうえで、森崎は植民地下での父親の苦悩に単に同情の意を寄せるのではなく、その個人間の「通路」に「民族的調和」を求めたがゆえの罪過を強調しながら、自身の存在と感性それ自体もまた無垢ではないことを認めた。同時に、この罪過はそもそも両親の結婚そのものにまで遡らなければならないことを、植民地朝鮮をまだ明瞭には語らなかった一九六〇年代前半にもすでに森崎は自戒とともに書きとめていた。森崎は前章でもふれた七七年の竹内好への追悼文のなかで、「それでも私には、自分の生誕のいみを問うことだけが、あのいまわしい一連の近代を問い直し、かつ、生きることでございました」という一節を書き残している。[*15] それはこうした自身の出生に絡みつく歴史的構造とそこでの日本人たち（両親たち）による一見個人的な選択の現実を直視し、再度批判的に捉え直すことにほかならなかった。

私は幼少のころ、家父長的因習にさからって恋愛結婚の正当性をきずこうとし、自由放任を家のスローガンにしていた父と母を、まるで選ばれた一対であるかのように感じて育った。互が相手の資質への尊重をかたむけるのを、むきあった均衡かとみた。だが日本を割ってつっ走る表裏の二街道から個別に逃亡し亀裂を埋めようとする時間が戦争の遠因とどんなに深くつながっていたか、私は戦争と敗北とを、私の生誕の意味と重ねあわせて深く感じとるようになった。[*16]

個別に貼りついた日本的血縁意識のバックボーンに依拠せずに自我を形成することの価値を、近代的な人間関係における自我の奔放さとともに植民地で教えこまれた。近代的自我の所有者である故に平等だ、植民地主義に倫理をゆだねてはならぬ、人種無差別に人間の愛の選択自在を謳歌せよ。若い父母と私は孤立を小市民的に共有する単純さにあった。[*17]

筑豊時代の第一の時期に特徴的な硬質な語句の連なりによる文体が、かえってここでは、みずからの意識を言語化することの困難と苦しみを切迫感とともに表しているようにも読みえる。〈日本〉がもつ封建的な価値からの脱出と自分たちが胸に抱くその理想の現実化は植民地朝鮮においてこそ実現されたのだが、それでも両親はその地からみずからの近代的理念を貫こうと努めた。この巨大な矛盾に引き裂かれた両親の痛みを否定することなく、それをわが事として引き受けながらも、近代的個人である自身が無傷のままでいることもまた戦後を日本で過ごす森崎には許されなかった。[*18]

＊14　車承棋はこの時期の日本の自由主義者・教養主義者の思想が帝国主義と植民地主義の土台のうえに成り立つ特権的かつ矛盾的なものであった事実にふれて次のように指摘するが、これは当然森崎庫次にも当てはまるものである。「日本の経済的成長と帝国主義的膨張という歴史的条件のもとで、自由主義者・教養主義者たちは、意図せず帝国主義的特権を持つことによって、存在の現実的制約を相対的に超越した所で普遍的・批判的思想の場を持つことができたが、その特権の供給所である帝国主義的暴力と植民地主義の現実が存在する限り、自由主義者・教養主義者たちの思想は常に致命的に毀損されざるをえなかった。すなわち、これらの人たちは、暴力と殺戮の対価を享受しながら暴力と殺戮を否定しなければならないという、二律背反の状況に陥ってしまうのである」（車承棋「戦後の復旧と植民地経験の破壊——安倍能成と存在／思惟の場所性」同＋権赫泰編『〈戦後〉の誕生——戦後日本と「朝鮮」の境界』中野宣子訳、新泉社、二〇一七年、一二五頁）。

＊15　「竹内先生とのおわかれ」『日本読書新聞』一八九八号、一九七七年三月一四日、一頁。

＊16　「母系との訣別」『新婦人』一八巻八号、一九六三年八月、二一〇頁。

＊17　「非所有の所有」『試行』二号、一九六一年一二月、七五頁。

二 「関係の思想」もしくは人質

本節では、前節の議論を引き継ぎながら、森崎が筑豊時代において具体的にはどのように近代的個人を乗り越えようとしたのかをあきらかにする。ここではまず森崎が筑豊という場所のなにに惹きつけられ、そこに留まることを選んでいったかを改めてみていきたい。パートナーであった谷川雁が筑豊を離れて東京へ移った翌年の一九六六年、森崎は東京の雑誌に向けて次のような報告を綴っている。これは事実上の沈黙期にあった六五〜六六年の時期に森崎が公に発表した唯一の文章である。

けれども、だからこそ私はその自分の根っ子をさがすような思いで、炭坑に長居をしてしまいます。ここは、孤立した単独者意識では生活しがたいところです。時代への適応性よりも反適応で連帯し、さらに行動の内発性が重要視されるところです。その強い連帯性は、自称近代性だけがとりえであった植民二世意識がほろびがたい私に、たいそう手ごろな軽石でした。生皮をむくようにこする快感があります。[*19]

ここでは「単独者意識」と「自称近代性」、「植民二世意識」が等号で結ばれ、同時に乗り越えるべきものとして措定されている。同じ文章には、沈黙期にあったこの時期の森崎を激しく責め立てる炭住の女性の言葉が書きとめられており、言葉を生業とする森崎は筑豊の人びとから無批判にみられていたわけではない。その一部を引用してみよう。

どんなむずかしいこと考えとるのか知らんけど、世界も思想もくそくらえだ。やっとうちらがここにきとるのに、あんたは、そんなもんつまらん、というとるみたいだ。分るんだからね。あんたがだまっていても。うちらからいえばね、世界がどうあろうが、うちらがいま考えとることが一ばん大事なんばい。ね、あんたわかってくれるやろう?うちらは目をつむるとね、力いっぱい手を伸ばしてその手をがばっとひらいていて、そして後むきになっとる自分の姿がみえてくるのよ。それをどうしゃべればいいか分らん。けれどね、話すからきいて。うちらはね、しっかりつかもうとすればするほど自分の背中しかみえんことに気がつくんばい。どうして?別にあんたの責任にするつもりはないけど、なぜあんたは、そんなときに、うちらの勝手にまかせるというふうにするんね。したのね。そうしか方法はないとね。[*20]

＊18　なお、森崎庫次の植民地教育者としての実像については、姜文姫「森崎和江の朝鮮経験と父・森崎庫次――「朝鮮」という回路」(『同志社グローバル・スタディーズ』一一号、二〇二〇年)が詳しい。姜の調査によって、森崎の口からのみ語られてきた父・庫次が実際には、たしかに生徒たちに優しい人物ではあるものの、植民地教育者としては戦時下で率先して皇民化教育に邁進していった校長でもあったことがあきらかとなった。私的な生活場面を含めて父親の(隠れた)苦悩や理想を目撃していた森崎が語る庫次像が、教育現場という公的な場面で朝鮮人の学校関係者が記憶する庫次像とは酷く引き裂かれているその度合いだけ、植民地支配と軍国主義が個(人)にもたらすことになった矛盾の深さは伝えられることになるだろう。

＊19　「情況の中のエネルギー――異邦としての労働とその影の原像」『駿台論潮』六六号、一九六六年六月、三頁。

この部分は表記としてはやや奇妙な箇所だ。話し言葉を文字化したようにみえる一方で、平仮名表記と漢字表記の差異化の基準ははっきりとはしない。女性の言葉を森崎が〈聞き書き〉したのだとすれば、「一ばん」のような表記が選択される理由はどこにあるのだろうか。むしろこの表記は、口語体のようにして書かれた文語体、それも森崎によるものではなく女性自身の手によるものではないかとさえ思えてくるのだが、そうすると今度は語られている内容との整合性に欠けることになる。だが、「なぜあんたは、そんなときに、うちらの勝手にまかせるというふうにするんね。したのね。そうしか方法はないとね」という女性の語りは、沈黙という形で自己の世界に引きこもったかのようにみえる森崎への非難であると同時に、「それをどうしゃべればいいか分らん。けれどね、話すからきいて」という呼びかけとしても発せられているだろう。そして、それゆえにこそ、筑豊とは「孤立した単独者意識では生活しがたい」場所である。森崎は「自称近代性」も「植民二世意識」も簡単に捨て去ることができるようなものではないと自覚しながらも、それを乗り越えようとする際の痛みが同時にひとつの快楽でもあるような世界としての筑豊に賭けようとしていた。

ここでは、それまでの筑豊時代にたいする総括的な印象を漂わせもする、一九七四年一一月発表の「戦後民主主義と民衆の思想」をみてみよう。森崎は戦後民主主義を論じたこの文章で、自身にとって民主主義／デモクラシーという言葉は戦前戦中の時期から馴染み深いものとして存在していたとしながら、「私はそれらの用語も、思想も、ごくプライベートな人間関係上のものだと感じとっていたのである」[*21]と語る。これは用語の側面からみても、前節でふれた、父親の理念を通じてなされた朝鮮人青年たちとの交流の回路を想起させるものだが、実際に森崎はここでも「デモクラシーは朝鮮人のひとりひとりと私たち個人との間にも通うものだと」と当時は理解しており、このことを「生活の実体として私的なくらしの中で踏みしめていた」とする。[*22] だが、戦後憲法の枠組みから朝鮮人は追放され、日本共産党も朝鮮人を従属的にしか扱わなかったことに言及して、森崎は戦後民主主義を「私の体験の質にも及ばぬあやまりを内包する、形式論だと感じ」とっていたという。[*23] そのうえで、戦後民主主義が朝鮮戦争での朝鮮特需を契機に「私権擁護」の運動へ舵を切り、「飢えをしのぐ」ためとしながら個人の生活圏を優先することに関心を寄せていったとする森崎は、[*24]「私権意識を一義的に押して他者との関連性を思想化できずにいるときは、それは統治者の支配の構造下に私権をゆだねているときである。そして戦後民主主義が解放したのはこの「私権」意識であった」とした。[*25] このようにして戦後民主主義を痛烈に批判する森崎は、他方で、議会外での民衆の闘争こそが結果として戦後の福祉制度の拡張などを実現する力になったとして、戦後の「私権擁護的民主主義」を食い破ろう

*20　同上、一〇頁。
*21　「戦後民主主義と民衆の思想」『伝統と現代』三〇号、一九七四年一一月、九六頁。
*22　同上、九七頁。
*23　同上。
*24　なお、こうした理解からは、ある意味で森崎が一九五〇年代前半のサークル運動とは無縁であったことが見て取れる。五〇年代前半のサークル運動における最も重要な課題のひとつは、同時代におこなわれた朝鮮戦争にたいして日本の地から反戦運動を展開することにあった。詳しくは、道場親信『下丸子文化集団とその時代』（みすず書房、二〇一六年）を参照。
*25　前掲「戦後民主主義と民衆の思想」、九九頁。

としてきたのは炭坑夫、そのなかでもより無権利状態にあった女性たちであったとする。

〔かっての女坑夫たちは——引用者〕「人間は働かな人間じゃなかばい」といいつづけていた。ここには代表者制による多数決よりも、生身の存在が伝承させた共働共有の思想のほうが優先していたのである。私権をゆるさないのではない。そのことぬきの私権は人権の死に通ずることを圧制下の年月によって知りぬいていたのである。[*26]

この文章と同じ年に上梓された『奈落の神々』では、日本の近代化と不可分な炭鉱の成り立ちにふれるなかで、それが「徹底した人間性破壊」に貫かれながらも、「そのことによって近代日本は開花したといって過言ではない」と指摘されていた。[*27] 人びとは近代のはじまりのなかで、近代の原理とは切り離された地下世界において死を日常的に感じとる労働との苦闘から、別《オルタナティブ》の価値を帯びた共有のなにかをうみだそうとしていた。

故郷から引き剥がされ流浪していった流民たちの集合と離散によって編まれていった炭鉱の集団や共同性を、森崎は自身の「近代的自我」への根源的な批判としても受けとめていたのであり、そこに森崎が筑豊を選択しつづけた理由のひとつがあった。そして、森崎は「私権」の擁護に限界づけられた戦後民主主義を突き放しながら、炭鉱において醸成されていったような集団の原理を追求することを「関係の思想」の具現化として捉えた。

私権擁護的民主主義の場で二義的なこととされた、私権と私権との相互関係に関する思想は、これは私権を認め合うことで生まれるのではなくて、人間に対する感性によってかもし出されるものである。ところが他者認識の、その心的基盤さえどういうものかまるで、まだ形をなしていない。／（…）私がここで個体とか集団などの、それぞれの私権同士の「関係の思想」についてふれるのは、真の民主主義のために、などではないのである。抑圧されている人間たちの解放にとって、それは不可欠の思想であるためで、（…）それが生まれぬならば強力な支配体制に対決できないのである。[*28]

「関係の思想」に森崎がみずから括弧をつけていることに注意を払おう。森崎自身もまたこの物言いの浅薄さに気づいてはいる。これは、地底での倫理は地上の言葉には容易に翻訳しえないという事実を間接的な形で示した表現として理解しよう。そのうえで、「関係の思想」とはある種の相互承認を意味するのではなく、個人的権利すら確立されていなかった時代を知る女坑夫たちの強烈な個としての自尊心と、他人を他人とは割り切れない感覚とが矛盾することなく共存する、かの女たちの特異な倫理性を指すものだった。そして、こうした「関係の思想」は筑豊という場所から編みだされたものでありつつも、森崎にとっては対象を筑豊に限定しないものでもあった。時系列をあえて遡ればこの数年前、森崎はこれを「人質」（以下、煩雑になるため鉤括弧は省略）の問題として論じていた。

＊26　同上、一〇三頁。
＊27　前掲『奈落の神々』一〇頁。
＊28　前掲「戦後民主主義と民衆の思想」一〇〇頁。

一九六八年二月、在日朝鮮人の金嬉老は借金を取り立てにきた暴力団員二名を静岡県清水市内のキャバレーにて射殺すると車に乗って逃亡、寸又峡の温泉旅館・ふじみ屋にたどり着くと、宿泊客の工事労働者や宿のオーナー一家らを人質にライフル銃とダイナマイトで武装して立て籠もる。以後、最後的には記者団に紛れ込んだ警察による制圧を受けるまでの八八時間のあいだ、金嬉老は射殺した二名が暴力団員であることの公表とともに、事件の前年に受けた静岡県警の小泉警部による朝鮮人差別発言への謝罪を求める行動にでた。[*29]

敗戦後はじめての訪韓を直前に控えていた森崎はこのとき、首にかけたタオルを噛み締めながら、子どもたちがあまりの迫力に恐れをなすようなまなざしでブラウン管に映る金嬉老をみつめていたという。軽々しく金嬉老について言葉を発することそのものが禁じられた緊張感をそこから感じとった森崎は、しかし事件後自身のもとに送り届けられた友人たちによる金嬉老の行動への屈託のない賛辞に憤りを隠せなかった。言葉を発することそのものを抑制せざるをえない感覚が一瞬共有されながら、それが瞬く間に安易な〈連帯〉への表明によって押し流されてしまったとする森崎は、このとき、みずからもまた「人質の位置」にあったのだとする。

それなら私はどこにいたのか。私は人質の位置にいた。そしてどうしていたか。緊張して金をにらみ、ことばをおさえていた。[*30]

これは冒頭でふれた「二つのことば・二つのこころ」での一節であるが、この文章を除けば、森崎が筑豊時代に金嬉老の事件にふれたのは数だけでいえばわずか数回だけのことに過ぎない。次の発言は事件の翌年の一九六九年八月一五日に開かれた、八・一五記念国民集会でのパネル・ディスカッション「私と戦後民主主義」にパネラーのひとりとして迎えられたときのものである。森崎は会場に集った聴衆に向けて人質の意味をこう問いかけた。

たとえば金嬉老事件があったときに、いろんな人たちが彼を救う運動をやりました。けれども救うなんて、そんなもんじゃない。／わたしがあれによって感じたのは、金嬉老によって人質にされている私自身というものを感じ取りました。自分を本質的に人質にできるところに自ら入り込んでいって、その突破口をどうやってあけるのかということを考え続けるときに、ようやく連帯だとかデモクラシーなんてものが生れてくる、実態として生れてくるのではないかしらん、と思います。*31

当日の集会にはパネラーとしてほかに小説家の大江健三郎や土方鉄、沖縄問題の評論家である新崎盛暉らが迎えられていたが、その場で基調報告をおこなったのは、当時金嬉老の裁判闘争を支援する

*29 金嬉老事件とその裁判闘争については、金嬉老公判対策委員会編『金嬉老の法定陳述』（三一書房、一九七〇年）、鈴木道彦『越境の時――一九六〇年代と在日』（集英社、二〇〇七年）、山本興正「金嬉老公判対策委員会における民族的責任の思想の生成と葛藤――梶村秀樹の思想的関与を中心に」（『在日朝鮮人史研究』四六号、二〇一六年一〇月）などを参照。
*30 「二つのことば・二つのこころ」『ことばの宇宙』三巻五号、一九六八年五月、三九頁。
*31 「私と戦後民主主義」『朝日ジャーナル』一一巻三五号、一九六八年八月三一日、一二三頁。

金嬉老公判対策委員会のメンバーのひとりであった評論家の大沢真一郎である。この時期の大沢は森崎の同時代のテクストを頻繁に参照しているのだが、かれはこの日の発言を含む人質をめぐる一連の森崎による問いかけに強い感銘を受けていた。大沢は「現代における組織変革の視点」と題されたある文章のなかで、森崎がそれ以前の文章で提起していた「媒介者」[*32]という役割からみずからの立場を人質へと「下降」させておこなったその呼びかけは、組織論における「コペルニクス的転回」であるとして賞賛を寄せた。[*33]ここで大沢が感銘を受けたのは、森崎の人質の提起が金嬉老の事件に限定されない広がりを有している点にかかわっていた。森崎は筑豊時代、一度だけだが人質という言葉を労働者間の「連帯」を問う文脈で文章に用いていた。これは、本書で繰り返し論じてきた下請け・孫請けの労働問題にかんする文脈でのものだが、森崎はそこで「顎たん叩く」すなわち言葉を操るものならば自分たち労働者を組織して、武器をとることを呼びかけるべく「来いと、ひとこと言え」と脅迫的に迫ってきた、ある底辺の未組織労働者の声に深くとらえられていた。[*34]

私たちは自己の感覚の振幅内で思考して同質を結集させるような自慰にふけるべきではないのだ。とらえられ、人質となるべきだ。より深く苦悩するもののなかへ。より深く苦悩する者とは、自己対象化手段がより欠落させられている場所である。その欠落は、すでにそれを占有しているものにとってはよういに認識しがたい。鉄砲を持たせろ、という労働者のそれが私にとっては霧の「ように」見えながらそれを共有しがたいように。[*35]

森崎はここでこの労働者に安易な共感を寄せてはいない。その呼びかけへの応答に躊躇しながらも、この応答を強迫的に迫られた瞬間の関係をいかに力学化できるかこそを問おうとしているのだが、ここに金嬉老による人質の契機が呼び起こされていることは間違いない。当然、大沢も指摘したように、金嬉老の人質になることと労働者の人質になることのあいだには要約しえない質的差異がある。だが、森崎は金嬉老や未組織労働者がもつこの力に人質としてとらえられるという身体的感覚をイメージすることから、通常の「連帯」とは異なる「民衆的連帯」をつくりだそうとしていた。

隣接しあう感覚が相互の異質を掘りつつ結びあう。その相互関係自体がたがいの外界へ開放しつづけ得るなら、創造的で多角的な連帯をつくり得る。[*36]

この提起は、労働者という立場をもはや共通の基盤としえない構造的な分断を生きる者たちが、その「異質」性を媒介としつつ、新たな集団や共同性を切り拓こうとしている点で、森崎のなかでは「関係の思想」と同様の問題意識に基づいている。この点で、大沢が「組織論の主要なテーマを、人間と人間との関係＝交通形態の変革の問題としてとらえるとき」[*37]に森崎の提起が重要になるとしたの

*32　これは、森崎による一九六八年初出の文章「媒介者の思想」(『九州大学新聞』五八二号、一九六八年九月二五日)での議論を指している。
*33　大沢真一郎「現代における組織変革の視点」『思想の科学』第五次一二二号、一九七一年一〇月。
*34　「民衆的連帯の思想」『現代の眼』一〇巻一二号、一九六九年一二月、一〇〇頁。
*35　同上、一〇一頁。なお、引用中の括弧内は、『ははのくにとの幻想婚』所収時を参照した。
*36　同上、一〇三頁。

は、それ自体極めて適切な把握であった。

だが他方で大沢をはじめ、鈴木道彦や佐藤勝巳といったそのほかの公判対策委員会のメンバーらによる同時代的な森崎の人質論にたいする把握は、総じて狭い意味での運動論の次元に森崎の問いかけを収斂させてしまうものであり、そのより複雑で錯綜した議論の側面をみえなくさせてしまうものでもあった[*38]。森崎が人質という視座を通して提起していたのは、植民地期から現在に至ってもなおみずからの内に綿々と巣食う近代的原理への批判でもあったのだが、裁判闘争とその支援という差し迫った課題に直面していた大沢らからは、この点が見落とされていた。それでは、森崎は狭義の運動論を越えて、どのような思想的次元を人質という契機から見出していたのか。節を改めてみていきたい。

三　人質の自由

森崎は「二つのことば・二つのこころ」の冒頭で、「近代的自我」による自立的な個人という自身のイメージをある意味では裏切るような記述をおこなっている。ここで森崎は自身が「どうしても何か一すじ朝鮮人なのである」と言い切り、朝鮮問題にかかわっては「私」という一人称が自他の存在を切り分ける指標とはならず、むしろそれは植民地での朝鮮人民衆による「不特定多数の他者の影」に覆われているようだとする[*39]。森崎はのちのポストコロニアル論における異種混淆性の議論を先取りしているようでもあるが、ここではこうした先駆的な記述にのみかかずらうことは避けるべきであるだろう。この「不特定多数の他者の影」の記憶を呼び覚ましたのはなによりもまず金嬉老のまなざしであり、これは純粋な意味での回想ではなく、また森崎のアイデンティティの問題に回収されるものでもない。この文章の全篇に渡る緊張感の高い叙述そのものが、金嬉老事件という出来事なくしてはありえなかった。

そのうえで、森崎による人質の提起では、金嬉老は単独の存在として叙述されることはなく、その存在は複数化されて「金嬉老群」と形容されながら、森崎の植民地期の記憶と否応なく直結するものとして語られていた。コロニアルな性的力学を伴いながらそこで「金嬉老群」とのいかなる「妥協をゆるさぬとりひき」が繰り広げられていたのかを、森崎は次のように記している。

> 私が幼児以来ふみわたってきた朝鮮は、たった一人の金嬉老ではなかった。無名で、不特定で、大人であり、幼児であった。[*40]
>
> 私を人質としてぐるりと取り巻いている金嬉老群が、四つくらいの男の子を前に立たせて、そ

＊37　前掲大沢「現代における組織変革の視点」三頁。
＊38　詳しくは、佐藤勝巳「差別とわたし」(『金嬉老公判対策委員会ニュース』一一号、一九六九年一〇月二〇日)、鈴木道彦「金嬉老の裁判」『政治暴力と想像力』(現代評論社、一九七〇年)、鈴木道彦「あとがき・金嬉老裁判の意味」(金嬉老公判対策委員会編『金嬉老の法定陳述』三一書房、一九七〇年)を参照。
＊39　前掲「二つのことば・二つのこころ」三八頁。
＊40　同上、三九頁。

の子だけを私のほうへむけて、みなむこうをむいているのである。それは幼児以来の、在鮮日系《〔ママ〕》二世の女の子の世界である。だれも笑わず、凍みたように沈黙している。妥協をゆるさぬとりひきがはじまる。男の子と私との間で[*41]。

ここでは、森崎が一方的なまなざしの対象となっているわけではないことにも注意を払おう。朝鮮人少年たちに「集団姦」というレイプの視線をはっきりと感じとっていたことは同時期の別の文章でも明記されているが[*42]、他方で植民二世である自身は被植民者としての朝鮮人少年たちをまなざしの対象としてもいる。身体的でありながら同時に幾分想像的でもあるこの「妥協をゆるさぬとりひき」では、支配／被支配は錯綜しひどく捻れながら絡みあっているが、こうした人質の契機は〈戦後〉と呼ばれる時空間においても日本人にはいつどんな時でも訪れえるものであり、金嬉老はその表面化しえない現実をこそ暴露した。こうして幼い頃の記憶を手繰り寄せ現在の地点と交差させることを通して、森崎は植民地朝鮮で自身が覚えた葛藤が依然として消化も解決もされていないことを読者に示してみせた。そして、森崎はこの人質の契機が切り拓くものを「自由」の問題として語るのである。

　それは、日本人は、誰でも、あるとき、ふいに、個人的な理由なしに、朝鮮人によって人質とされてなんのふしぎもないといいたいためだ。しばしばそうなるであろうことを指摘しておきたいからだ。人質とは、朝鮮人の主体性にとりおさえられる状態である。けれどもまた、朝鮮人の主体性に対して、まともに対応する自由——つまり生命の危機感とひきかえに自己の朝鮮を掘り起こす自由を確保する[*43]。

字義通りに読みとれば、ここでの自由とは朝鮮を新たな形で語る自由を意味するだろう。たとえば佐藤泉はこの人質を、とる方にとってもとられる方にとっても従来の支配／被支配の構図を解体する契機であるとし、現在の支配的枠組みとは異なる形で朝鮮や植民地問題を新たに表現する自由がそこからうまれるとした。[*44] 佐藤はここから議論を、逆さまに同じ「半日本人《パン・チョッパリ》」である在日二世たちへの植民二世である森崎からの呼びかけにつなげることで、「半日本人」の在日二世と植民二世とのあいだに「真に自由な表現が生まれること」こそが「支配の歴史を超えること」につながると示唆してもいる。[*45]

こうした佐藤の解釈それ自体は妥当なものだが、それでも先の引用における「自由」という言葉への奇妙な印象は拭いきれないものがある。ここでは、もう少しこの表現に踏みとどまってみよう。「まともに対応する自由」とは一見してあきらかに語義矛盾であり、苦しみや困難といったニュアンスがつきまとうが、それをあえて森崎が自由として表現する意図はこの文章からだけでは十分には推し量れないものがある。だが、この文章を森崎が綴っていたとき、森崎自身もまだ言語化しえてはいないものの、その意識下には存在していたであろう別の異なる問題意識が潜んでいたとすればどうか。

＊41　同上、四〇頁。
＊42　「朝鮮断章・その1——わたしのかお」『アジア女性交流史研究』三号、一九六八年七月、五頁。
＊43　前掲「二つのことば・二つのこころ」四二頁。
＊44　前掲佐藤「「半日本人」を繋ぐ」六〇頁。
＊45　同上。

その重要な手がかりは、もはや筑豊時代には属さない一九八四年の著作『慶州は母の呼び声』（以下、『慶州』）にある。

この『慶州』は植民地期の記憶を回想録として森崎が書きとめた著作であり、それまで断片的な形で綴られてきた植民地期のエピソード群の、いわば種明かしが多くなされている。その最後に「余章」という文字通りのエピローグとして、森崎と家族の引揚後＝戦後の歩みが綴られている。そこで森崎は自身の弟であり、同じく植民二世として戦後の日本を彷徨いながら、やがて共産党の党内対立や労働運動に疲弊し自殺してしまった健一を、自身と父親との比較において語っている。そこでは、当時高校生の健一が戦後の一九四八年にとある弁論大会でおこなった演説「敗戦の得物」の内容が引かれている。

> 諸君、我々の自由の根底には、実に大きな不動の、一つの条件があるのであります。即ち人と人との相互の信頼であります。お互ひに人は他を侵さない、他を傷つけない、他に迷惑をかけない、他人の幸福を脅やかさないといふ深い信頼があって、始《〔ママ〕》めて自由が認められるものであります。その信頼の程度は、その自由の高度に正比例するのでありますあります〔。〕[*46]

自立した個人をその前提としながら「敗戦の得物」としての自由を雄弁に語ったこの部分にたいして森崎はすぐさま、「父もわたしも、植民地という他民族への侵害を、両民族の新時代への出発にしようと、その中での人権を求めんとしていたのだ」[*47]と付け足す。本章の第一節でみたような個人間の「民族的調和」がここでも語られているわけだが、森崎は自身と五歳違いであった弟にとって自由とは「戦後のことばであったのかとあらためて思う」[*48]とした。森崎家の教育方針であった「自由放任」という言葉も弟が小学校に入る頃には用いることができなくなっていた時局的な現実を書き添えながら、自身にとって自由（放任）という言葉がもちえたその両義的な意味合いを森崎は次のように綴る。

わたしにとってそれは、戦時中の自分を屈折し続けながら支える、肉体の火の如きものであり、敗戦と同時に、挫折とも罪悪ともつかぬ近代日本の暗部のように沈んだことばでもあったのだが。[*49]

詩人はここでもまた「火」なるものをメタファーとして用いながら、それこそがみずからの戦後における葛藤の根源にあったことを告げる。平易な文体で綴られている『慶州』において、この「余章」は例外的に『からゆきさん』以前の硬質な文体を召喚しているといえるが、上記の部分にはとりわけおどろおどろしい情念が渦巻いている。この時点でさえなお、そのような表現をもってしか「自由」という言葉のもつみずからにとっての複雑さを表しえなかったことが示唆される。近代の原理と

＊46　『慶州は母の呼び声――わが原郷』新潮社、一九八四年、二一九頁。『慶州』には演説の出典も明記されており、九州弁論協会編『九州弁論五十年』一九七八年に全文が収録。
＊47　前掲『慶州は母の呼び声』二一九―二二〇頁。
＊48　同上、二一七頁。
＊49　同上。

は森崎をその芯の部分で支えながら、同時にどうしようもなく苦しめもしてきたのであり、自由という言葉はその根幹に位置するものだった。

そして、自身と父親が敗戦を控えながら植民地で「最後の砦のように」して「朝鮮人の若者や少女とひそかに保ち合おうとしたもの」とは、「個々の人間性への信頼やその固有な文化への個人的愛」だったのだが、これは「政治的侵略よりもなお深い」ものだったと森崎はいう。[*50] これは愛が侵略にも勝るという意味ではない。語られているのはあくまでも罪の深さである。森崎はつづけて「わたしはそのことを、弟にさえ話すことはできなかった。まっくらだった」[*51]と告白し、その矛盾の深さと、矛盾を伝えることの困難さを吐露する。ここで平仮名によって表記された「まっくらだった」という表現は、否応なく聞き書きの書としての『まっくら』を連想させるものだが、わたしたち読み手はここで記憶の坑道の暗がりにひとり佇む森崎を幻視するのかもしれない。

こうした「余章」の記述からは、それがもはや筑豊時代に属さないとはいえ、自由（放任）という言葉が戦後の森崎には一貫して屈折したニュアンスを伴っていたことがみてとれる。もちろん、つねにそのような意味が込められて自由という言葉が用いられていたわけではないだろう。だが重要なのは、自由という言葉を森崎がなにかしらの躊躇いや躓きをもってしか発話できなかった事実であり、このことはこれまで一貫して見過ごされてきた。

このように、自由が森崎にとっては呪いのごとき言葉でありながら、前節でみてきたように森崎が人質という方法を「民衆的連帯」の文脈においても提起し、「関係の思想」を「私権」意識に支えられてきた戦後民主主義への批判原理としたことを踏まえるならば、人質の自由とは次のように解釈することができる。すなわちそれは、近代的主体を前提とした個の自由を意味するのではなく、自己が不意にもとらえられるという一見まったく真逆の条件に置かれることで、はじめて近代的原理とは異なる関係の自由が編まれえること伝えるものだ。森崎はここで自由の意味そのものを根底的に組み換えながら、自身の近代的自我や個人主義的な感性の乗り越えと解体を、金嬉老（群）との「妥協をゆるさぬとりひき」に見出していた。

しかし、この人質の自由は、絶えざる緊張関係に自己と他者を置くことで、新しいなにかがすぐさまうみだされることとそれ自体を拒否するような性質のものでもある。この自由をえたところで保証されるものはまったくなく、むしろそれは関係の困難さそのものを受けとめることでもある。なにより、この「とりひき」は決して固定的な立場性《ポジショナリティ》には還元されない。問うものと問われるものが存在しながらも、それは一元的なものではなく、交差する民族的次元とジェンダー的次元は項目ごとに分別できるようなものでもない。両者の立場は不変（普遍）的で安定したものにはなりえず、この試みはジグザグの蛇行のような軌道を描きながら、いつでも失敗の余地に晒されている。

しかしながら、両極的な立場を割りあてることすらできないこのある種の不自由さをあえて「朝鮮人の主体性に対して、まともに対応する自由」、「生命の危機感とひきかえに自己の朝鮮を掘り起こす自由」と語りなおすことによって、森崎は人質の契機を「関係の思想」のはじまりの瞬間として捉えようとしたのである。筑豊という場所に身を置き、思考と存在の単独的な自立性や主体性を拒みながら掘り起こしていったこうした身体感覚は、森崎の言語表現のすべての基礎となるものであった。

＊50　同上、二一八頁。
＊51　同上。

ただ付言するならば、人質という本来は極めて一方的な関係の力学を、あえて相互性への契機として拓いていこうとするこの試みは、そこに帯びていた性的力学の複雑さも相まって、普遍化や一般化に適したものとは言い切れない。[*52] だが、みずからにまとわりつく〈日本人〉や〈植民二世〉、〈知識人〉といった構造的優位性が無効化される瞬間を探り出しながら、既存の関係性を単に逆転させれば事足りるとすることなく、なおそこに関係の共同＝協働を追求していく点において、人質とは森崎における〈集団〉の方法を語るものでもあり、またその言葉を読むものにとっては新しい触発的な契機を拓くものであったことを最後に書き添えておきたい。[*53]

おわりに

これまで本章では、森崎の筑豊時代が「近代的自我」の乗り越えと自由をめぐる問いに貫かれたものであり、これらに向きあう文字通りの方法として人質があったことをみてきた。しかし、こうした方法としての人質とは、筑豊を去ったあとの一九八〇年代以降の森崎からは見出しえなくなるものであり、そのことを端的に表しているテクストもまた、この『慶州』にほかならなかった。

『慶州』においては、会話文が多用されながら植民地期の記憶が年代順に手際よく整理されており、過去はひとつの完結した物語のように表象されているという特徴をもつ。テクストのなかで過去と現在とが入り混じっては不意に結びあわされるようなことはもはやなく、少なくとも時系列は淡々と進行していく。そのために読者は、かつてこの同じ著者が、幼い頃に接した朝鮮人少年たちのまなざしを金嬉老のまなざしと結びあわせ、人質の自由なるものを提起したことを伺いしることはもはやできない。『慶州』には、小学生時代の思い出として次のような場面が描かれている。

（…）この頃はわたしが歩くと、朝鮮人の男の子たちがいっせいに、ピイ！と口笛を吹き鳴らす。「ボボするか、いやか」と言う。何をたずねているのかしら、と思った。その目は一様にいたずらっぽい。いつか「何？」とたずねて、どっとはやされたので、以後返事はしない。彼らは、両手で、ばしっと音をさせて、妙な手つきをして見せる。だんだんと苦になった。／（…）三年生も終わりに近くなり授業時間がふえたので帰りはおそくなる。冬はもう西陽が傾く。（…）やれ、

＊52　阿部小涼が指摘するように、『闘いとエロス』にも「人質」の語が使われている箇所があるが、大正行動隊での性暴力事件以前の時間軸にかんするその記述では、契子（森崎）は室井（谷川）のセクシスト的な体質に辟易としながらも、かれをどうにか理解しなければならないという思いに駆り立てられる場面でその言葉が用いられている。これは契子（森崎）の室井（谷川）にたいする解釈労働とある種の過剰適応を示すものともいえ、危うい理路に足を踏み入れていることはたしかだ（阿部小涼、第五回森崎和江研究会、二〇二二年七月三一日、口頭発表より）。この点については稿を改めて検討する必要があるが、さしあたりここでは、『闘いとエロス』は性暴力（性差別）を語ることの困難さそのものを記述していくテクストであり、「人質」という言葉の危うい召喚の仕方も、生々しい当時の記憶を回想しながら〈書く〉という困難な試みのなかで、森崎が経験することになった混乱や混沌をありのままに示すものとして理解する必要があることを記しておきたい。

＊53　森崎の人質論を異なる文脈で、しかし拡張的に読んでいくものとして以下のものがある。今津有梨「森崎和江さんへの片道書簡」（『現代思想』五〇巻一三号、二〇二二年一一月）、阿部小涼「死に損ない、生き損ないたちの連帯可能性について」『現代思想』（五二巻二号、二〇二四年一月）。

安心、あと一息と急ぎ足で辿っていると、細い露地から短いズボンの少年がとび出して来て、オメンコ《〔ママ〕》!とうれしそうに叫ぶ。時には家の中からオモニが金切り声で叱ったりした[*054]

その後、『慶州』のなかでこの記憶が言及されることはない。森崎にとってはおよそ不快な性的いたずらであったことが想像できるとはいえ、朝鮮人少年たちのまなざしはコロニアルな性的力学の複雑さを脱色される形で記述されており、これらはあくまで少女期のエピソードのひとつに還元されているという印象が否めない。その点でも「余章」とは、ひとつの回顧録として全体が物語化された『慶州』における文字通りの余物であり〈過剰〉なのだが、森崎はこうして過去を回想するなかで、戦後のみずからにとって自由とはなにであったのかを振り返りうる地点にようやく辿りついていたのかもしれない。『慶州』と同じ一九八四年に刊行された『森崎和江詩集』には自筆年譜が付いているのだが、そこでは『からゆきさん』を発表した七六年から、七九年の宗像移住を挟んだ八一年にかけての欄に、次のような一節がある。

やっと養母のごとき炭坑から自立し、朝鮮の植民地時代と同じ年月を、必要として魂の自由を得たかに思う[*055]

この一節を念頭において坂口博は、本章の冒頭で引用した部分につづいて、「方法としての一定の役割を果たし終えた時、彼女が「筑豊」からも自由に歩み始めたのは、当然といえば当然の事柄であろう」とした。

間違いなく、森崎は筑豊という「養母」の存在によってみずからの戦後の彷徨いを生き抜くことができた。そのうえで、一九七六年に『からゆきさん』を執筆し終え、かの女たちがつくりえた「ふるさと」とそこに込められた「幻想」のもつ「力」を書きとめたことで、森崎は筑豊時代に文字通りひとつの区切りをつける見通しをえたのだろう。筑豊が森崎にとっての「ふるさと」であったとして、その自覚が逆説的にも森崎の筑豊との離別を可能にしたのではないか。

そのうえで、こうした変化を自筆年譜で森崎は「自立」であり「魂の自由」であるとみずから表現してみせたことになる。ここで語られる（魂の）自由が意味するところは、もはや筑豊時代に鋭く問われたあの人質の自由とは異なるニュアンスを帯びているだろう。この新たな自由の意味が綴られたのと同じ年に『慶州』が上梓されたことは決して偶然ではない。そこにある符合をみてとるなら、森崎はこの時点にいたってようやく、かつての自身にとっては自由という言葉こそが「近代日本の暗部」を指示するものであったことを語りえる、その自由をえたのではないか。自筆年譜に書きとめられた「魂の自由」とは文字通りの解放の言葉としてあり、そこにはかつての自由に刻まれていた忌まわしい記憶の影はもはやない。

わたしたちはこの地点において、森崎にとっての筑豊に終止符が打たれたことの意味を遅まきに知ることとなる。一九八四年、森崎の筑豊時代の終わりからすでに五年が経とうしていた。

＊54　前掲『慶州は母の呼び声』九五―九六頁。
＊55　「森崎和江年譜」『森崎和江詩集』土曜日美術社、一九八四年、一六二頁。

終章　森崎和江を書き継ぐ

はじめに

本書ではこれまで二度、森崎和江の筑豊時代の〈終わり〉を確認してきたといえる。一度目は筑豊時代の終着点として『からゆきさん』を分析することで、二度目は筑豊時代総体における方法としての人質を通じて「自由」の意味するところの変化をみることで、筑豊時代とそれ以降とに区切りを入れてみせた。こうして始点と終点が確定し、森崎における〈集団〉という主題にも、アンジェラ・デイヴィスにならい用いた「闘争の交差性」という視座にも終止符が打たれる。以上の主題と視座のもとに森崎の思想を再構成するという本書の試みが果たされたかどうかは読者の判断に委ねられるとして、ここでは序章で提起した問題に改めて立ち戻ってみよう。

〈時間〉の秩序に抗する反時代的な思想家として森崎を位置づけることで本書は、この世界にたいする根源的な変革を求めるために森崎が読まれるべきであり、それが森崎のテクストの呼びかける政治的かつ倫理的な要請であるともした。であるとすれば、わたしたちは、ひとつの区切られた時間軸にとどめられた〈筑豊時代の森崎和江〉をどのようにしてこのいまに継承するのか、つまりはどのように読み継ぎまた書き継ぐのかを問わなければいけないだろう。それはある意味で、わたしたち自身が森崎といかにして〈集団〉になりえるのかという問いでもある。

そのために、まずここでは森崎にとっての筑豊時代とはなにであったのかを改めて考えるべく、森崎の一九八〇年代以降を素描しながら、そうすることで筑豊時代を逆照射させてみたい。そのうえで、森崎自身が〈集団〉という問いから離れていった八〇年代と同時代に、森崎の言葉と思想を独自に書き継いでいった三人の人物、藤本和子、山岡強一、近田洋一によるそれぞれの継承のあり方をみていこう。各々の継承は、森崎の筑豊時代の思想が決して終わりのないものであることを示すものだが、同時にその困難さを示すものでもある。わたしたちは継承の可能性と困難をともに見据えながら、わたしたちがこのいまに森崎和江を書き継いでいくためになにが求められるのかを最後に探っていくこととしよう。

一　〈集団〉としての森崎和江

一九七九年、森崎はそれまでおよそ二〇年間の歳月を過ごしてきた筑豊に別れを告げ、隣接する海辺の街である宗像へと移住する。物理的な距離からすれば、森崎にとって筑豊が遠い彼方へと去っていったわけではない。だが、前章の末尾にてみたように、この出立を森崎はみずからの「養母」である炭鉱からの「自立」であり、「魂の自由」として語った。それはみずからの足だけで立ち上がり歩んでいくことができる解放感を示すとともに、自己という存在を文字通りその足元から支えてきた筑豊の土地との決別を意味してもいた。だとすれば、森崎にとって以降なにが変わったのだろうか。

移住後、宗像の土地に接するなかで森崎が魅せられていったのはなによりもまず〈海〉であった。玄界灘に面し、その対岸に朝鮮半島の土地を見据えることのできるこの土地から、森崎は新たな思索の旅へと向かっていった。倭寇やからゆきさんといったテーマをはじめ、筑豊時代から森崎のテクストのなかには海へのまなざしが垣間見えてはいたが、それまでの視線が基本的には〈南〉へと向けられるものであったとすれば、これ以降の視線は解き放たれるように〈北〉へと向けられていく。宗像移住後の最初の代表作となった一九八一年発表の『海路残照』は、宗像に伝わる八百比丘尼《やおびくに》の伝承を追いかけて小浜、輪島、津軽へと日本海側を北上しながら旅をしていく紀行文であり、森崎のまなざしの変化を象徴するものだ。同時にこれは森崎が六〇年代半ばから展開していた〈産の思想〉を民俗学的に探究していくものでもあり、この際に森元斎が森崎への追悼論文のなかで記してみせた〈海の民俗学〉という視座を補助線として組みあわせていくとき[*1]、やがて晩年のエコロジーと「いのち」への議論に結実していくという見取り図もみえてくることだろう。

また、『奈落の神々』や『からゆきさん』といった第三の時期の著作にとくに現れていたように、筑豊時代の森崎は近代がうみだした時空間から近代に抗する可能性——それはつまり森崎自身のことでもあったのだが——を見出そうとする思想家であったが、一九八〇年代以降のテクストが取り扱っていく時間的なスパンはむしろ近代以前の方へと延伸していく。このなかで次第に呼びかけられるようになっていくのは、「十年のサイクル」や「百年のサイクル」、つまりは現代や近代といった枠組みをはるかに超越する、「千年のサイクル」という長大な文明論的時間軸に基づいた考察である。そのなかでは、農村からの離脱者を含む非農民の集まりであった坑夫たちと接していた筑豊時代には焦点が当てられることのなかった農村文化も、次第に森崎の考察の対象へと含まれるようになっていった。

くわえて、文体という点でも『からゆきさん』以降の森崎はより一層柔和な文体へと移行していく。読者の読みやすさを意識するような平易でわかりやすい文体は、筑豊時代の迫りくるような緊迫感を帯びたそれとはまったく違ったものであり、詩人としての感性の変化を窺わせるものでもあった。

こうしてみると、おぼろげながらも、一九八〇年代以降の森崎がなにから解き放たれていったのかが掴めるようになる。八〇年代以降の転回を部分的に予告するものであったともみえる『からゆきさん』でさえ、筑豊時代に書かれるべき必然性をもった著作であったが、宗像移住後の森崎はそのような縛りをもつことなく、ただひとりみずからの身をもって関心の赴くまま自在に旅へとでるようになっていった。

もちろん、そこで筑豊時代に問われていたことのすべてが消えていくということはない。〈産の思想〉はもとより、自殺した弟への無念とあわさった植民地時代にたいする原罪意識が消えることはなく、また大正行動隊での性暴力事件は後年まで解きがたいトラウマとしてあり、それらは解消されることなくアポリアのように森崎の内側にありつづけた。[*2] 一方でそこには、かつてのように〈集団〉の生成をどこまでも追求しようとする姿はなく、階級、性、民族のいずれもが筑豊時代とは異なる形で論じられるようになっていった。とりわけ、一九八〇年代以降のテクストからは労働や階級、資本主義への鋭い問いかけが急速に顔をみせなくなっていく。「千年のサイクル」の想像力が呼びかけられることとかかわって発せられた地球規模の環境問題にたいする警句も、自然環境や生命の再生産を蔑ろにする男性たちの「一代主義」への厳しい批判をエコフェミニズム的な議論として評価すること

＊1　森元斎「森崎民俗学序説――森崎和江における「水のゾミア」の思想」(『現代思想』五〇巻一三号、二〇二二年一一月)。

＊2　最後の点については、森崎とも直接に親交のあった姜信子が証言している。姜信子「愛しきあぶくたちの世界へ――森崎和江を孕む旅」(『現代思想』五〇巻一三号、二〇二二年一一月)を参照。

もできるが、現代の人新世《アントロポセン》にかんする議論と対比すると明瞭なように、そこにはかつてはあった資本主義への厳しい批判的視点がなく、森崎の抱いた危機感が十分に説明されていたとはいいがたい印象を受ける。のちに頻繁に引用されることになった自身の孫が幼少期に告げたという「地球は病気だよ」という言葉も、一種の定型句、クリシェになってしまっていった感は否めないだろう。また、第六章でとりあげた『慶州は母の呼び声』のあとがきには「今は地球上から消え果てましたが、なお、子々孫々にわたって否定すべき植民地主義」という一文があり、たとえその強調点が文の後半部分にあったとしても、現実からは遊離したとみえるその植民地主義認識は、思想家としての森崎の感度に大きな変化が訪れていたことを示すものだ。

もちろんこれらの変化は、筑豊を離れた一九八〇年代以降に突然訪れたものではない。「千年のサイクル」という言葉がはじめてテクストのなかに現れるのは七四年のことであり、文体をはじめとしたその他の変化も七〇年代半ばから徐々に垣間見えていたものではあった。その意味で、森崎の思想変遷における決定的なメルクマールとは、必ずしも宗像への移住に収斂するものではないのかもしれない。七〇年代半ばから徐々にみえだしていた変化が、『からゆきさん』というひとつの終着点を経て、八〇年代以降はっきりとした形で顕在化するというのがより正確な表現だろうか。

そして、本書で提示してきた〈集団〉を〈書く〉という主題と「闘争の交差性」という視座は、どちらもがこうした一九八〇年代以降の〈転回〉を捉えるにはもはや十分なものではないのはあきらかだ。八〇年代以降の変化のなかでやがて失われていくものと、そこで変わらずに残りつづけるもの、また新たに見出されていくもの、それぞれをみるには筑豊時代を分析するのとは違った枠組みが求められることになる。

そのうえで、筑豊という場所を離れることによって、森崎が筑豊時代とは別の方向に歩みだしたのだとして、わたしたちはただそこにひとつの思想の〈終わり〉をみるだけなのだろうか。しかし、筑豊時代という時期の特異性をみることによって、わたしたちが手にするものがあることもまたたしかだ。

不自由さを新たな関係の自由へと拓いていった方法としての人質を、ここでは改めて想起しよう。他者の存在にとらえられ、とらわれ、また魅せられていくこと。一九八〇年代以降の森崎がこのような筑豊時代の森崎と異なってみえるとすれば、それは筑豊時代の森崎がただひとりで存在しえるような書き手ではなかったからだ。森崎こそが、森崎ひとりでは決して「森崎和江」たりえなかったのではないか。この問いかけは、わたしたちにとってけっして不幸なものではない。あれほどに難解で、それでいて驚嘆するような言葉と思想を繰り出しつづけたひとりの詩人が、筑豊という土地とそこで出逢っていった人びとの存在によって支えられ、そうすることでみずからの〈書く〉という行為を成立させていたことをしるとき、わたしたちは筑豊時代の森崎こそがひとつの〈集団〉であり、ひとつの運動体であったことを理解する手がかりをえている。

そこには大文字の、屹立するがごとき偉大な詩人や思想家の姿はない。森崎の言葉と思想は、森崎自身の私有＝私的所有の網から逃れ、森崎が〈集団〉になろうとした人びとに分有された、誰のものでもあって誰のものでもないものとしてそこにある。

二　それぞれの継承について――藤本和子、山岡強一、近田洋一

先にわたしたちは、筑豊時代の森崎の言葉と思想が森崎個人からもはみ出ていくようなものとしてあったことを確認してきた。それでは、このとき森崎自身も離れていったかつての問いやその視座の行方はどうなるのだろうか。奇しくも、八〇年代という時代のなかで〈集団〉という問いを独自の形で引き継ぎ、書き継いでいった幾人かの人たちがいた。そこには、必ずしも意識的な形で森崎を参照していない者にさえも森崎からの影響がみてとれることがある。ここでは、藤本和子、山岡強一、近田洋一によってそれぞれになされた森崎の継承の形をみていきたい。

トニ・モリスンをはじめとしたアメリカの黒人女性作家たちやリチャード・ブローディガンの翻訳などで知られる翻訳家・作家の藤本和子は、一九八〇年代にふたつの聞き書きの著作（『塩を食う女たち――聞書・北米の黒人女性』〔晶文社、一九八二年〕、『ブルースだってただの唄――黒人女性のマニフェスト』〔朝日新聞社、一九八六年〕）を発表している。ともにみずからが暮らすアメリカの黒人女性たちを対象とした聞き書きについて、藤本はこれを森崎や石牟礼道子の聞き書きから影響を受けたものであるとみずから公言していた。そのなかでも、文体なども含めてより直接的な影響を藤本が受けとっていたのが森崎であった。

藤本の聞き書きは、たとえば『まっくら』の聞き書きのように、語り手の語りと聞き手である森崎による地の文とが区別されて記されているわけではない。聞き書きの記述の形式はかならずしも統一

されておらず、藤本と語り手のあいだでの会話文が登場することもあり、また語り手の語り方やその質感はどれも微妙に異なるが、それらは藤本がみずからの聞き書きのスタイルをひとりひとりとの対話のなかで模索していくその過程を表しているようにもみえる。藤本にとってもまた聞き書きは、あくまでも語り手と聞き手＝書き手との共同作業による模索を経て成立していくものだった。そのうえで、藤本の聞き書きは、日々の生活のなかで黒人女性たちがどのように生き延びてきたのか、そのこと自体がかの女たちにとってはまぎれもないひとつのたたかいであり、そこにはたしかにかの女たちの〈力〉が宿ることを伝えてやまない。またそれは、かの女たちがそれぞれの内側に抱えている霊性《スピリチュアリティ》に聞き手である藤本がふれていくような、深い交歓のもとに綴られていくものであり、単に女性たちの声を受動的に受けとめるだけではない拡がりが読みとれるものだ。

> 耳をすますことは難しいことだ。／けれども、それはわたしたちを微妙に変えてしまう。（…）話を聞かしてくれた女たちとの時間は、はっきりと一つの力を持ってわたしに作用していた。それが何だったかを正確に説明することは難しい。わたし自身にもあまりはっきりわからない。ただそこには以前とわずかばかり違う自分がいて、それは間違いなくあれらの女たちとの語り合いによって引き起こされたもので、この先は視界をこれまでよりも少し広くとって暮らしていけるのではないかという予感と、女たちの言葉や表情への感動と、その感動が吹き込んでくれるエネルギーが混じり合って、背筋をのばしていたくなるような気分があった、ということだ。[*3]
> （傍点、引用者）

遡れば、藤本は一九七〇年代前半から森崎に深い影響を受けていた。藤本がみずからの夫であり日本文学・文化研究者であったデイヴィッド・グッドマンや編集者の津野海太郎らとともに日本で発行していた英語雑誌 *Concerned Theatre Japan* は、休刊号となる第三・四号（合併号）で Discrimination（差別）をテーマに特集を組んでいるが、ここで藤本はみずからのエッセイとともに森崎のテクストを五つ訳出している。選ばれたテクストは大まかに、女坑夫を主題としたものと（「地の底の唄声」、「のしかかる娘たち」（『まっくら』所収）、「アトヤマ――日本の女と労働」）、植民地主義や民族を主題としたものとに分けられるが（「二つのことば・二つのこころ」、「生の始まり、死の終わり」）、すでにこのテクストの選定には藤本の一貫した視座が明瞭に示されているだろう。ここから浮かび上がる階級、民族（人種）、性にたいする藤本の関心は、そのままかの女の聞き書きが対象とした黒人女性たちの交差的な経験へとつながっていくものである。

また、森崎における聞き書きが幾重もの点で翻訳的であることは第一章で述べたとおりだが、藤本の聞き書きは、英語でおこなった聞き取りを日本語で書き記すという点でもすぐれた翻訳性を帯びていた。語り手によって語られ、みずからが聞き取ったその言語とはまったく異なる言語を用いて〈書く〉ことは、したがって〈ありのまま〉などということが聞き書きの言語にとってはいかに不可能なものであるかを突きつける。

そのうえで、藤本は、みずからにとっての聞き書きという作業の意味を次のように語っていた。

> このように、この聞き書《〔ママ〕》を記したわたしという者は、他者の理解ということを過程として考えているようだ。自らを生み出すためのプロセスの一側面であると。無色透明のわたしが耳を傾け

るのではなく、自分は誰なのか、と問い続けながら、わたしをつくってきた私的な体験や、歴史の背景や、にほん人としての意識の質を問い続けながら、同時に相手のことばを、相手の、独自の体験と歴史を精神世界の脈略の中でとらえ、わかろうとつとめることだ。一方的にアメリカのことや黒人女性のことを報告し、こちらの知識を増やせばいい、あるいは自己の成長のために利用すればいい、というものではない。拮抗する磁場はどこか、共有する磁場はどこか。ただ身をすりよせて行くことでもなく、ただ客観視する（純粋に客観視することなど、ありえないことだが）ことでもなく、わたしの思想の欠落部分を指示してくれるものを知るようにすることでなければならない。[*4]

森崎の読者ならば、「わたしの思想の欠落部分を指示してくれるものを知るようにすること」として聞き書きを語る藤本のそれが、いかに森崎による聞き書きと真に共鳴するものであるかがわかるはずだ。自分が利用するためではなく、それでいて聞き手＝書き手である「わたし」が「無色透明」な自動機械のように聞き取った語りを書き起こせば事足りるわけでもない。それは、どこまでも深い対話と反芻を必要とする「集団創造」としての聞き書きの本質をとらえた藤本自身の語りである。藤本によってなされた聞き書きは、およそこれ以上はないほどの強度をもって、森崎の聞き書きを継承していく営みにほかならなかった。[*5]

＊3　藤本和子『塩を食う女たち――聞書・北米の黒人女性』岩波書店、二〇一八年（原著は一九八二年）、二三頁。
＊4　同上、二五一―二五二頁。

これにたいして、より直接的に運動や闘争といった場において森崎の思想を引き継ごうとしたのは、山谷の活動家であり、一九八六年に右翼暴力団の手によって殺害されることとなる山岡強一であった。一九四〇年、北海道の炭鉱労働者の家庭にうまれた山岡は、六〇年代後半より寄せ場の労働運動に参加しはじめ、その過程で第三章でふれた活動家・船本洲治と出会うことになる。船本からの多大な影響を認める山岡は、船本が七五年に沖縄の嘉手納基地前で皇太子来沖に反対して焼身決起をとげたあとも、船本の思想を引き継ぐことを掲げて寄せ場の運動と闘争にコミットしつづけた。そのうえで、山岡は八〇年代、右翼暴力団との激烈な闘争に身を投じることとなる。

一般に、一九八〇年代の日本社会はバブルの好況を享受した時代として、またその主要な言説風景はポストモダンの時代として理解されがちだ。しかし、この時代の裏面のようにして、寄せ場の労働運動と右翼暴力団との対立・対決は激烈なものとなっていた。いまわたしにはこの時代の寄せ場をめぐる展開と歴史を解説できる能力も、またその厚みに分け入っていくだけの余裕もないのだが、さしあたりここでは、八〇年代前半において右翼と暴力団が一体となって寄せ場の路上へと登場し、運動の側に直接的なテロルを加える凶行におよぶなどして労働者たちとの敵対姿勢を強めていったこと、山岡自身はこの闘争のなかで警察の弾圧を受けて不当勾留される経験をしながら、八四年に右翼暴力団によって虐殺された映画監督・佐藤満夫の意思を引き継ぐ形で寄せ場を主題するドキュメンタリー映画『山谷 やられたらやりかえせ』の制作にかかわっていたという一連の事実を、最低限確認しておこう。

そのうえで、山岡はみずからも編纂にかかわった、盟友である船本の没後一〇年にあわせて出版された船本の遺稿集『黙って野たれ死ぬな』(一九八五年)において、「山谷―釜ヶ崎の闘いの歴史と船本洲治」という文章を寄稿している。このなかで山岡は、森崎の一九七〇年前後のテクストを直接に引用することで、八〇年代の寄せ場という時空間のなかに森崎の言葉を召喚しながら、七〇年前後当時には決して交わることのなかった森崎と船本の出会いの場をつくりだしている。山岡はここで、船本が生前に提起した戦後の寄せ場の歴史にかんする時期区分を改めて整理しなおしながら、七〇年代半ばから寄せ場の運動が退潮していったその理由を探ろうとするなかで森崎の言葉を引用している。ここで引かれるのは、まさしくというべきか、流民型労働者がうみだされていく筑豊―北九州の労働状況とその構造を森崎が語っている部分である。

森崎和江さんは、こんなふうに問題を投げかけている。「生産点への攻撃をぬきに労働者は自己を確立しがたいこと、また、生産点への攻撃は企業別で企業内労組では不十分であること……(企業を超えてその内外に機能する)労組は日本産業の二重性をまひさせて、労働者を、企業に定着させぬかぎりエネルギーとしえぬ不毛を破り、主体的に労働につかせ、また生産点と社会的思想的諸問題とを直結させて行動させせることが可能なこと」と。この一五年前の問題意識は風化しただろうか。否である。独占資本は重層的下請構造をますます強固なものにし、底辺労働者を差別支配の軛に身動きできないまでに縛ってきている。また、公共企業体も急ピッチで民営・下請

＊5　五所純子が二〇二一年に発表した、薬物使用者の女性たちを聞き書きした『薬を食う女たち』(河出書房新社)は、そのタイトルをこの藤本の著作のオマージュとしているが、五所の聞き書きは藤本を介しながら森崎や石牟礼らの聞き書きの系譜に位置づけられるべき作品である。

化を進め、それに拍車をかけている。労働者の多くは差別・抑圧の底辺を這いずるように流動することによってしか生きられなくなっている。この現実を前に、民同労働運動の右翼的労戦への雪崩れに反対し、未組織の組織化を語って何になるというのか。この運動の貧困は、「もし無論理の期間が長期化するならば、それは七〇年代の闘争を現実から遊離した観念としてしまう」と彼女が指摘した通りの結果ではないのか。そして我々は、そこから一〇年前焼身決起した船本洲治の思想と実践を、生きたものとして捉え直さねばならないと考える。[*6]

山岡は、一九七〇年前後の筑豊に身を置きながら森崎が書き記した言葉を、七〇年代から八〇年代に至る寄せ場の状況を言い当てるものとして引用したうえで、船本の残した思想と実践に改めて立ち戻る必要性を説く。ここでは八〇年代の寄せ場という時空間に七〇年前後の筑豊（—北九州）という時空間が交差することで、森崎の残した言葉は蘇生され、その新たな生のなかで船本とも出会いを交わしていく。

この山岡の文章は、執筆の日付が一九八五年六月四日と記されている。その三ヶ月後、山岡らドキュメンタリー映画制作スタッフは一〇日余りの筑豊ロケを敢行する。実際の映画ではその終盤に登場するこの場面で、カメラは筑豊のボタ山と炭住街の風景をとらえながら、炭鉱で強制連行にあった朝鮮人労働者たちの無名墓地を訪れ、そして、朝鮮半島の地を対岸に見据えた玄界灘の海を映しとっていく。そうして筑豊をとらえたカメラは最後、山谷の激しい労働争議の現場へともう一度かえっていく。この往還によって、山岡は寄せ場の〈来歴〉としての筑豊をとらえながら、それを単なる歴史でも過去でもない〈現在〉として提示していく。

そのうえで、先の船本への追悼文に戻るとその末尾では、改めて森崎の一文が短く引用されながら、そこにこの当時民主化運動をたたかっていた韓国の女性労働者の言葉が重ね書きされる形で引かれていた。そこには、グローバル化する資本主義体制への山岡の分析的な視座がみてとれるが、そのようにして山岡は森崎が一九七〇年代前半に予見してみせていたあの〈抵抗の地図〉のさらなる展開を書き継いでいるようでもある。

そして、「城でも墓でもない巨大な海に浮く陸地のごとく流民層の中へ」（森崎和江）、分け入り、未来を共にする広範な労働者人民を創り出すであろう。今、「私たちは、絶望するわけにはいきません。だって、私たちは未来の建設者なのだから」と書いた、元豊毛紡労働組合の女子労働者の声を、現に耳にしながら……。[*7]

以上でみたように、藤本と山岡がともに極めて意識的に森崎の思想の継承を試みていった存在であるとして、第四章で紹介した、森崎もメンバーであった「おきなわを考える会」の活動にたいする沖縄からの最良の理解者であった近田洋一は、必ずしもみずからの一九八〇年代の文章で森崎の存在にふれることはなかったが、たしかに森崎の思想を書き継いだ人であったといえる。

＊6　山岡強一「山谷―釜ヶ崎の闘いの歴史と船本洲治」船本洲治（全国日雇労働組合協議会編）『黙って野たれ死ぬな――船本洲治遺稿集』れんが書房新社、一九八五年、二七七頁。

＊7　同上、二七八頁。なお、あきらかな誤字は訂正している。

施政権返還後の状況のなかで東京支社への転勤をみずから申し出た近田は、以後一年半あまりを日本（本土）で過ごしたのち、七四年に琉球新報を依願退職する。退職後は陶芸家を目指した時期もあったが、七五年からは埼玉の地元紙で改めて記者となることを選んだ。この近田が八〇年代に取りくんでいた仕事のひとつが、埼玉県鴻巣市で活動する障害者運動団体・多角形による、地元駅の橋上化反対運動を追いかけた連載記事「駅と車椅子」であり、これはのちに同名タイトルで八五年に書籍化されている。

この新聞連載中、近田はマスコミ関係の雑誌にある記事を寄稿していた。近田はそこでまず沖縄の〈本土復帰〉からの一〇年余の時間を振り返りながら、「沖縄問題」をつくりだしている「本土問題」を追いかけようと東京支局への転勤を希望し、「沖縄からの流れ抗夫〔ママ〕や集団就職の少年たち、川崎の沖縄人集落など」の記事をつくりはしたものの、「そこには発見しようとした何ものもなかった。肩を寄せ合って生きる〈小さな沖縄〉があるだけだった」という当時の失望感を語る。[*8] やがて、新聞記者であるみずからが沖縄時代も含めて、「民衆」の存在を本当に描くことができていたのかと問うようになった近田は、新聞記者をやめて魚市場での仕事をしながら陶芸家の道を志すが、厳しい労働に体が悲鳴をあげ、その後当時住んでいた埼玉で埼玉新聞の記者として報道の現場に復帰したという。

そうして近田は、鴻巣駅の橋上化計画によって車椅子利用者が排除されることに反対の声をあげる多角形のグループの面々と出会うようになる。かれ・かの女らを追いかけるうち、単なる取材対象としてだけメンバーと付き合うことができなくなったという近田は、メンバーとともに街頭でのビラ配りに参加しながら、介助支援にも携わるようになっていく。近田は多角形の活動を報じる記事だけでは飽き足らず、メンバーの個人史を含んだ連載「駅と車椅子」を長期連載するようになっていったが、

「障害者として差別され、しかたがないと自己承認させられ、そして何よりも施設に隔離され、社会との関係性を断たれることへの抗議」であった「彼らのたたかい」にふれるなかで、次第にそこにみずからにとっての「沖縄を感じ始め」るようになっていたという。[*9] 近田はいう。

「君は沖縄を書いているんだよ」と、企画の連載中にはっきりと指摘したのは同僚たちだった。(…)／私もそう思った。少なくとも彼らの苦悩をともに担い、持ちこたえる力は私の沖縄からきていることを知った。と同時に、そこにはっきりと沖縄を見た。差別され、分割され、戦争の痛みのうえに新たな戦争をいまももたされ、しきりに〈生〉の声を発し、そこに生き続けていることを訴えるのが、本土にはなお届かない、沖縄のいらだち、くやしさを彼らの内に見た。障害者への対応の仕方はまだ沖縄を意識的にであれ、無意識的にであれ、差別し、分割していく国の施策と、それを日常で支える民衆の姿でもあった。私が本土まで来て探ってみたい、と思ったのはまさにそのことだった。[*10]

＊8　こうした近田の実感が、第四章でとりあげた新川明の提唱する流民論に帯びていたその民族主義的傾向と相反するのはあきらかだ。
＊9　近田洋一「私がみた本土のなかの〈沖縄〉——新聞記者としての自分」『マスコミ市民』一七一号、一九八二年七月、八頁。
＊10　同上。

かつて関東の沖縄出身者たちのコミュニティのなかに「〈小さな沖縄〉があるだけだった」と語った近田は、いま〈健常者〉中心の社会で差別と排除に抗おうとする障害者運動のなかに〈沖縄〉をみつけるようになっていた。多角形という存在を通して、みずからにとっての〈沖縄〉に気づくことになった近田は、次のようにつづける。

そこから周囲を見渡すと、〈沖縄〉はいたるところにあった。学校に、崩壊していく農村に、管理社会のなかに。つまり、本土のなかにさまざまなかたちである非人間性の総体が〈沖縄〉だった。沖縄のたたかいとは、まさにそれへの抗議だった。ここまでくると、本土にとって沖縄とは何か、ヒロシマとは何かはもはや自明だろう。それを自分のものとしてたたかうということは、日々それをつくり出していく日常の非人間性とたたかうことにほかならない。[*11]

ここで近田は、みずからの沖縄での経験をその土台としながら、沖縄なるものをより拡張的なものへと、地理的な領土や血縁的な共同体には必ずしも囲い込まれることのない、生きられる〈沖縄〉へと転化させているだろう。そして、障害者運動のなかに〈沖縄〉を発見した近田のまなざしは、かつて「会」の活動にふれて綴られたあの一文を改めて呼び起こすものだ。

おそらく、機関紙「わがおきなわ」に、おきなわの字が一行ものらなくなったとしても、ぼくは確実にその中に沖縄を感じるだろうと思うのです。

一九八〇年代の近田がこのとき、かつての「会」や森崎との交流を思い出していたかはわからない。おそらく、その可能性は低いだろう。『わが「おきなわ」』廃刊後の両者の具体的なつながりは残念ながら確認できない。それでも、わたしたちは、「わがおきなわ」という呼びかけに沖縄の地から応えようとした近田が、一〇年余りの時を経て、日本（本土）の地からみずからにとっての「わがおきなわ」を改めて発見していったのだと思わずにはいられない。ここでの近田は、藤本や山岡のように直接的に森崎を引用・言及するわけではなく、それは一見して明示的な〈継承〉ではない。だが、そこに森崎や「会」の「わがおきなわ」という呼びかけが響きつづけていたことだけはたしかであり、互いも知りえない形で、呼びかけは書き継がれていたのではないだろうか。

そのうえで藤本、山岡、近田の三者が、それぞれに〈集団〉という問いにかかわりながら、森崎の思想を継承することになっていった点はなによりも重要だ。藤本は聞き書きをした黒人女性たちと、山岡は寄せ場の運動で、近田は障害者運動にそれぞれが向きあうなかで、森崎の思想を血肉化していったといえる。わたしたちはそこから文字として書きとめられた思想が、それを読み接した人たちによって書き継がれ、さらに新たな〈集団〉をうみだしていく可能性を開いていく姿を読みとることができるはずだ。

＊11　同上、八―九頁。

三　言葉を差し戻す

わたしたちは、一九八〇年代という時代のなかで、森崎の思想と問いを独自に継承することになった藤本和子、山岡強一、近田洋一の三者の例をみてきた。しかし、こうした継承の作業は決して容易なものではない。藤本和子の事例は、実のところその困難さを示すものでもある。

藤本が一九八〇年代にアメリカ黒人女性の聞き書きをはじめる前、かの女の最初の単著となったのが『砂漠の教室――イスラエル通信』（一九七八年）であった。ユダヤ人である夫とともに、ヘブライ語の語学留学のためにイスラエルへと渡った七ヶ月の日々を綴ったこのエッセイ集の主題は、ユダヤ／イスラエルである。ヘブライ語を習うために世界中から集まってきたユダヤ人たちと教室をともにした日々や、イスラエルの街を歩き人びとと語り合った記録がそこでは綴られている――また、唐突な形で呼び寄せられていく日本での不妊治療の記憶を回想する場面からは、森崎による〈産の思想〉に通底したものが感じとれもする。この著作は、その終盤、みずからがなぜヘブライ語を習うことでユダヤ／イスラエルと向きあおうとするのかを藤本が改めて語るなかで、森崎の言葉を次のように召喚し、変奏している。

イスラエルについて語ることは重い。／森崎和江さんはかつて「二つのことば・二つのこころ」という文章を、「朝鮮について語ることは重い。」という言葉で書きはじめた。[*12]

ユダヤ人／教にたいする日本社会の偏見や無知を批判し、日本人であるみずからがユダヤの伝統にふれ他者としてのユダヤ人／教の歴史を理解することの困難さとその意義を粘り強く語りかけていく藤本の姿勢は、たしかに一見、朝鮮を語ろうとする際の森崎の姿勢を想起させるのかもしれない。だが、『砂漠の教室』を読み進める過程で呆然としてしまうのは、その語りのなかに一切パレスチナの街や人の姿がみえないことである。イスラエルを語りユダヤ人／教を語る藤本のまなざしは、同時にパレスチナそのものの存在に目を瞑ることによって成立してしまっており、この不在はほとんど消去と呼ぶに相応しい。藤本が訪れる土地土地の名前がイスラエルのそれで語られるとき、パレスチナの土地はそうしてまた再び奪われていくのだといわざるをえない。一方で、藤本はシオニズムとナチズムとの共犯関係を指摘する日本のイスラム研究者の文章を「驚異的に雑駁な短文」として批判し[*13]、また別の箇所では「今日のイスラエルを、「アウシュヴィッツ」が象徴することがらを口実とする帝国主義の手先、という左翼の公式見解的常套句でしめくくって安心しているかぎり」の「そんな姿勢はやがてパレスチナ難民をも、いつかはかならず都合よく切り捨てることだろう」と断言してしまう[*14]。

＊12　藤本和子『砂漠の教室——イスラエル通信』河出書房新社、一九七八年、一九一頁。
＊13　ここであげられているのは、板垣雄三「ナチズムとイスラエル」（『世界』三三三巻七号、一九七八年七月）のことである。
＊14　前掲藤本『砂漠の教室』二三五頁。

ただその藤本でさえ、同書の最後で、「しかしこの〔ユダヤ人国家建設基金によって植林された――引用者注〕森はまた、破壊されたアラブ人の村の上に、破壊された彼らの暮しの上に植えられたものでもあった」と語りはする。[*15] しかし、その一文が同書におけるパレスチナの不在／消去を帳消しにしてくれるわけではない。本来その記述は同書の前提をすべて覆してしまうような性質のものであるはずだが、ここではあくまで補足程度の意味をもつだけである。

藤本はなぜ森崎にとっての朝鮮を、みずからにとってのイスラエルへと読み替えてしまったのか。植民者の子どもであるみずからが、他者の土地を知らず知らずのうちに踏みにじりながら生きてしまった事実のどうしようもない重みと罪責を語る森崎のその言葉の裏側には、朝鮮半島の民衆が経験してきた剥奪と離散の歴史が貼りついている。そして、こうした歴史経験と共鳴するのは、イスラエル国家の入植者植民地主義《セトラー・コロニアリズム》によって土地を奪われ難民となったパレスチナの人びとの歴史とその帰還への願いにほかならない。[*16] 朝鮮について語ることは重いという森崎のつぶやきに相当するものがあるとすれば、それはパレスチナについて語ろうとするユダヤ人（イスラエル国民）の言葉ではないのか。実際、そうした言葉を藤本もまた聞き届けてはいた。

『塩を食う女たち』の刊行直後の時期にあたる一九八三年、藤本は雑誌『思想の科学』に寄稿した文章のなかで、イスラエル国家のシオニズム政策とそれに基づくパレスチナ占領をユダヤ人の立場から批判したルティ・ジョスコヴィッツの自伝的な著作『私のなかの「ユダヤ人」』をとりあげている。[*17] 著者であるジョスコヴィッツの位置は、「植民二世」であった森崎の位置と重なるものがある。ホロコーストの迫害を逃れたポーランド出身のジョスコヴィッツの両親は、大戦後はパリに居を構えていたが、三つ子の妊娠がわかると、これを神の啓示として捉えて、建国まもないイスラエルへと移住する。その三つ子のひとりこそがルティ・ジョスコヴィッツなのであるが、三つ子の誕生はイスラエルの新聞でもニュースとしてとりあげられ、当時のイスラエル首相のベングリオンからは祝電と祝い金が贈られたという。

私たちは歴史の申し子として誕生した。もしヒトラーがいなければ、私はポーランド人として誕生していただろう。両親がサマルカンドに留まっていたら、私はソ連人として生まれ、もし三つ子でなければフランス人として生まれたかもしれない。しかし両親の足跡を辿ってみて、一番大きい可能性は、やはり〔ホロコーストによって――引用者注〕私が誕生しなかったことなのは明らかである。それでも多くの偶然が、歴史の糸に絡み合って、私はきわめて政治的な意味を持って誕生することとなった。／こうして父と母の物語は、イスラエルを媒介にして、私に受け継がれることになる。[*18]

＊15　同上、二四〇頁。

＊16　パレスチナと在日朝鮮人の歴史経験をつなぐ思想的提起を一貫しておこなってきたのは、徐京植の一連の仕事であった。また、パレスチナと朝鮮半島／在日朝鮮人の連帯については、金城美幸＋早尾貴紀＋林裕哲「パレスチナと第三世界――歴史の交差点から連帯する」（『現代思想』五二巻二号、二〇二四年一月）も参照。

＊17　なお、同書初版（三一書房、一九八二年）は「広河ルティ」名義のものだが、その後出版社を変えた二度の再刊時にはルティ・ジョスコヴィッツ名義に変更されているため、本書でもそれに倣った表記を採用している。

＊18　ルティ・ジョスコヴィッツ『私のなかの「ユダヤ人」増補新版』現代企画室、二〇〇七年、七八―七九頁。

みずからの出生にシオニズムの政治が否応なく絡みついたジョスコヴィッツは、熱烈なシオニストとなった両親の影響のもとで育ちながら、一九歳で単身イスラエルのキブツでの生活を送るようになる。それまではシオニズムの正当性をなんら疑うことなく過ごしていたジョスコヴィッツだが、親元を離れて暮らすなかで次第にシオニズムに反対するさまざまな人びととの出会いを交わし、やがてパレスチナ占領の欺瞞に向き合うようになる。そして、パートナーの日本人男性とともに日本に移住したのち、日本国籍への〈帰化〉を選ぼうとする過程で、日本政府からの帰化不許可を受けたことで一時的な無国籍者となったジョスコヴィッツに投げかけられたのは、ユダヤ人ならばイスラエル国籍をとればいいだろうという類の言葉だったという。そうして、ジョスコヴィッツは改めてユダヤ人としてのみずからのアイデンティティに向き合おうとしていく。

こうした過程を、しかし藤本は極めて辛辣に評価する。曰く、ジョスコヴィッツによる「「ルーツ探し」なるものが、恐ろしく機械的なのだった」としながら、次のようにつづける。

> 浅く薄く、彼女の思いは歴史の日付けのうえを滑っていく。「想像力こそ唯一の真実である」といったブレヒトの言葉を思い出すほどに、想像力というものが感じられなかった。猛烈な速度で歴史を断定し、人々を断罪し、しかし、主人公である著者だけは英雄的な姿勢を持つ者として表されていた。*19

他方では藤本も、この文章の後半部分ではジョスコヴィッツによるイスラエル批判の誠実さそのものは認めており、また藤本自身がイスラエルの国家体制やシオニズムを全肯定しているわけではないことも窺える。だが、無神論の立場をとるとし、「ユダヤ民族としてのアイデンティティ」を自明視することに懐疑的なジョスコヴィッツへの藤本の苛立ちはあきらかでもある。

いまここで、ジョスコヴィッツの著作とそれにたいする藤本の批判の論点をすべて詳らかに検討することは難しいが、一点だけ、みずからの両親にたいするジョスコヴィッツの記述とそれへの藤本の評価をとりあげておきたい。藤本はジョスコヴィッツの両親への記述について、「全般に、両親について語る言葉はおそろしく表面的で、道徳的にも思想的にも、ひどくいやしい人々として印象づけたいかのようであ」り、また「彼らの苦難に対する洞察は陳腐である」と手厳しく語っている。[*20] だが、ジョスコヴィッツの著作の一定の割合を占めるのは、ユダヤ人としての両親の来歴をたどる記述であり、シオニストとなったかれ・かの女の〈現在〉にたいする批判が、その歴史的な経験への洞察そのものまでをも曇らしているとはみえない。無神論の立場にたつジョスコヴィッツにはユダヤ教の伝統にたいする思い入れは希薄であるが、同時に両親や祖先が背負ってきた苦難の歴史をみずからもが背負っていることには自覚的であり、その記述からはホロコーストのトラウマが世代を越えてかの女自身にも引き継がれていることが窺える。そして、ジョスコヴィッツは同書の謝辞の部分では「私の両親にも感謝しなければならない」と書くことを忘れていない。家族への愛や想い出のすべてが政治的な立場によって打ち消されているわけではなく、両親への感情はあくまでも両義的で複雑なものだ。

*19　藤本和子「死者を背に負う女たち」『思想の科学』第七次三一号、一九八三年四月、一五頁。
*20　同上、一八頁。

だとすれば、藤本が抱いたという「彼らの苦難に対する洞察は陳腐である」という感想は、究極的には両親のシオニズム支持にたいするジョスコヴィッツの批判に向けられているようにみえるのであり、その点が藤本のジョスコヴィッツへの辛辣な評価を規定してしまっている。

もちろん、一九八〇年代の藤本が残した聞き書きの重要性が、藤本のこうしたユダヤ／イスラエル観やシオニズム観によってすべて打ち消されるというわけではない。藤本の見方がその後も現在に至るまで変わらないものであったのかどうかも、必ずしも断定しえるものではない。[*21] だが、ユダヤ／イスラエルをまなざす藤本に、見過ごせない偏向と矛盾——としかいいえない認識上の断絶——があることはたしかだ。

歴史的にみれば、たとえばアメリカの黒人解放運動もまた長らく、パレスチナ解放運動よりもシオニストたちのイスラエル建国に共感を抱き支持をしてきた経緯がある。[*22] 黒人解放運動とパレスチナ解放運動との連帯を打ち出したのは一九六〇年代後半に結成されたブラック・パンサー以降の流れであり、アンジェラ・デイヴィスもまたそうした時代のなかでパレスチナ連帯を呼びかけ実践してきた。こうした歴史的経緯から現在のブラック・ライブズ・マターにおけるパレスチナ連帯までをその射程に捉えるなかで、歴史学者のロビン・ケリーは、トランスナショナルな連帯において求められるのは「共有された経験」ではなく「共有された原理」であるとしている。ケリーは、トランスナショナルな連帯を可能にするものを「等価性の連鎖」として捉える見方を批判するなかで、表面的な経験の類似性に拠って立つだけでは境界を越えた連帯が不可能であることを指摘する。[*23] このケリーの議論は、経験と原理は相反するものなのか——むしろどちらもが必要とされるのではないか——という疑問が浮かぶ側面はあるものの、藤本がみえていなかったものがなにかを示唆するものではあるだろう。

なによりそれは、反時代的な人であった筑豊時代の森崎が求めた根源的な変革とも相容れるものではない。森崎はたしかに抑圧と被抑圧の交差や絡みあいをみようとした人物ではあるが、被抑圧の経験が別の抑圧を正当化することには加担しなかった。集団的な単位のそれにしろ、個人と個人のあいだの最小単位のそれにしろ、その闘争が根源的な変革にたどり着くことなく、表層的なかりそめの連帯に帰着することで事足りてしまうのならば、森崎の抱えた苦悩はもっと早くに解決されただろう。

個別の運動や闘争が、隔たりを越えてつながりを見出し結びつけられることで、新しい共闘と連帯へと向かう道のりがあるとして、その道のりの困難さを示すものとして藤本のこうした躓きは理解されるべきものだろう。そして、わたしたちがこのいまに森崎の言葉を読むとき、交差する抑圧と差別、搾取、軍事暴力などとたたかう人びとのための思想として、それを受けとり読み継ぎたい。もちろん、森崎の言葉と思想も絶対的なものではなく、時に批判を求められることもあるだろう。だからこそ、わたしたちに求められるのは、闘争の交差性がもたらす根源的な視座にほかならない。

ひとりひとりのわたしたちは、どのようにして森崎和江の言葉と思想を読み継ぎまた書き継いでい

＊21　ただ、後年の藤本は、夫であるグッドマンと宮澤正典の共著『ユダヤ人陰謀説――日本の中の反ユダヤと親ユダヤ』（講談社、一九九九年）の日本語訳者である。この著作の第七章「日本版「愚者の社会主義」」では、日本の左翼によるパレスチナ支持の歴史がイデオロギー的な産物であるかのように矮小化されて語られている。たとえそれがみずからのパートナーの著作であるにしても、こうした訳業の存在を無視することはできないだろう。

＊22　Alex Lubin, *Geographies of Liberation: The Making of an Afro-Arab Political Imaginary*, University of North Carolina Press, 2014.

＊23　ロビン・D・G・ケリー「世界形成としての連帯――絡まり合う黒人の闘争とパレスティニアンの闘争」村田勝幸訳、『アメリカ史研究』四四号、二〇二一年、六―七頁。

くのか。わたしたちは森崎と〈集団〉に、つまりはあの「かみあっている多くの側面を、総合的にとらえあう仲間」になりえるのか。この問いにたいする答えはただひとつだけのものではないとして、残されたテクストの言葉を闘争の場に差し戻しながら読みなおすことは、わたしたちがその答えを導くための唯一の条件である。

あとがき

はじめて手にとった森崎和江の著作がなになのか、実のところ一〇年余りたったいまではその記憶も曖昧だ。当時のわたしの関心からすれば、一九七〇年の著作『ははのくにとの幻想婚』あたりだっただろうとは思うのだが、やはり確証はない。

しかし、森崎の文章に、間接的な形とはいえはじめてしっかりと接することになった著作がなになのか、そのことははっきりと記憶している。

水溜真由美『『サークル村』と森崎和江』（二〇一三年）を読んだのは、大学の学部生時代に所属していたとある研究サークルの読書会でのことだった。労働運動にかんする文献を読む自主的な読書会でこの本が読まれており、その読書会のメンバーということではなかったわたしも、森崎の名前ぐらいはすでにどこかで聞いたことがあり、面白そうな本だなと思い参加させてもらったのだった。

森崎を扱った同書の第Ⅲ部を読んだとき、そこには、自分たちがいま考えているようなことを、もっと早くからこんなにも突き詰めて考えていた人がいたのか！という――いま思えばとても素朴な

――驚きと興奮があったことを覚えている。

わたしたちのサークルは、大学の学生会館にサークルの部室をもっていながら部員がほとんどおらず廃部寸前の状態だったところを、それ以前のサークルの人脈とはまったく関係のない有志の学生たちが集まって再建して日が浅く、本格的な再建一年目の年に加入することになったわたし（たち）の代は、二年目から当の先輩たちが卒業などでいなくなってしまい、いきなりサークルの運営を担当することになった。サークルの運営、などといっても大したことがないように思われるかもしれない。だが、一五人〜二〇人ぐらいの規模のサークル――のちにはもう少し大きくなる――で、毎年の研究会の内容を一から話し合いで決め、定期的に研究会をやりながらその成果を年末に共同で論文にし、それを同じような活動をする他キャンパス・他大学のサークルとのインカレの集まりで報告・議論するというたって〈真面目〉な活動に加えて、公認サークルゆえの事務手続き、勧誘活動の準備――こういうサークルに自分から飛び込んで来てくれるような稀有な人はほとんどいない――、夏休みのフィールドワークなどを、すべて自分たちで会議しながら決めていくというのはそう簡単なことではなかった。

ただ、わたしたちが日常的に向き合っていた問題は、〈組織運営〉の難しさ、というような言葉によって単純にまとめられるものでもなかった。活動をつづけるなかで次第にわかってきたのは、人びとが集まる場所や空間にはジェンダーやセクシュアリティにまつわる問題がいつもつきまとうということだった。

男性中心のホモソーシャルな空間、サークル全体でのジェンダー・バランス、研究会でのマンスプレイング――という言葉を知るのは後々のことだが――、ハラスメントや類似する行為など、それらはすべてが問題としてつながっており、わたしを含め誰もが無関係ではなかったが、人が入れ替わっていくサークルという組織の性質上同じような問題は繰り返しあり、悩みの種は尽きなかった。わたし（たち）はフェミニズムに最初から強い感心があったわけではないのだが、そうした具体的な問題に接するなかでフェミニズムを学ぶ必要を感じるようになり、同時に自分（たち）自身に内面化されたミソジニーやホモフォビアを自覚するようにもなっていった。わたしはといえば、サークルの中でも外でも、たくさんの失敗や後悔を経験してきた。それは学部時代が一昔前になったいまでも変わらず、学びの過程はつづいている。

一方で、インカレの集まりなどにいくと、個々人は決して悪い人たちでなかったとしても、大抵のサークルはジェンダー・バランスが男性中心に偏っており、ホモソーシャルな関係性も色濃かった。研究の内容も、経済や労働・雇用の問題などが中心だった他のサークルと比べると、そうしたテーマ以外にもジェンダー／セクシュアリティや植民地主義／ポストコロニアリズムといったテーマを頻繁に扱うわたしたちのサークルは（やや）浮いた存在で、その問題意識はなかなかうまく伝わることはなかった。

だからこそ、森崎が筑豊時代に向き合った問いは、わたしたちの課題だと思えた。もちろん、わたしたちは自分たちが名乗っているサークルという名前と、一九五〇年代当時のサークルとが同じものだとはまったく思わなかった。むしろ、両者を重ね合わせて考えるという発想など、想像もしなかった。それでも、『サークル村』と森崎和江』のなかに引用されていた森崎の硬質でいて切迫した言葉の数々は、胸を打つというしか言い様のないものとしてわたし（たち）のもとに響いていった。

そこからいままでは一直線だった、というわけでは必ずしもない。当時のわたしの研究関心は別の問題にあり、大学院も森崎を研究するつもりで進学したわけではなかった。だから、サークルの読書会で読んだ『『サークル村』と森崎和江』もまた、わたしの研究の正確な〈はじまり〉ではない。それでも、振り返ってみたとき、本来〈はじまり〉ではなかったその瞬間が〈はじまり〉のようにみえてくることがあるのもまたたしかだ。わたしたちのサークルは森崎が体感したサークルと同じではなく、本書に用いた意味で〈集団〉と呼ぶべきものだったとも思わない。ただ、人と人とがある目的のために集い合い、ともになにかをしようとすることの楽しさと難しさに向き合った場所で、はじめて森崎の言葉にふれられたことにはやはり意味があったのだと思う。

本書を執筆するなかで、そうしたことを繰り返し思い出していた。立命館大学社会科学研究会で活動をともにしたすべてのみなさんに、感謝を述べたい。

本書は、二〇二三年三月、大阪府立大学大学院人間社会システム科学研究科に提出した博士論文『共闘する言葉——森崎和江における筑豊時代の思想と方法』をもとに、加筆修正をおこなったうえでまとめたものである。

大学院では、修士課程・博士課程ともに、酒井隆史さんのもとで指導いただいた。先にもふれたように、もともとは森崎を研究するつもりでの進学ではなかったが、結果として谷川雁のすぐれた読み手である酒井さんのもとで森崎研究をおこなえたことは幸運な経験だったと思う。安易に森崎と谷川を切断することなく、また当初はフェミニズムやポストコロニアリズムといった観点からしか森崎を読んでいなかったわたしが、労働や階級、資本主義といった文脈での森崎の重要性に気づかされたのも、酒井さんのもとで学べたお陰である。

ところで、おそらくご本人は覚えていられないだろうが、修士論文の経過報告をゼミでしていた際、論文の文体について「森崎のポエジーに見合う大畑くんのポエジーが必要になるんだよ」という旨のコメントをもらったことがある。当時のわたしには、正直なんだかとても無茶なことを言われているような気しかしなかったのだが、いまになってようやくその意味がわかるようになったとも思っている。とはいえ、本書でも到底そのようなポエジーには辿りつけなかった。これは、改めて今後の課題としていきたい。

博士論文の副査は、福田珠己さん、山﨑正純さんに務めていただいた。お二人とも丁寧に論文を読み解いてくださり、それぞれのご専門から重要なコメントをもらった。

現在の所属先である大阪大学／日本学術振興会特別研究員ＰＤの受入教員である渡邊英理さんは、いつもわたし以上にわたしの研究の面白さを理解してくださり、また様々な形で研究上のご支援をいただいている。博士課程を終えたあとのいまもこうして研究をつづけられているのは、渡邊さんのお陰によるところが大きい。

森崎和江研究会（通称・森研）、森崎和江読書会、闇市的沖縄－アジア運動／文化研究会、文化社会研究会、敗戦後史研究会、インフラ研究会（通称・イン研）といった各種研究会ではそれぞれにお世話になった。とりわけ、結果としてコロナ禍のはじまりと時を同じくする形ではじまったイン研での定期的なオンライン研究会は、とりとめのない雑談も含めコロナ禍の日々の支えとなった。

また、以下のみなさんには、研究上でさまざまなご支援やご協力をいただいた。持木良太さん、阿部小涼さん、新城郁夫さん、土井智義さん、佐喜真彩さん、松田潤さん、今津有梨さん、森啓輔さん、森元斎さん、中知瑛さん、佐藤泉さん、茶園梨加さん、西亮太さん、庄子響子さん、内藤あゆきさん、大月英雄さん、牧野良成さん、姜文姫さん、番匠健一さん、安部彰さん、角崎洋平さん、由浅啓吾さん、渡辺翔平さん、芳賀達彦さん、小泉空さん、堀真悟さん、原口剛さん、北川眞也さん。(順不同)

学部時代と修士時代を暮らしていた京都には、カライモブックスという古本屋があった。森崎をはじめとした『サークル村』関係者の多くの本をそこで買い求めることができたのは、わたしにとってやはり幸運なことだった。なにより、店主である奥田順平さん、奥田直美さんのお二人と話した時間が懐かしい。現在は水俣に店舗を移転されたが、この本を携えて訪問できることを楽しみにしている。

森崎和江さんご本人とはお会いする機会をもつことが叶わなかったわたしにとって、仲村渠政彦さんとの対話からは、森崎さんの人となりを含め、多くのことを学ばせていただいた。なにより、仲村渠さんがいなければ、本書の第四章である沖縄論は書き上げられなかっただろう。

坂口博さんには、森研での活動はもとより、資料面でいつもお世話になってきた。年長の友人である(と勝手ながらに思っている)坂口さんの協力があって、これまでの研究が成り立ってきたといっても過言ではない。

大畑久美子、大畑喜一郎、大畑惣一郎にも感謝を伝えなければならない。いつまでも頼りのない存在で心配ばかりかけているが、ようやく形として手渡せるものができたことにホッとしている。とりわけ、幼少期から体の弱かったわたしをケアしてくれていた母・久美子には心から感謝をしたい。また、年少の孫のことをいつも気にかけてくれていた祖母、故・平井尚子にも本書が届いてくれるといい。

本書の編集は、青土社の村上瑠梨子さんが担当してくださった。村上さんとは、雑誌『現代思想』

の森崎追悼号で一緒に仕事をさせてもらうことで、ご縁ができた。当初の約束からは少し時期が伸びてしまったが、無事刊行に辿りつけたのは、村上さんの適切な配慮と導きによるものである。

以下のみなさんには、研究面だけでなく日常的にもいつも大変お世話になっている。所属先や学年も違うが、わたしにとっては同期のような存在である。その友情に改めて深く感謝したい。大月功雄さん、森田和樹さん、佐久本佳奈さん、友寄元樹さん。

学部時代の同期である、溝口翔太さん、奥村智華さんも、いつも良き友人でいてくれている。また、大野光明さんと片山由美さんには、本当にさまざまなことを教わった。お二人と交わした会話や共有してきた場が、いまの自分自身の研究や社会運動への向き合い方に大きな影響を与えている。なにより、お二人の優しさにたくさんの場面で助けられてきた。

そして最後に、パートナーである白始真さんに最大限の感謝を伝えさせてもらいたい。物理的には遠い距離のなかで互いを支え合いながら生活してもうずいぶんと経つが、ここまで研究をつづけながらなんとか生きてこられたのも、ひとえに始真さんのお陰である。わたしの文章のもっとも身近な、それでいてもっとも厳しい読者である始真さんに、この本がどう読まれるのか、不安もあるが楽しみでもある。そして、これからもどうぞよろしくお願いします。

二〇二四年三月九日　大畑凜

初出一覧

はしがき（書き下ろし）
序　章　交差する集団（書き下ろし）
第一章　翻訳としての聞き書き――『まっくら』というはじまりについて（書き下ろし）
第二章　非所有を所有する、あるいは女たちの新しい家（「解題　弁証法の裂け目」森崎和江『非所有の所有――性と階級覚え書』月曜社、二〇二二年）
第三章　流民を書く、土地とともに書く――労働力流動化と〈運動以後〉の時代に（原題「流民と棄民のあわい――合理化・閉山以後筑豊における森崎和江と上野英信」『現代思想』五〇巻一三号）
第四章　抵抗の地図――沖縄闘争と筑豊（原題「未完の地図――森崎和江と沖縄闘争の時代」『沖縄文化研究』四九号）
第五章　「ふるさと」の「幻想」――流民としての「からゆきさん」をめぐって（原題「流民のアジア体験と「ふるさと」という「幻想」――森崎和江『からゆきさん』からみえるもの」『女性学研究』二五号）
第六章　方法としての人質――あるいは「自由」をめぐって（原題「人質の思想――森崎和江における筑豊時代と「自由」をめぐって」『社会思想史研究』四四号）
終　章　森崎和江を書き継ぐ（書き下ろし）
あとがき（書き下ろし）

＊本書への収載に際して、適宜加筆・修正を施してある。

索引

＊　斜体は註のみ参照した箇所の頁数を示す。

な行

は行

ま行

や行

ら行

アルファベット

大畑 凜（おおはた・りん）

1993年生まれ。専攻は社会思想、戦後思想。大阪府立大学大学院単位取得退学。博士（人間科学）。現在、日本学術振興会特別研究員PD、大阪大学特任研究員。共著に『軍事的暴力を問う』（青弓社）、共訳に、デイヴィッド・ライアン『ジーザス・イン・ディズニーランド』（新教出版社）がある。

闘争のインターセクショナリティ
森崎和江と戦後思想史

2024年4月17日　第1刷印刷
2024年4月30日　第1刷発行

著者　大畑 凜

発行者　清水一人
発行所　青土社
東京都千代田区神田神保町1-29　市瀬ビル　〒101-0051
電話　03-3291-9831（編集）　03-3294-7829（営業）
振替　00190-7-192955

組版　フレックスアート
印刷・製本　双文社印刷

装幀　重実生哉

Printed in Japan
ISBN978-4-7917-7642-9